小宅門

上

文創風 049

陶蘇 著

風文創 049

目錄

作者序

陶蘇

我叫陶蘇，是一個非典型的江南女子，清秀溫婉的外表（不好意思地自誇）下，是剛烈爽利不服輸的性格。很多朋友都說，我上輩子可能是北方人。但事實上，骨子裡的我，是一個愛看落花愛聞墨香的文藝青年。

《小宅門》是我真正開始寫小說的第一部作品。動筆之前，已經在網路上看過許多的言情小說，包括實體書，作為愛小說成狂的我，一直想著自己也要動筆寫一本。

最初的想法特別多，也特別雜，靈感就如同秋天的落葉，一片接一片地飛舞。曾想過寫一個金戈鐵馬的亂世傳奇，也曾想過寫一段豪門鬥爭的驚天秘聞，然而作為循規蹈矩生活了二十多年的普通小女孩，並沒有真的經歷過那樣波瀾壯闊的人生。

最後，我決定寫一個我熟悉的、我擅長的女孩子的形象。她直爽，卻不愚笨；她堅強，卻不潑辣；面對心愛的男人，她會如同小貓一樣柔順；面對狠毒的敵人，她又會以牙還牙絕不示弱。這個形象裡，有我自己的影子，也有我見過的許多優秀女孩的影子。

剛開始寫的時候，因為寫作經驗不足，過了開頭的靈感期，後面簡直是手忙腳亂，差點讓這個故事夭折。幸好有同樣寫書的好朋友獻策，又有關係好的編輯幫忙指導，摸到了適合自己的寫作技巧，終於越寫越順，將這個故事完成。

《小宅門》於我來說，是第一個完整的、喜歡的作品，它讓我發現寫作有艱難也有樂趣，它給我帶來了一些喜歡我的讀者，後來這些讀者中有些人成了我的忠實粉絲，並一直追隨著我後來創作的其他作品。

而當我幸運地得知，《小宅門》即將出版跟臺灣讀者見面的時候，除了欣喜之餘，也生出一種宿命輪迴的感悟。

因為除了上學時老師要求看的名著、文學之外，我最初接觸到的現代小說便是言情小說，也就是臺灣的言情小說，第一次知道言情是什麼意思，第一次知道文字背後的柔情。而沒想到，我自己出版的第一本小說，就是在臺灣發行。冥冥中，覺得這是一種奇妙的緣分。

想感謝的人有很多，一起寫作的朋友、一路支持我的讀者、起點的編輯、出版編輯等等……我想每一個作者其實都是懂得感恩的人，不懂感恩的人是不可能塑造出令人喜愛的角色的。

《小宅門》是個可愛的故事，有可愛的人物、可愛的語言、可愛的結局，希望大家會喜歡這個故事，喜歡寫了這個故事的我。

第一章 李家是門好親

旭日東昇，又是一日之始。

淮安城的早晨，就在城門沈重的開啟聲中，拉開了序幕。

這座方城被縱橫交錯的平安大街和廣彙大街分割成了東西南北四市。西市是高門大戶所在，此時的富人們猶自高床軟枕、好夢正酣；南市是府衙軍營所在，一大早便有軍士操練，呼號有聲、井然有序；北市多為青樓楚館，此時正值休養生息時。

唯有東市，民居集中地，商鋪林立。當西、南、北三市還沈浸在清晨的安詳寧靜中時，東市早已一片熙熙攘攘。做早點生意的攤販、趕著上工的走卒匠人、下板子開店門的夥計，還有早起為家人煮飯洗衣的婦人們，都已開始了新一天的忙碌。這份忙碌亂中有序，使整個東市顯得生機勃勃。

東市豆腐坊金玉巷，巷尾大樟樹下，便是金家小院——蠟燭匠金老六的家。

「吱呀」一聲，院門開啟，一位身穿淺綠色衫褲、胸垂烏黑大辮子的少女，挽著一個大大的包袱，神色慌張地走出門來。

「豆兒，妳急什麼！娘的話還沒說完呢！」一名婦人衝出門來，一把拽住了少女。

還是被抓住了。金秀玉無奈地回頭道：「娘，妳且省點口舌吧，我說什麼都不會嫁到李家的。」

金林氏緊緊抓著她的胳膊，好聲好氣地道：「我昨天剛打聽到了，李家大少爺長相俊秀，絕對不是妳擔心的歪瓜裂棗來著……」

「男人長得好看有甚用？好端端的都會病倒，指不定有什麼隱疾呢。」

「李家是淮安首富，家財萬貫……」

「李家有錢那也姓李，就是我嫁過去了，那銀子也不會改姓金！」

「那、那李家大少爺父母雙亡，妳嫁過去既不用伺候公爹，又沒有婆婆刁難……」

「哪裡還用公婆刁難？光李家老奶奶就夠瞧的了，難道娘想看著我一進門就被李老夫人剋死？」

「那、那……」金林氏那了半天沒那出一個字。

金秀玉乘機道：「娘若有話，咱回頭再說。我還得給王嬸送東西呢，先走啦！」

她用力掙脫了金林氏的手，腳跟不沾地，逃也似的走掉了。

金林氏看著空空的雙手，懊惱地跺著腳，恨自己嘴笨，又讓這丫頭給避過去了。這左鄰右舍都關著門，也沒個攀談發洩的對象，只好嘟嘟囔囔地轉回家門，猶自不甘心地衝女兒離去的方向埋怨了一句。

「那李家，真是一門好親呢……」

金秀玉直到轉出了金玉巷的巷口，才抬手抹了一把額上的虛汗。

這老娘，年紀不大頭腦卻發了昏，從聽說李家求媳、找算命先生測了八字以後，便開始神神叨叨，心心念念都是要她嫁去李家，也不想想，李家連個提親的意思都沒露，她自個兒一頭熱有什麼用，可不跟白日作夢似的？

她挽緊了包袱加快腳步，沒多久就到了春水巷，剛轉進巷子便聽到了琅琅讀書聲，正是來自王家學館。她的弟弟金沐生，正是在王家學館裡進學；她今天要見的王嬸，便是王家學館的主人，王秀才的親姑母。

這位王秀才，年輕的時候也有一腔報國熱忱，只不過中了秀才之後便屢試不中，難有寸進，最後只好做起了教書先生，混個束脩度日。好在他學問紮實，又肯專心教學，豆腐坊的人家都將自家孩子送來他手下進學。

王秀才幼年失怙，一直都是由姑母王嬸帶大。如今王秀才開學館做先生，雖沒有大富大貴，日子也過得安穩，前不久王嬸託媒婆給他說了一門親事，女方是淮安城西市的一戶人家，兩家門當戶對，定下了成親的日子。

按照大允朝的風俗，成親當日，新郎迎親之時需帶上迎親禮，其中有一套五檯蠟燭是絕不能少的，一般成親之前新郎都會找蠟燭匠專門訂製。

金老六就是個蠟燭匠，手藝一流，金家的蠟燭在全淮安城都有名頭。而金家小子金沐生恰好是王秀才的學生，兩家也算熟悉，王嬸便特意跟金老六訂製了五檯蠟燭，以做迎親之用。

金秀玉今日便是給王嬸送蠟燭來了。

學館的門微微敞開著，金秀玉隨手在門上敲了敲，逕自推門而入。門內首先是個大院子，花木繁盛，上房的大屋子便是教室，此時已坐滿了學生，王秀才正在給學生們講課，她側耳聽了聽，講的是三字經。挽著包袱，熟門熟路地經過院子往東廂走，果然見王嬸坐在廂房門口納鞋底。

「王嬸，這大日頭的，妳也不怕晃了眼睛？」金秀玉一開口便先笑，圓圓白白的臉頰上露出兩個精緻的梨渦，原本普通的相貌頓時添了幾分動人之色。

王嬸聞言抬頭，未語先笑，一雙本來就不大的眼睛頓時成了兩條細縫。「豆兒來啦！今兒個天氣熱，這邊倒是有些穿堂風，快過來坐。」

金秀玉走過去，坐在王嬸旁邊的小板凳上。「喏，這是我爹做的五檯蠟燭，嬸子看看吧。」

「妳爹的手藝還用看哪？淮安第一呢！」王嬸接過包袱隨手放在一邊，然後一臉認真地看著金秀玉。

「豆兒呀，我聽人說，妳娘想讓妳嫁到李家去？」

金秀玉先是愣了一下，立馬想到定是老娘跟人閒扯皮說了出去，嘴巴也恁多，連隔了幾條巷子的王嬸都知道了。

「李家這回求媳，一不論身世，二不論相貌，三不論人才，就單單限定了八字命格。妳的八字可找算命先生測了，當真是如傳言那般？」

金秀玉咬住了嘴唇，若不是因為這特殊的八字命格，她也不必為李家煩惱了。

淮安城地處交通要道，歷來是繁華富庶之地。城中多富豪，基本都是經商起家，經過幾代的發展，成為淮安的名門望族，其中最有名望的就是淮安首富李家。

李家的出名並不僅僅因為富有，而是有三個淮安之「最」——李家是淮安城最有錢的人家；李家有全淮安最年輕的家主；李家有全淮安命最硬的女人。

這個女人，就是李老夫人。

說李老夫人命硬是有原因的——

李家原本是三代同堂之家，李老夫人娘家姓王，是淮安的大姓，嫁進李家三年，丈夫就去世了。留下兩子長成以後，大老爺李敬，精明敦厚，擅長商道；二老爺李銘，溫文儒雅，仕途順暢。兄弟二人一官一商，相輔相成，這才創下了李家的萬貫家業。

老夫人早年喪夫，守寡多年，眼看家業興旺，大老爺商場得意、二老爺官場得意，正是該享清福的時候，卻不料厄運連連。先是二老爺李銘，新婚不久，恰逢陞官，帶著新婚妻子赴任，路遇洪災，雙雙喪生。李家白事做完不到兩個月，大老爺李敬，行商途中遭遇強盜，人財兩空，把條性命也丟在了他鄉，只留下懷了三個月身孕的大夫人張氏和八歲的李家長孫。

李老夫人一年中兩次白髮人送黑髮人，兩個兒子都是正當壯年意外喪生，傷痛之餘，將心思都放在長孫李承之和長媳張氏身上，不料大夫人張氏於懷孕期間突聞喪夫噩耗，已是悲痛入骨，為了腹中麟兒才勉強撐住，到了足月生產之時竟還難產，穩婆費盡千辛萬苦才保下一對龍鳳胎，大夫人張氏最終仍是血崩而亡。

李老夫人中年喪夫、老年喪子喪媳，打擊不可謂不大，終於一病不起，若不是還惦念著八歲的長孫和襁褓中的一對孫子孫女，恐怕當真要撒手西去。最後李家花費了許多金銀請了許多名醫、用了許多珍奇藥材才保住了老夫人的性命。

俗話說，家家有本難唸的經。李家富貴逼人，卻是一門孤寡，李老夫人帶著長孫和一對幼小的孫子孫女，確實是含辛茹苦。好在歲月是最好的傷藥，十年過去，如今李家大少爺李承之已擔負起家業，成為淮安望族中最年輕的家主；一對弟妹李越之和李婉婷也逐漸長大成人。

李老夫人晚年保養得當，倒是越來越康健，慢慢就開始操心起孫子的婚事來，不料半個月前，一直身體康健的長孫李承之竟突然病倒了！因著丈夫、兩個兒子、兩個兒媳都是壯年去世，長孫一向健朗卻說病就病，李老夫人便懷疑李家風水不宜，請了風水相師來看家宅。

相師的結論出人意料，李家的風水倒是大富大貴，但李家卻有一人是天生奇特的命格，旺家宅剋親人，是以雖富水長流，主人家卻均十分短命。

這個人便是李老夫人。

李老夫人這才知道，丈夫和兒子、兒媳原來竟都是被自己剋死的，不由又痛又悔，幸而有孝順的孫子和貼心的忠僕勸慰，這才免了鬱結於心。

依照風水相師所言，李家大少爺李承之、二少爺李越之和孫小姐李婉婷能夠健康活到如此歲數，已是上天庇佑。然而由於李老夫人命中帶剋，若放任自流，遲早還會再剋親人。

李老夫人自然十分恐慌，再三求問解救之法，相師這才言明，李家添丁，必須是身帶福壽、命中帶旺之人，方能保壽命保福祿、保家宅大吉，除此之外別無他法。

正是風水相師這一番話，才有了李老夫人是全淮安命最硬的女人的傳言。

為了家人的長壽安康，李老夫人決定為長孫李承之求一門親事，對女方，一不要求家世，二不要求相貌，三不要求人才，唯一就是，女方必須是身帶福壽、命中帶旺的八字命格。

李家是淮安首富，穿的是綾羅綢緞，吃的是山珍海味。古往今來，有錢就代表著有權有勢，說李家是淮安城的土皇帝也不為過。按常理來說，這樣的人家，那是人人羨慕、個個眼紅，誰不願意把女兒嫁進去享福呢？

但這個福，卻不是人人能享受得起的。李老夫人命硬，已剋死了丈夫和兩個兒子，如今似乎連孫子李承之都受到了影響，這已經足以讓一般人望而卻步，何況還有八字命格的嚴格條件。

當然也不乏有貪慕虛榮的人家，興沖沖地給自家女兒測算八字，期望能夠符合李家所要求的身帶福壽、命中帶旺的命格。本來金家小門小戶，同李家的高門大宅不說天壤之別，也是八竿子打不著的關係。但金林氏素來是個眼皮淺的，架不住左鄰右舍攛掇，也拖著金秀玉到算命攤上測了一回八字。

人生在世，常常是有心栽花花不發，無心插柳柳成蔭。

當日金林氏一拿出金秀玉的生辰八字，算命先生只掃了一眼便大呼好旺命，隨後又仔細察看了金秀玉的面相和手相。

金秀玉長相並不出彩，最多一個白淨秀氣、珠圓玉潤，不笑時也就普普通通，一笑頰邊兩個梨渦，倒是十分可人。算命先生仔細看了她兩個梨渦的位置，又拿了她的雙手細細觀瞧，金秀玉兩手並無特別，只是五指叉開後，雙手掌心靠近掌根處，各有一個深深凹陷的圓窩。

算命先生瞧了半天，突然連道三聲恭喜。

「令千金面帶福祿窩，手帶長壽窩，生辰八字是旺夫旺子旺家宅，正是身帶福壽、命中帶旺之人。恭喜金夫人，良緣天降，李家長媳非令千金莫屬。」

算命先生不過是上嘴唇跟下嘴唇輕輕一碰，卻喜壞了金林氏，嚇壞了金秀玉。

金林氏喜的是，只聽說天上掉餡餅，不料竟砸中了自家。千算萬算，萬萬想不到女兒八字如此富貴，若能攀上李家這門親，真算得上是金家祖墳冒青煙，八輩子修來的福氣。

金秀玉怕的卻是，若李家當真聞風而來，上門求親，父母若是當真答應，將她嫁進李家，她會不會被李老夫人剋死暫且不說，她同李家大少爺素未謀面，若勉強因為迷信之說成就婚配，又何來幸福可言？

「人這一輩子是吃苦的命還是享福的命，都是上天注定，不可更改。且不說李家身為淮安首富，家財萬貫奴僕成群，若能嫁進門，自然有無邊的富貴；單說這八字命格，全淮安城的待嫁閨女沒有一千，也有八百，偏偏只有妳是身帶福壽、命中帶旺，這個呀，就叫命中注定，妳早晚是要進李家門的。跟嬸子說，妳娘是不是正忙著替妳準備嫁妝？李家的媒婆可上門了？」

王嬸自己是剋夫的命，接連剋死了兩任丈夫，況且本就是愚昧婦孺，對命理一說自然十分相信。她一輩子都活在女子無才便是德的思想禮教下，若跟她說，成親最重要的是男歡女愛、你情我願，說不定會被她視為離經叛道的放蕩女子，金秀玉才不想跟她發生這樣的糾結。

「哪有這麼快，倒是嬸子妳，家裡很快就要辦喜事了吧？秀才先生哪日娶親？」

果然，一說到王秀才的婚事，王嬸立馬就高興起來。「快了快了，正日子定的是七月初三。」

金秀玉跟王嬸說了會子話，便從王家學館回到了金家。

住金玉巷的都是升斗小民平頭百姓，金家也一樣，都是寸工度日。跟所有淮安的普通人家一樣，金家小院的院子裡也打了一口井，作為日常生活所用，井邊一棵枇杷樹，樹上的枇杷早已被金沐生摘光，如今是光禿禿的只剩葉子。

金老六是個蠟燭匠，有一手製蠟燭的好手藝，金家平日製作的蠟燭，都批給東市的三水紙馬鋪出售。由於金家出品的蠟燭芯骨優質、油脂均勻，品質精緻優美，在淮安城裡十分出名，因此生意一直不斷，金家的日子便過得也還不錯。

這套小院是祖傳下來的，中間正房是堂屋，東西廂各有兩間屋子。西廂的兩間，分別是金秀玉和金沐生住著。東廂兩間屋子，靠裡的是夫妻二人住的房間，靠外的則是廚房。

按理說，正經房間是不會拿來做廚房的，不過金家靠製蠟燭為生，廚房又兼了製作蠟燭的功用，便比別家的廚房顯得更加寬敞了些。

堂屋兩邊的耳房，靠近東廂的是茅房；靠近西廂的是雜物房。另外，大門兩側還各有一間倒座房，目前都是空著。

全家人住得寬敞，不缺吃不缺穿，不敢跟大富人家相比，小日子卻也過得安樂。

金林氏嫁給金老六十幾年，夫妻一直互敬互愛，膝下一對兒女，金秀玉是姊姊，小名叫豆兒，除了金家二老，街坊鄰居中熟悉的長輩也都是叫她小名；弟弟金沐生，比她小七歲，今年年初開始上王家學館唸書。

金老六本身是個升斗小民，但祖上卻是出過秀才中過舉人的，也有那麼點書香傳家的意思，只不過到了金老六的父輩便沒落了。然而即便是沒落了，金老六小時候是上過學堂讀過書的，比起一般手藝匠人，肚子裡的墨水多了不只是一點半點，尤其畫得一手好丹青，描得好花鳥。

正因為有這繪畫的技藝，金家是淮安城裡獨一號能夠做龍鳳燭的，每一對龍鳳燭都是金老六親筆描繪，活靈活現，備受顧客喜愛。淮安城裡，凡是龍鳳燭，必定是金家出品。

站在枇杷樹下，環顧這個小院，金秀玉突然有些神思恍惚。

如果不是因為三年前的奇遇，她也想不到自己竟然會成為一個蠟燭匠的女兒，竟然會每天宅在家裡幫助父母製蠟燭，竟然會因為算命先生的一句話就被母親逼著嫁人。

在這具名為金秀玉的身體裡，藏著的是一縷來自二十一世紀的靈魂。

三年前她來到這個時空，身處的這個大允朝並不是她過去所熟知的古代，歷史似乎從唐朝以後就走向了另一條路。

三年的時間，她從十二歲長到十五歲，早已融入這個時代，融入了這個家，偶爾回想起前生，感覺就像作了一場繁華舊夢。

如今的日子，就像流水一樣，安靜平凡，偶爾有些小波浪，比如劉阿三之流，也並不影響過日子。這種安詳，既讓她覺得安心，又讓她覺得茫然。

前生的她，生活在女人也要打拚的世界；而今生，她變成了傳說中的三等人：等吃，等嫁，等死。她不知道自己的未來能夠活成什麼樣，在她平靜的外表下，總彷彿還隱藏著一顆蠢蠢欲動的心。

咚咚咚！外面突然響起急促的敲門聲，乾脆俐落地打斷了她飄散到千里之外的思緒。

「誰呀？來了！」

她快步走到門口，剛拉開院門，一股甜膩的香風撲面而來，差點沖了她一跟頭。

緊跟著香風撲過來的，是一張即使塗滿白粉也遮不住核桃紋的老臉，咧著鮮紅的嘴向她露出一口七顛八倒的黃板牙。

「嘿嘿嘿，金姑娘大喜啦！」

門外的老女人一見金秀玉開門，等不及把腳邁進去，就先咧開大嘴一迭聲地恭喜。

也不知道她早上是不是吃大蒜了，一張口撲鼻的臭味，金秀玉強忍著捂嘴的衝動，扯了個笑臉，卻比哭還要難看幾分。「妳找錯門了，這裡不是金家。」

金秀玉說著就要關門，老女人連忙伸手撐住，笑道：「金姑娘真愛說笑，我可是左鄰右舍都問明白了，才來敲門的。」

她這一笑，臉上的白粉撲簌簌地往下掉，加上被微風一吹，金秀玉忍不住就打了個噴嚏，手上一鬆，沒撐住院門，被老女人給闖了進來。

「金家大哥可在家？金家大嫂可在家？」

老女人一邊嚷著一邊就進了院子，一點沒跟金秀玉這個主人客氣。

「呀！這不是劉嬤嬤嗎？妳可是稀客呀！」金林氏一看到來人，立刻熱情地迎接。

金秀玉一聽，頓時瞪大了眼睛，姓劉?!這麼說，這個老女人就是遠近聞名的劉媒婆?!

媒婆上門，準沒好事，一定是李家來提親了！

她忙趕上幾步，拽住金林氏的衣袖道：「家裡來客人，爹怎不出來？」

「妳爹去三水紙馬鋪送蠟燭，還得一會兒工夫才回來。」金林氏隨口回答了她，回身挽著劉媒婆笑呵呵地往堂屋走。

金秀玉趁兩人不注意溜到門口，隨手招來鄰居家的小孩子。

「去三水紙馬鋪找你金伯伯，就說有人上家裡鬧事，叫他趕緊回來。你若是跑得快，回頭豆兒姊給你買糖葫蘆吃。」

小孩子一聽到糖葫蘆，兩眼放光，立刻屁顛屁顛去跑腿。金秀玉吁口氣，回身關上了院門。

金林氏已經將劉媒婆請進堂屋坐下，還上了茶和點心。劉媒婆一點也不客氣，抓了把炒瓜子，一顆一顆往嘴裡送，沒多大會兒地上就一堆瓜子殼。

也不怕上火長潰瘍！金秀玉腹誹著，拿了個板凳在金林氏下首坐了。

「李家大少爺那是一表人才、知書達禮，年紀輕輕就把家裡的生意打理得井井有條，這就先不說了。這李家可是淮安首富，妳家姊兒嫁過去，還不是吃香的喝辣的，銀子那是幾輩子也用不完。再者說，大少爺上無父母，就一個老奶奶，妳家姊兒進門就先少了婆婆刁難；小叔子和小姑子還是半大孩子，更不會與她為難；老夫人又是出了名的好脾性，對這長孫媳婦只有疼沒有不愛的。妳說說，這樣好的親事，若不是妳家姊兒的福氣，那是打著燈籠也找不到呀！」

劉媒婆不愧是舌粲蓮花，說起親來那是一套一套的，句句都說到了金林氏的心坎兒裡。金林氏並不是全無算計，當日算命先生給女兒批了八字，說是身帶福壽、命中帶旺，她便認定合該是金家要富貴了，成天跟女兒說嫁進李家的好處。

只是話雖然這樣說，李家未曾上門提親，到底只是自個兒剃頭擔子一頭熱，總歸不踏實，沒料到今兒個劉媒婆當真上門說親，這就是情理之中、意料之外了。李家大少爺的家世背景，她自然早就盤算清楚了，如今聽劉媒婆再說一遍，哪裡有不稱心合意的。

金林氏聽得高興，金秀玉卻急得要死，拚命地用手在底下扯她的衣角，可惜金林氏全當沒看到。

「那是、那是，這雖說李家富貴，倒也虧了我家豆兒有福氣，妳說這身帶福壽、命中帶旺的八字命格，全淮安城又能有幾個？」

「可不是，這就是天造地設的良緣了，妳家姊兒命中注定是要嫁進李家的。妳這個做娘的呀，就等著享福吧！」

金林氏和劉媒婆一個吹一個捧，都覺得對方說的話順心極了，這天下的事，再美不過如此。

「既如此，金大嫂便取姊兒的庚帖來，我也好拿去李家合婚。」

金林氏忙點頭稱是。

金秀玉見母親真的要去取庚帖，父親又還沒回來，這庚帖若真交到媒婆手上，就真的無可挽回了，心裡著急，顧不得許多，一蹬腿，跳起來喊道：「我不嫁！」

劉媒婆的笑容頓時僵在臉上，只拿眼睛看著金林氏。

金林氏又急又怒，伸手想打，卻被金秀玉一晃躲了過去，自覺有些沒臉，只好喝道：「姑娘家大聲喧譁，成何體統。何況婚姻大事，父母之命媒妁之言，哪裡有妳說話的分！」

「既是父母之命，就該等爹回來決定。他才是一家之主，娘親怎能私自答應了媒人？」金秀玉梗著脖子據理力爭。

女兒性子倔強，金林氏素來都是知道的，只是沒想到她當著外人面這麼下自己做娘的臉，頓時也沈了臉。「我答應跟妳爹答應都一樣，這個主我也能作得了。」

「這個主，妳還真就作不得！」

突然插進來中氣十足的一聲大喝，把金林氏和劉媒婆都嚇了一跳。

金老六正邁著大步，從院子裡朝堂屋走來。

「爹！」

金秀玉歡天喜地奔過去挽住了父親的手臂。救星啊，可總算回來了！

金老六疼愛地摸摸她的頭髮，抬頭面對金林氏和劉媒婆卻是另一番臉色。

金林氏訕訕道：「你回來啦。」

金老六從鼻孔裡嗯了一聲，也沒怎麼搭理她，逕自走到上首坐下。

劉媒婆立刻調整好狀態，又展開了萬年不敗的笑臉。「金大哥回來得正好，我可給您道喜啦，你家姊兒嫁到李家，可是天上難找地上難尋的良配呢！」

金老六板著臉道：「這親事我還沒答應呢，哪裡稱得上良配！」

劉媒婆有一瞬間的僵硬，立刻便又笑嘻嘻道：「這是怎麼說的？金大哥若是有什麼條件，只管說來我聽，我去跟李家談，管保叫您稱心滿意。」

金老六卻對她這笑臉一點也不買帳。「李家是淮安首富，有錢有勢，我金老六平頭百姓可高攀不上。這門不當戶不對的，怎能成婚？」

劉媒婆的臉色又是一僵，還沒見過這麼不給情面的。

金林氏心裡大恨，臉上卻笑呵呵地，說道：「他爹，你要是有啥條件你就直說，劉嬤嬤自會張羅。」

她嘴上說著，手底下卻偷偷擰住了金老六腰上的軟肉。金秀玉錯眼看見，都忍不住抽了抽眼角。

金老六卻似渾然未覺，將目光轉向金秀玉，淡定地道：「豆兒，妳自己來說，妳對這門親事有什麼不滿？要提什麼條件？」

冷不防父親將問題扔給她，金秀玉左右一看，爹、娘、劉媒婆三雙眼睛都盯著自個兒，一時間她也想不出什麼條件可以讓李家和劉媒婆知難而退，不由咬住了唇。

劉媒婆眯著眼睛，微微露出一絲得意，這李家大少爺的條件，那是全淮安城再好不過了，她倒想看看這小丫頭片子能提出什麼艱難的條件。

金秀玉自然看到了她臉上的得色，頓時又厭惡了幾分，突然抬手一指劉媒婆，大聲道：「這個媒婆太醜了，讓李家換個好看的來！」

「噗！」金老六噴了一嘴的茶水。

劉媒婆的臉色不是僵硬，而是直接抽搐了。

劉媒婆最後是氣沖沖走掉的，臉也歪了，粉也掉了，不知道是不是因生氣出了汗，身上搽的香粉都彷彿多了一絲酸臭味。

金老六黑著一張臉坐著像一尊佛，金林氏瞅他臉色不善，不太敢捋虎鬚，只好回頭對這金秀玉道：「妳幹的好事，怎能當著劉嬤嬤的面讓她沒臉！這要是傳揚出去，人家只當妳有爹生沒娘教，將來哪還有好人家肯娶妳？」

金秀玉冷笑道：「咱們家衣食無憂，娘卻要將清清白白的女兒送去給人做妾，這要是傳揚出去，還不知道誰沒臉呢！」

「妳！」金林氏頓時噎住，自從這女兒三年前大病一場，好了以後就跟換了個人似的，她這做娘的是越來越沒有地位了。「這就是我養出來的好女兒，話裡話外的，何曾將我這做娘的放在眼裡？我這是造了什麼孽，竟生出這麼個不忠不孝的忤逆女！」

金林氏大呼老天，一臉悲憤，不知情的還當真以為金秀玉犯了何等忤逆大罪。

「行了！」

金老六一拍桌子大喝一聲，金林氏頓時嚇得一滯，一聲大哭堵在了嗓子眼裡，憋得滿臉通紅。

「哭什麼？妳做這樣子給誰看？俗話說得好，寧做貧家妻，不做富家妾。妳想把好端端的女兒送到李家做妾，這不是把她往火坑裡推嗎？」

從成親到現在，金林氏從來不敢大聲反駁金老六的話，在他面前老實得跟小兔子似的，只是這回實在有些不甘心，李家這門親事她是心心念念想攀，女兒不僅不答應，還當眾下她的臉面，實在讓她下不了台。

「李家可沒說是做妾，說不定是娶妻呢。」

金老六翻白眼道：「那劉媒婆可曾有一個字提到是娶妻？」

金林氏扭著衣角，囁嚅道：「雖沒提到做正妻，卻也沒說是做妾的……」

這回不僅金老六，連金秀玉都朝天翻了個白眼。

「娘，妳就別白日作夢了！李家那是淮安首富，李家大少爺若娶正妻，別說咱們這樣的小門小戶，他就是想娶知府千金，那也是綽綽有餘。妳女兒我既不是出名的美人，又不是大家的閨秀，就是給人做妾，人家說不定還嫌咱們高攀呢！況且，做妾的命就好比是做奴才，將來生了兒子都不能管我叫娘，妳就真忍心，看著外孫叫人家做外婆？」金秀玉說著說著，便滿臉的委屈。

最後一句話打動金林氏了，做妾的生了子女都是要稱正房做母親的，一想到將來嫡親的外孫不能叫自個兒外婆，反而跟人家的老子娘親近，她就覺得一陣心慌，再看著女兒潸然欲泣的臉，便不由得心虛起來。

金秀玉一面作戲一面注意著母親的神色，一看她不說話了，就知道問題解決了，偷偷地便給爹爹飛了個眼神。金老六暗暗伸出了一個大拇指，父女兩個好默契，心照不宣。

「罷了罷了，這件事誰都別再提，李家若再遣媒人上門，只管應付過去。這說了半日的話，倒耽誤了做活兒，豆兒快去灶上生火，咱們今兒個做它兩百斤蠟燭。」

金林氏白他一眼，沒好氣道：「還做什麼活，都快中午了，先做中飯要緊，等會沐生就下學了，可不能餓著我兒子！豆兒，快跟我來生火。」

金秀玉衝老爹吐吐舌頭，跟著老娘進了廚房。金老六得意一笑，自家婆娘，果然還是很好搞定。

金林氏的飯做到一半，院門就被拍響了，不過來的並不是下學回家的金沐生，而是另有客人上門。

「今天什麼日子，怎地這許多客人？」金秀玉一面嘀咕，一面走出廚房，見金老六領了一個大腹便便的中年男人往堂屋走，神色間極是恭敬。

「豆兒，快煮水泡茶，有貴客上門啦。」金林氏一面快速跟她說話，一面麻利地又取盤子裝瓜子、點心。

「娘，那人是誰？」

「妳不認識，他是豆腐坊的坊正，姓劉，妳只管叫他劉伯伯便是。趕快注水來泡茶！」

金林氏裝好了點心盤子就出了廚房，離堂屋門老遠就叫道：「劉坊正可是稀客呀，什麼風把您給吹來了？」

金秀玉在廚房裡找了茶壺，方才做飯剛好燒了一銅壺水，又取了茶葉和茶杯，泡好茶，拿木托盤盛著，端進了堂屋。

劉坊正和金老六坐在上首，金林氏伸手將茶先端到劉坊正面前，復又端了另一盞給金老六。

劉坊正上下看了一眼金秀玉，問道：「這是你家大姊兒？」

「正是。」

「倒是生得乾淨，李家的媒人可曾上門？」

金秀玉拿眼睛偷偷橫了一下金林氏，怨她同左鄰右舍多嘴，如今傳得連劉坊正都知道了。

金老六不好接話，打了個哈哈掩過去，只問道：「劉坊正今日來可有公幹？」

劉坊正笑道：「並無公幹，倒有一樁喜事要告知。」

金老六和金林氏互視一眼，面露疑惑。

劉坊正笑咪咪地將事情說了一遍，還真是一件喜事。

原來，十日之後便是七月初七的乞巧節，按照大允朝風俗，無論是未婚少女還是已嫁婦人都會進行乞巧活動，一般都會邀上知己好友一起拜織女，少則三、五人，多則十幾人不等。

淮安知府侯耀申的千金侯小姐，每年都會邀上閨中好友一同乞巧拜織女，今年也不例外。而乞巧當天所用祭品鮮花蠟燭器皿等物什的採辦任務，一般都是府中的管家打理。

管家是侯家的家生子，跟著東家姓侯，自然便稱之為侯管家。侯管家長年操持府中事物，於城中各行各業的買賣都十分熟悉，說到香燭，自然是東市的三水紙馬鋪品質最佳。

三水紙馬鋪的蠟燭並非只有一個種類，而是有好幾個檔次。侯管家想到自家小姐平日起居已是十分講究，何況逢此重要佳節，所求自然更加精益求精，這次採買的物事一定要別出心裁才能討她歡心，香燭是乞巧的重要物什，與其買成品，不如訂製更為穩妥。

因此，三水紙馬鋪的佟掌櫃便向他推薦了金老六。金家蠟燭的品質自然是沒得說，最重要的是，全淮安城只有金老六能夠在蠟燭上描圖寫字，而且所繪花鳥，活靈活現。

知府門人七品官，侯掌櫃也是身分尊貴，升斗小民難得一見，自然不會紆尊降貴，親自來找一個做蠟燭的小小匠人，於是這樁差事便層層落到了豆腐坊的劉坊正頭上。

劉坊正深知討好侯管家就是討好侯小姐，討好侯小姐，就是討好侯知府，為官之道，怎能不盡心辦差？何況金老六確實手藝一流，跟他也算是有交情的老朋友，自然是肥水不流外人田了。

所以，他才會有今天一行。

自家的手藝能被知府千金欽點，對於金老六來說，不亞於接到了聖旨，本應該是誠惶誠恐，但是金老六也有個妙處，平日為人謙虛誠實，但大約是祖上家世影響，性格裡很有些自尊的因子隱藏在內，尤其在做蠟燭這門手藝上，最是自信不過。因此對於劉坊正的要求，他一口就應承了下來，還拍胸脯保證一定做出既美觀又精緻、品質一等的香燭來。

劉坊正前腳剛走，金家的小祖宗金沐生便下學回來了，一如往日一般，一腳踹開院門，人還沒進來，嘴裡先嚷開了。

「餓死啦！飯得了沒？今兒個可有肉？」

金林氏正將飯菜往堂屋端，忙應道：「今兒有你最愛吃的紅燒肉，快來坐下。」

金沐生歡呼著跑來，被金秀玉一伸手攔在了懷裡。

「可洗手了？沒洗手不許吃飯。」

金沐生扭著身子不耐煩道：「我要吃飯！我要吃紅燒肉！」

金秀玉掐住他臉頰上兩塊嫩肉，瞪眼道：「不洗手就不給肉吃。」

每次一看見這個頑皮的小祖宗，金秀玉就忍不住叫一聲不公。明明同一對爹媽生的，為什麼差別會這麼大呢？

金沐生長得天庭飽滿、地閣方圓，一雙眼睛黑白分明，鼻梁那叫一個挺直，一看就是俊後生的胚子；金秀玉呢，也就是白淨點，臉上兩團嬰兒肥，毫無特色。到金家串門或作客的，從來都只有誇沐生俊，沒有說她秀氣的。

所以每次這小混蛋不聽話，她就使勁掐他臉，以洩私憤。

金沐生大力掙扎，嘴裡嗚嗚叫著，耐不過金秀玉力氣大，掙了半天沒掙開，只好乖乖去洗手。

水已是打好倒在盆裡的，他把手放進去，正隨便地洗著，突又回頭道：「金豆兒，娘今天逼妳嫁人沒？」

金秀玉一拍他腦袋道：「誰准你叫金豆兒的，叫姊！」

金沐生撇嘴，不理會這個問題，只道：「我在問妳話，娘今日又逼妳嫁人了？」

金秀玉無法，點點頭回答了他。

金沐生立馬虎起一張小臉，扭身走進堂屋，一屁股坐在飯桌前，也不說話，也不吃飯，只盯著菜盤子生氣。

金林氏素來當這兒子是個寶，一點子頭痛腦熱都要緊張半天，見他這個樣子，慌忙問道：「怎麼了？誰惹咱小祖宗生氣了？」

金秀玉一面坐下，一面瞟了這小混蛋一眼，漫不經心道：「誰知道他，一會兒是風一會兒是雨的。」

金沐生瞪了她一眼，扭臉對金老六道：「爹，你媳婦今日又欺負我姊了，你管教了沒？」

「咳咳！」金老六正喝了一口酒在喉嚨裡，不由咳了兩聲，整理了一下表情，淡淡點頭道：「嗯，我已管教過了，你且安心吃飯罷。」

「這就好。」金沐生鄭重其事地嗯了一聲，這才拿起了筷子，挾了一塊紅燒肉放進嘴裡。

金秀玉憋著笑，偷眼看了下娘，果然見她脹紅了臉，盛飯的手停在半空，一張嘴罵也不是、哭也不是，好不糾結。

「這、這混帳兒子！」

金林氏最終憋了一句話出來，卻惹得兩個男人都拿斜眼看她，大的那個眼神冷酷，小的那個目光憤怒，莫名地心中就害了怕，只默默地坐下吃飯，再不說一個字。

金老六和金沐生互相看對方一眼，都略點了下頭。

「爹，喝酒。」

「兒子，吃飯。」

兩人還一本正經地互讓起來，彷彿沒事人一般。

金秀玉憋笑憋得滿臉通紅，自家這父母子女的關係，也算得上一大奇觀了。

金林氏委委屈屈地剛吃了一口飯，對面金沐生「啪」一聲將筷子拍在桌子上，又將她嚇了一跳。

全家人都看著金沐生，連金老六都把端著酒杯的手停在了半空，只道：「這又是哪一齣？」

金沐生眨了眨眼，突然扭頭對金秀玉道：「金豆兒，有個叫劉嬤嬤的老女人妳可認識？她今日當著我的面罵妳了。」

金老六一筷子先敲在他頭上，罵道：「沒大沒小，要叫姊。」

金沐生敢對娘擺臉色，對爹卻不敢大聲，尤其這個老子把臉一板、眼睛一瞪，氣勢一來，他就心虛氣弱了。

金秀玉問道：「可是劉媒婆？你在哪裡遇見她，她說了什麼話？」

「她說像我們這樣的窮光蛋，別說做妾，就是給李家大少爺做暖床丫頭，都是抬舉了。金豆兒，暖床丫頭是什麼？是不是小老婆？」

金秀玉沈下了臉，金老六將酒杯往桌上重重一放，冷哼道：「劉婆子好臭的一張嘴！」

金林氏忙道：「許是沐生聽差了……」

「才沒有！」金沐生年紀小，心氣卻大，絕不容自己被質疑，嚷道：「那老女人臉白得像鬼，一說話滿嘴大蒜味，可臭了，但是她說的話我可是一個字都沒聽錯。」

金秀玉沈聲道：「這老婆子不是好人，你下回見了她，莫要理會，她若是敢再說混帳話，你就揍她！」

「說的什麼，莫教壞了妳弟弟……」金林氏慌忙地阻止。

「聽你姊的，只管揍她，爹替你兜著呢。」金老六立刻便跟著來了一句。

金沐生咧嘴道：「知道了，下回再遇見，我打落她門牙。」

金老六笑誇一句「好兒子」，金秀玉可愛地皺起了鼻子，揉著他的腦袋。

唯有金林氏又生氣又擔心，但深知父子三人一樣的倔脾氣，說了也沒人聽她的，只管懊惱著，嘟囔道：「下午要做蠟燭，沐生還得上學堂，三位祖宗別顧著商量打人了，快吃飯是正經，莫要耽誤了時辰。」

金老六父子三人都知道她憋屈得厲害，且由她發幾句牢騷。

他們這邊正正經經地吃了飯之後，上學堂的自出門上學堂，做蠟燭的自收拾了廚房做蠟燭。

而方才口中所討論的那位嘴臭的劉媒婆，正在李家寬敞明亮、比金家堂屋還要大幾倍的花廳上，添油加醋地說著金家的壞話。

李家的花廳寬敞明亮自不用說，水磨的地磚，光可鑑人，一色花梨木的椅榻桌凳，博古架上琳琅滿目的珍寶古玩，無不透露出主家的富貴大氣。

李家的三位少主都不在場，只有李老夫人帶著一眾丫鬟僕婦，聽這老女人口沫橫飛。

李家富貴，丫鬟個個穿金戴銀，倒似大戶人家的千金小姐一般，劉媒婆一面說，一面拿眼睛瞧著滿屋子晃眼的物什，金的銀的玉的寶石的，花團錦簇，倒似進了金玉鋪子，就是金玉鋪子，也不見得有這許多寶貝東西呢。

這李家，實在有錢到沒邊。可惜她劉媒婆沒個一兒半女，不然捏個八字，也能攀上一回。

那金家實在可惡，說話難聽不說，連一個銅子的賞銀也沒有，八字命好又有什麼用，結姻緣還要靠媒人，看她怎麼用這三寸不爛之舌攪黃了這樁婚事！

李老夫人倚在羅漢床上，滿頭白髮，梳得整整齊齊，只插兩根碧綠的翡翠簪子，臉上紅潤飽滿，一團福相，尤其一雙眼睛，全不似尋常老人那般渾濁，反倒清澈如水。

兩個媳婦子站在床後，各拿一把大大的芭蕉扇輕輕搖著，風速拿捏恰到好處。

羅漢床上放著一張小桌子，桌那邊坐著一個年輕的姑娘，青蔥一般的手指，拈著一柄剔透如雪的白瓷湯匙，將一丸晶瑩沁涼的荔枝送入李老夫人口中。

這姑娘，便是李老夫人的貼身大丫鬟，青玉了。

這青玉，說是丫鬟，倒比一般人家的小姐還生得齊整，俊眉鳳眼，顧盼神飛；身上所穿的乃是上等雲茜紗製成的夏衣，既輕薄柔軟又清爽透氣。這種紗，市價得三十兩銀子一疋，若非大戶人家，就是正經小姐也難得用這紗做件衣裳。

劉媒婆一雙眼睛從她頭髮上的一對紅寶石簪子，滑到她耳上的一對寶石耳墜，再滑到她手上鑲了七彩寶石的金鐲子，忍不住嚥了下口水。

這青玉，不過是李老夫人貼身的丫頭，瞧這一身的穿戴，倒有好幾百兩銀子，真箇人比人氣死人，尋常人家哪裡有這般鋪張奢侈的。

除了老夫人和青玉，屋裡或坐或站的，大大小小總有十幾個丫鬟僕婦，都好奇地看著這位劉媒婆，聽她數落金家的不是。

「這金家，小門小戶，父母既無才識，子女又無教養。他家大姊兒生得甚是平常，又不善女紅，脾性也嫌跳脫張揚了些，家裡也不教導待人接物的道理，客人面前猶自指手畫腳，言語乖張。老太君不知，當著我的面還指著鼻子罵呢！您說這般人物，哪裡配得上咱大少爺！」

劉媒婆只管口沫橫飛，絮絮叨叨。李老夫人一面聽著，一面給青玉遞了個眼神。青玉笑咪咪地將最後一丸荔枝送進她嘴裡，吩咐撤了碗勺。

立刻有小丫頭遞上來濕手巾，青玉擦淨了手，笑道：「劉嬤嬤辛苦了。金家之事老太太自有分寸，嬤嬤奔波了一天，也甚勞累，且隨丫頭去領了賞金，好早些回家歇息。」

劉媒婆正說到興頭上，停也停不住，被青玉一打斷，只笑道：「姑娘體恤我老婆子，是我的福分……」

「來人呀，帶劉嬤嬤取銀子去。」

青玉也不聽她的，自管一面叫人一面扭頭請示李老夫人。

李老夫人便懶懶抬手，笑道：「厚厚地賞。」

這麼說著，一名綠色衣裳的大丫鬟便去請劉媒婆，劉媒婆一看這架勢，只得起身，跟在丫鬟後頭離去。

這劉媒婆前腳剛走，李老夫人立刻坐直了身子，突然間便來了精神。

青玉笑道：「老太太，可聽那劉嬤嬤說了，金家的大姊兒倒是個有趣的人。」

李老夫人拿手指一戳她額頭，笑罵道：「妳個小蹄子，倒想讓我孫子娶個潑皮娘子進門，可有妳的好處不成？」

青玉嘴一噘，揮著帕子道：「老太太冤枉我，我卻不樂意了。咱們家何曾喜歡那等唯唯諾諾的媳婦，這金家大姊兒倒是個爽利人，可不合您的脾性？」

李老夫人抿嘴一瞪眼，下頭一眾丫鬟僕婦都笑起來。

青玉笑了一回，反皺眉道：「只是有一樁，這金家聽著是豁達爽利，心氣未免也過高了。咱們這樣的人家，憑她是天仙，配給大少爺也不虧，何況不過是個蠟燭匠的女兒，怎麼的就看不上咱們家？難不成，真有那不愛銀子的？」

李老夫人眯著眼睛道：「百樣米養百樣人，指不定就是那不嫌貧不愛富的呢。」

「我卻是不信，她就是個仙女，也想凡人給鍍個金身呢！」一個橙色衣裳的丫鬟端了一盤糕點給眾人分派，正好走到青玉跟前，便開頭插了一句，看其相貌比青玉還要略小幾歲。

青玉抬手在她臉上擰了一把，罵道：「妳倒是看得透。」

李老夫人招手道：「真兒也是個聰明的，過來替我捶腿。」

真兒將盤子遞給其他人，巴巴地跪在腳踏上替李老夫人捶起腿來。

「這大千世界，人有高低貴賤，有人圖名，有人圖利，有人只圖個心安理得，嫌貧愛富是人之常情，真懂得知足常樂的也不是沒有。好比妳們這幾個丫頭，天天盡心盡力地伺候我這老婆子，可有圖謀的私心？」

真兒抬頭一笑，兩隻眼睛亮晶晶的小鹿一般，說道：「伺候老太太是真兒的福氣，哪有圖謀呢！」

青玉嗤了一聲，甩著帕子冷笑道：「老太太這話卻是高看我了，我可是等著您百年了，好分個幾分家產與我過逍遙日子呢。」

李老夫人「呸」地啐了她一口，拿手指指著，對一眾丫鬟僕婦說道：「這是個沒良心的，趕緊來人與我拖出去，省得惦記著我老婆子的歸期！」

眾人都知道是玩笑話，平日裡老太太和青玉都是鬧慣了的，從不當真，均只嘻嘻笑著，突地兩個小丫鬟急匆匆跑進來，其中一個猛了些，差點一腳踢翻了跪著的真兒。

青玉大罵：「火燒屁股啦，慌什麼，仔細衝撞了老太太！」

兩個小丫鬟忙跪下道：「老太太息怒，奴婢不是有意衝撞，只是二少爺和三小姐方才在花廳外偷耍，不知聽了什麼，便相約了往府外跑，奴婢等攔也攔不住。」

真兒立刻驚道：「妳們怎的不看住了，少爺、小姐若在外頭出了事，誰擔當得起！」

青玉瞪她一眼道：「妳也一驚一乍地做什麼！」

她回頭看著兩個小丫鬟，認得是服侍二少爺和三小姐的人，一個叫銀碗，一個叫銀盤，便問道：「少爺、小姐出府，可有人跟著？」

「貼身的都跟著呢，兩位主子嚷嚷著趕馬車去，卻不知去哪裡。」

青玉忍不住斜了兩小丫鬟一人一個白眼。「伺候了兩位主子這麼久，還不瞭解主子的脾性，他們既是帶人出門，必是尋誰的晦氣去了，吃虧的總不會是他們。起來吧，只管回院子裡守著，等兩位主子回來。」

銀碗、銀盤應了，縮著身子退了出去。

眾人虛驚了一場，此時都是有些洩氣。

李老夫人悶悶地道：「這兩個小祖宗，真真不叫人安生，早晚有人收拾了他們。」

青玉撇嘴道：「咱們家何止兩個，可有四個祖宗呢！」

年長的丫鬟僕婦都是掩嘴偷笑，年幼的小丫鬟們都好奇地問是什麼說法。

「老太太是老頑童、老祖宗，二少爺、三小姐成天闖禍，是兩個小祖宗，大少爺卻也是個祖宗呢。」

一個小丫鬟疑惑道：「大少爺最是和氣不過，怎的就是祖宗了？」

真兒搖頭道：「妳進府不過月餘，不知道也不稀奇，等哪天妳見到大少爺晨起，便曉得這祖宗是個什麼緣故了。」

小丫鬟們面面相覷。

李老夫人、青玉、真兒，還有知情的丫鬟媳婦們都無奈地搖頭嘆息。

第二章 金家的小祖宗

上午劉媒婆和劉坊正，加上中午回家吃飯的金沐生，幾個人走馬燈似的來了又走，鬧得金家半日沒開工。下午總算是要著手製蠟燭了，金老六的意思，今兒個要做它一百斤蠟燭。

在這裡生活了三年的金秀玉，對於家裡這門製蠟燭的工作流程早已爛熟。製蠟燭的第一道工序，便是捲芯骨。

芯骨是行話，其實就是蠟燭中間那根引燃的燭芯。芯骨的原材料就是蘆葦桿，只有粗細均勻的蘆葦桿才能做出均勻的芯骨，從而做出粗細一致、賣相均勻的蠟燭。

所以，選芯骨才是最先要做的細功夫。

昨日金老六便已帶著金秀玉，從專門收集販賣蘆葦桿的匠人手裡買了十幾捆蘆葦桿回來。以他多年的眼力，選出的蘆葦桿粗細程度自然十分均勻合用。

金家製蠟燭一向都在廚房裡進行，現下，金老六拿起一捆捆蘆葦桿，用芯骨刀鍘成整整齊齊的一段一段備用。

金秀玉看著芯骨刀，明明挺精巧的器具，卻總讓她聯想到開封府包青天的那道狗頭鍘。

可不是嗎，下面半個圓槽，上面一柄光閃閃的刀，往下一按，「咔嚓」一聲，蘆葦桿被一截為二。嘖嘖，跟狗頭鍘鍘人脖子那是一模一樣。

「嘶！」她忍不住撫了撫手臂上浮起的雞皮疙瘩。

金林氏抬手在她腦袋上敲了一記，說道：「神遊到哪裡去了？還不快幹活！」

金秀玉癟癟嘴，拿起棉片，將已經鍘好的芯骨細細地捲了一層棉皮。

這就是金家蠟燭質量好的一個特點了。

一般的蠟燭匠都是用紙捲芯骨，這樣製得的蠟燭點燃後冒的煙顏色濃黑，在屋裡點的時間長了，人的鼻孔中多有黑色的污垢；不僅如此，這樣的蠟燭點燃時火焰長、燒得快，不經用。

而金家用的是棉，製得的蠟燭顏色純淨，絕不會冒黑煙；火焰也短，蠟燭所使用的時間便更長一些，這也是實惠所在。

金老六一面切芯骨，金秀玉和金林氏就一面捲，三人手法均十分嫻熟，配合也很是默契。

金老六切完了，便將母女二人已經捲好的芯骨整理好，兩百根捆成一捆。等母女二人把所有芯骨都捲好了，他這邊也都整理得差不多了。

「這便開始炸吧，豆兒先去燒火。」

金秀玉答應一聲，坐到了灶口。

金老六和金林氏則將事先提進來的烏桕脂倒入專門用來熬烏桕油的大鍋裡。

烏桕油正是做蠟燭的主要原料，乃是從烏桕樹的種子裡提煉出來的。平常是白色的固態脂體，受熱融化成清澈的油狀，便是烏桕油了。

剛剛倒好滿滿一鍋油，金秀玉剛將一把引火的稻草塞進灶裡，只聽院門再一次「咚咚」作響。

「今兒個是什麼日子，怎的這許多人敲門？」金林氏一面嘀咕著，一面出了廚房，走到院子裡去開門。

金老六和金秀玉在廚房裡，見金林氏沒迎客人進來，想著大概是左鄰右舍來說幾句閒話，便沒做理會，直到突然聽見金林氏「呀」一聲尖叫，父女倆忍不住都吃了一驚。

只見金林氏慌慌張張跑回來，一張臉脹得通紅，兩隻眼睛都在放光，興奮道：「快！快！豆兒快去門口，二少爺和三小姐來了！」

金秀玉一頭霧水地道：「哪個二少爺？哪個三小姐？」

金林氏一拍手，急道：「就是李家的龍鳳胎少爺和小姐，他們指名道姓是來找妳的呢！」

金秀玉愕然。

金老六皺眉道：「他們來做什麼？莫非媒婆說不成，派兩個小孩子來說親？」

金林氏沒好氣地斜他一眼。「你老糊塗了，二少爺、三小姐自然是來拜訪，李家是何等人家，婚姻大事怎會如此沒規矩！」說著，回頭又道：「豆兒快去外頭招呼，別讓兩位小貴客久等。」

金秀玉疑惑道：「既是貴客，為何不迎進家裡來坐？」

「嘿嘿，這個嘛，」金林氏摸了摸臉。「人家是高門大戶，知書達禮的，大約有什麼特別的規矩也未可知，妳只管去見他們便是。」

金秀玉稍微思忖一下，乖乖地出了廚房。

到得院門外，只見三輛馬車堵在門口，將整條青石小巷占得滿滿當當，七、八個家丁打扮的男子和五、六個媳婦子都站著，團團圍著中間那輛特別豪華的馬車。

一個青衣家丁，大概方才便是他敲的門，正站在最前面，見金秀玉出來，便上前笑問：「可是金小姐，我家少爺、小姐請姑娘上車一見。」

金秀玉看了他一眼，暗道李家的家丁倒是謙和有禮，但這兩位小主人行事反倒荒唐，哪有無緣無故，讓一位未出閣的姑娘進陌生人馬車的道理？

「既是你家少爺、小姐主動來訪，卻為何要我上車相見，你自去請他們下車來。」

「這……」年輕的家丁為難道。「這大門之外總不是談話所在，小姐還是上車去，車內寬敞，反而方便。」

金秀玉搖頭道：「你家兩位主人既然不願意下車相見，那便作罷，我還有活計要做，恕不遠送了。」

她說著便轉回身要關院門，「等一等！」一個稚嫩的童聲響起。

馬車的兩扇車門從內被踢開，一個男孩和一個女孩相繼跳下車來。

金秀玉聽到聲音便已回過了身，見兩個半大孩子，大約弟弟沐生一般的年紀，生得十分相像，一樣的鵝蛋臉、桃花眼、懸膽鼻，果然是龍鳳胎的緣故。只是男孩子稜角更加分明一些，女孩子眉目略微細緻清秀些。

她也是聽過李家傳聞的人，料到這男孩定是二少爺李越之，女孩便是三小姐李婉婷了。在這個年紀，女孩子都比男孩子長得快，李婉婷倒比哥哥李越之高了一、兩寸。

李婉婷和李越之一下車就盯著金秀玉看，睜大著同樣漂亮的桃花眼，上上下下將她打量了一遍。

金秀玉大大方方地任他們打量，嘴邊淡淡微笑，就是不說話。
終於李婉婷先忍不住，開口道：「妳就是劉嬤嬤說的金秀玉？」
她聲音清脆甜潤如銀鈴，明明口氣十分突兀，卻不會讓人感到一絲的冒犯。
金秀玉只點頭道：「是我。」
她的回答太簡單，李婉婷一時不知怎麼接下一句，眨了眨眼睛，回頭看著哥哥李越之，低聲道：「倒沒有劉嬤嬤說的那般醜。」
她小小孩子，自覺低聲，在場的卻人人都聽得清楚，暗暗都有些想笑，當事人金秀玉則直接就綻開了一個笑容。
而李越之，眼睛看著金秀玉，嘴裡一本正經地回了一句：「嗯，笑得好看。」
李婉婷回過頭，看著金秀玉的笑容，也點了點頭表示贊同。
金秀玉見這兩位小祖宗，無緣無故跑來自家門口，卻只是談論她的相貌，又是好笑又是疑惑，問道：「兩位來我家，就是為了看我的相貌嗎？」
李婉婷仰著頭，一派天真，眨巴著水汪汪的桃花眼，問道：「妳為什麼不願意嫁給我哥哥？」
金秀玉反問道：「我為什麼一定要嫁給妳哥哥呢？」
李婉婷一滯，回頭看李越之，後者也皺起了眉頭，白嫩的小臉上流露出疑惑。在兩個小人心裡，自家哥哥自然是頂頂好的，可是金秀玉一問，他們一時也回答不出，為什麼人家一定嫁給自家哥哥呢。

兩個小人想事情的習慣，便是李越之咬著嘴唇、李婉婷絞著衣角，腦袋頂著腦袋，相對低頭，倒似能在地上撿到答案似的。

李婉婷低頭想了半天，似乎想到什麼，又抬頭道：「哥哥又漂亮又能幹，有許多大姊姊都想做我們的嫂子，為什麼妳不願意？可是嫌我家沒給妳錢？」

金秀玉腳下差點絆倒，繼而大囧。

這李家的小孩子，腦袋裡想的都是什麼？

金秀玉瞪著眼睛，不明白為什麼場面會變成現在這樣。

李婉婷和李越之堂而皇之地坐在堂屋最上首，由於椅子高了一點，腳點不著地，兩個人都不停地晃著小短腿，加上粉嫩粉嫩的臉頰、水汪汪的桃花眼，衣裳又極為精緻華麗，從外表看真是一對十分可愛的蘿莉正太。

前提是，他們的表情能不這麼嫌棄的話。

「金豆兒，妳家為什麼沒有鋪地磚？」

「金豆兒，妳家為什麼沒有博古架？」

「金豆兒，妳家下人是不是都跑出去玩了？」

金豆兒、金豆兒、金豆兒……

金秀玉抓狂道：「咱們兩家不熟！再者，我好歹是你們的長輩，怎可直呼我的名諱？李老夫人是這麼教導你們的嗎？」

他奶奶的，連名帶姓叫就算了，叫的還是小名，現在的小屁孩怎麼都這樣，金沐生這麼叫，連李家這對小祖宗也這麼叫，真夠自來熟的。

李婉婷眨巴著眼睛，歪著小腦袋，無辜地道：「我們在家裡的時候，都是叫別人名字的呀！」

李越之也附和道：「再說，妳爹爹娘親不是都叫妳豆兒嗎？我們為什麼不可以？」

金秀玉頓時哭笑不得，金林氏正端了點心、茶水過來，一迭聲地道：「可以可以，少爺、小姐想怎麼叫都可以，咱們窮苦人家，沒那許多講究。」

她一面討好地笑著，一面用胳膊肘拐了一下金秀玉。

金秀玉將她拽到一邊，低聲道：「娘，妳這是要做什麼？屋子裡坐著兩位祖宗，院子裡坐著一堆閒人，咱們還怎麼做活？」

她手指著院子裡一堆李家的家丁和丫鬟僕婦，這都是金林氏熱烈歡迎請進家裡來的。

金家的院子本來就不大，李家十來個人將整個小院擠得滿滿當當，日頭正曬，人人都站在枇杷樹下躲太陽。

金老六搬了條矮凳坐在廚房門口，瞇著眼，看看這個、看看那個，既無奈且煩躁。

原本金秀玉想隨便說幾句話打發了李家的人回去，誰知道母親金林氏突然就冒出來，熱情萬分地將所有人都請到家裡來。

如今倒好，請神容易送神難，一家三口都得伺候這大大小小近二十個客人。

「李家二少爺和三小姐都是一等的貴客，他們肯來咱們家，不正說明李家對妳的重視，怕是真要娶妳做正妻呢！」金林氏笑得兩隻眼睛都瞇成了縫，滿臉桃花紋都開了。

金秀玉看不慣她這副樣子，誠心不想讓她得意，便打定了主意道：「我這就打發他們回去，看娘妳這白日夢還作不作得成！」

金林氏大驚，伸手去拽她衣裳，無奈金秀玉轉身得快，半片衣角也沒撈著。

「李少爺、李小姐，咱們家是平頭百姓，寸工度日，一天也不得閒，今日還得做一百斤蠟燭，實在招呼不了貴客。二位若是沒什麼事，便請早些回家去吧，恕我們禮數不周了。」

金林氏在後面聽得大急，暗暗跺腳，恨這閨女是個傻的，天上掉下來的餡餅不僅不撿，還要推出去。

李婉婷和李越之互相對視一眼，倒不是沒聽懂金秀玉的話，而是他們的注意力全被另一件事吸引住了。

李婉婷疑惑道：「為什麼要做蠟燭？去買就好啦！」

金秀玉擠出一個僵硬的笑容，說道：「外面賣的蠟燭就是我家做的。」

「嗄?!」李婉婷先是一愣，突然眼睛大亮，急切地從椅子上跳下來，兩隻小手一伸，拽住了金秀玉的衣角。

「做蠟燭好玩，我也要做蠟燭！」她一面左右搖晃著金秀玉的衣角，一面撒嬌道。「金豆兒，教我教我，我還從來沒見過做蠟燭呢！」

李越之也拍手歡快道：「這個好，我也要做蠟燭，我也要做蠟燭！」

金秀玉真想一頭撞死，沒打發走兩個祖宗，反而勾起了他們的興趣，更有理由留下來了。

「不行，做蠟燭是正經的活計，不是玩耍，而且辛苦得很，你們是千金貴體，若是磕著碰著，我可擔待不起。」

「我們不怕辛苦，做蠟燭好玩，金豆兒、好金豆兒，妳就答應了吧！」

李婉婷和李越之一迭連聲地央求著，兩個人站在她面前，仰著小腦袋，齊刷刷地眨著水汪汪的桃花眼，無辜的樣子瞬間就讓金秀玉想到了小鹿斑比，很有些於心不忍。

金林氏見事有轉機，很及時地插了進來。

「金豆兒同你們開玩笑呢，少爺、小姐要做蠟燭，誰敢不同意，我第一個打他。」

李婉婷和李越之頓時眉開眼笑，兩張小臉熠熠生輝，加倍粉嫩可愛。

金林氏忍不住又是歡喜又是疼惜，豆兒若是嫁進李家，這樣惹人疼愛的小叔子小姑子，還不是她這做嫂子的福氣？

「娘！」金秀玉將母親拉到一邊，埋怨道。「他們二人嬌寵慣了，哪裡會做活？妳這不是讓他們添亂嗎！做壞了蠟燭不要緊，若是磕著哪裡燙著哪裡，我們怎麼跟李家交代？」

金林氏不以為然道：「不就兩個小孩子嗎，妳多看著一點就是。」

「我可不接這燙手山芋！既是妳答應讓他們做的，妳自己把人看牢了。」金秀玉冷笑著。

「看著吧，人沒傷著倒罷了，若是浪費了咱們的好油，心疼的可是妳自個兒！」

她最瞭解自個兒老娘，最是小氣不過，不僅過日子節儉，也愛占些小便宜。家裡做蠟燭用的可是最上等清透的烏桕油，浪費了一點她都要心疼半天，等會兒兩個小祖宗搗蛋，且看她怎麼痛心疾首吧。

誰知，金林氏卻神秘一笑，胸有成竹地道：「妳放心，我早就想到法子了，保證咱們家一點都虧不了。」

金秀玉面露疑惑，只見金林氏將李婉婷和李越之拉到一處，彎下腰，咪咪笑道：「少爺、小姐要做蠟燭不難，只是咱們家正缺點原料，沒法兒開工呢！」

她話一出口，金秀玉就張大了眼睛。

平時竟沒發現，這唯唯諾諾的母親，偶爾居然也能笑得如同狐狸一般。

金林氏懷裡揣著白花花的三十兩銀子，臉上的笑容掩也掩不住，雖然努力地抿著嘴，卻還是蓋不住露出來的兩個門牙。

金秀玉忍不住捂住臉，低聲道：「娘，低調些，得意過頭啦！」

金林氏發出「呵呵」一聲笑，說道：「果然是有錢人家出來的少爺、小姐，三十兩銀子，嘖嘖，眼睛都不眨一下。」

金秀玉撇嘴，人家是揮金如土面不改色，倒是自家老娘這點子小家子氣，實在上不得檯面。

「妳看看，白花花的三十兩銀子，咱們得做多少斤蠟燭呢。」金林氏愛不釋手地捧著銀子，挨個撫摸。

「娘且等著吧，等這兩個小祖宗進了廚房，自有妳受的呢。」金秀玉未卜先知地笑了笑，瀟灑地轉身，招手呼道：「李少爺、李小姐，咱們去廚房吧，開工啦！」

李婉婷和李越之立刻歡呼起來，一人一邊跑上前牽住金秀玉的手，邁著小短腿出了堂屋，往廚房走。

正在院子裡曬得大汗淋漓的李家丫鬟僕婦們，聽說兩位小主子要做蠟燭，都著急起來。這做蠟燭可不是好耍的，萬一磕著傷著，別說老夫人了，大丫鬟青玉就頭一個饒不了他們。

「少爺、小姐，這做蠟燭可不是好耍的，那油可燙了，一不小心就會燙到臉呢。」

「是呀，是呀，你看這又是火又是刀的，燙到哪兒或者傷到哪兒怎麼辦？」

「兩位主子，咱還是回家去吧，老太太在家一定等急了呢。」

七嘴八舌的，人人都恨不得拖起兩位祖宗扔上馬車。

李婉婷大喝了一聲，小小的人兒中氣十足，倒似平地打了一聲雷。

「不要吵啦！」

眾人頓時噤聲。

她鼓著小臉蛋，兩隻眼睛瞪得大大的，兩隻小手還扠著腰，小小的身體倒有那麼點子氣勢。

「誰再說話，就立刻滾蛋，我回家就叫青玉姊姊掃你們出府！」

李婉婷年紀雖小，畢竟是做主子的人，李家富貴，下人們都是吃香喝辣，比一般的百姓人家過得滋潤得多，大家可都不想捲鋪蓋回家呢。

李越之見妹妹一個人就嚇住了十幾個人，而且是十幾個大人，頓時生出一股崇拜之心，眼裡閃爍著無數的小星星，激動地道：「阿喜，妳好厲害！」

李婉婷卻重重地跺了一下腳，生氣地嚷道：「臭阿平，都說不要叫我小名了！人家叫婉婷啦，婉婷！」

她這麼一嚷，英明神武的形象頓時倒塌，李越之不以為然地道：「妳不是也叫我小名嗎，妳還叫金豆兒小名呢，不如大家都叫小名。」

「不行不行！」李婉婷不依不饒地跺腳。「不許叫阿喜！不許叫阿喜！」

金豆兒聽得疑惑，問道：「為什麼不能叫阿喜？這小名多吉利呀。」

李越之偷笑道：「因為我們家裡有個花癡的大姊姊，也叫阿喜。哈哈哈……」他覺得妹妹跟花癡同名實在是好笑的事，樂得捂著肚子，看樣子恨不得在地上打幾個滾才過癮。

李婉婷脹紅了臉，嘴巴抿得緊緊的，眼睛裡似乎能噴出火來，突然發出一聲小獸一般的怒吼，猛地向李越之撲上去。

「臭阿平！壞阿平！」

眨眼之間，兩個小人已經扭作一團。

啊呀，可不得了！李家的丫鬟僕婦們立刻一擁而上，嘴裡喊著「少爺」、「小姐」，手上一面要拉架一面還得注意不能捏傷了兩個小祖宗豆腐一樣嬌嫩的身體，人多口雜，人多添亂，李婉婷和李越之如同兩條小牛一樣扭著，居然把身邊的大人都給帶倒了，加上人群擁擠，不知誰踩了誰的腳，突然便疊羅漢一般倒了一大片，你壓著我的臉，他踩著你的腿，誰也起不來。

慘叫聲頓時此起彼伏，堂屋門口的金林氏和廚房門口的金老六看得目瞪口呆，金秀玉大喊道：「還愣著幹啥，快把人拉開呀！」

夫妻倆頓時醒悟，忙著將人一個一個拉開。

埋在最下邊的竟然是李婉婷和李越之，兩張小臉都脹得紫紅，李婉婷揪著李越之臉上的肉，李越之抓著李婉婷腦袋上兩個小小的髮包，都疼得齜牙咧嘴，卻誰都沒有放手的意思。

金秀玉大怒，這兩孩子太乖張了！

「爹，你快來，把這兩兔崽子給我拉開！」

金老六上前，蒲扇一般的大手一邊一個拎住了後領，一用力就分開了糾纏的兩個小人。

李婉婷和李越之被拎在半空中，猶自張牙舞爪，一個嚷嚷著「我撕了你的嘴」，另一個就嚷著「有種妳來」。

金秀玉忍無可忍，大喝一聲：「夠了！都給我閉嘴！」

她一揚手，「啪啪啪！」先在李婉婷屁股蛋上抽了三記，轉身又在李越之屁股上同樣抽了三記。盛怒之下，力氣之大超乎自己的想像，這六下抽下去，動靜著實不小，不僅驚呆了所有人，連當事人自己也愣住了，滿院子頓時一片靜悄悄。

金林氏一步搶上前，抬手就狠狠地打了金秀玉一記，罵道：「死丫頭，可闖了禍了。」

金秀玉暗暗擔心，好像真的下手太重了，不會真的打傷人了吧，怎麼兩個孩子都不出聲呢？

眾人都提著心，看著金老六手上的兩個孩子。

半晌，「哇——」李婉婷先帶了頭，李越之也跟著嚎啕大哭起來。

兩個小人張大了嘴，從嗓子裡發出的哭聲如金屬磨擦一般刺耳，金秀玉忍不住縮了縮脖子，耳鼓一陣疼痛。

金老六將兩人放下，回過神的李家丫鬟和僕婦各自抱住了小主子，一面連聲安慰，一面便有僕婦對金秀玉怒斥道：「妳是個什麼東西，竟敢對少爺、小姐動手！」

金秀玉尚未答話，正在大哭的李婉婷卻撲了上來，雙手打著這個僕婦，叫道：「妳算個什麼東西，竟敢罵我嫂子！」

「我這……」這僕婦冤枉死了，自己明明為他們兄妹出頭，這瘋小姐怎麼反倒不識好人心呢。

李婉婷哭得突然，停得也迅速，臉上淚痕還沒乾，卻堅定地說道：「金豆兒是我嫂子，妳再罵她，我就叫青玉姊姊踢妳滾蛋！」

這時候，李越之也不哭了，掙脫了抱著他的幾個丫鬟僕婦，走上來小心翼翼地拉住金秀玉的衣角，仰起淚痕斑斑的小臉，可憐兮兮地看著她。

金秀玉正不明所以，李婉婷也拉住了她的另一邊衣角，仰起一張同樣楚楚可人的小臉，央求道：「金豆兒，妳一定做我們嫂子好不好？」

啊?!

金秀玉愣愣地，她記得剛才打的是兩個小人的屁股吧，可是這會兒壞掉的，怎麼會是他們的腦袋呢？

金秀玉摸了摸李婉婷的額頭，又摸了摸李越之的，說道：「沒發燒啊，怎麼說胡話了？」

李婉婷鼓起小臉，大聲道：「妳才說胡話呢！」轉而一想，自個兒是要來求人家做嫂子的，可不能粗聲粗氣，便又轉為撒嬌道：「金豆兒，做我嫂子！做我嫂子！」

一面膩聲央求著，一面抓著她的衣角扭股糖似的左右搖晃。

李越之也學著她的樣子扭來扭去，膩聲道：「做我嫂子！做我嫂子！」

金秀玉身體被拉得左右搖晃，頓時有種置身大海上的感覺，忙扶著頭道：「別搖，別搖，我問你們，為什麼要我做你們的嫂子？」

李越之扭頭看著李婉婷，李婉婷歪著腦袋，嘟著粉嫩的小嘴，說道：「奶奶說，打我們屁屁的，一定是真心疼我們的人。」

金秀玉愕然，這是什麼理論？

李越之仰著小臉道：「金豆兒，妳為什麼打我們屁屁呀？」

「呃……」

金秀玉正在想詞，金林氏搶先一步說道：「金豆兒要做你們嫂子，當然是真心疼你們，所以才會打你們屁屁呀。」

李婉婷和李越之相視一眼，都甜甜笑了，齊聲道：「真的嗎？」

「當然是真的。」金林氏乘機道。「少爺、小姐，你們看這大太陽底下多熱呀，咱們到廚房去吧，去做蠟燭呀。」

「好好好，做蠟燭，做蠟燭。」

李婉婷和李越之手拉手，開心地往廚房跑去。

「娘。」金秀玉一把拉住金林氏，快速左右一掃，見其他人都離著一段距離，才低聲耳語道。「娘，妳不覺得李家這兩個小孩子，有點不對勁嗎？」

「哪裡不對勁？出手闊綽，一看就是大戶人家的孩子。」

「我不是說這個。我看他們兩兄妹跟沐生差不多大，怎麼心智好像比沐生弱了許多，說話行事倒像五、六歲的小孩子。」

金林氏不以為然道：「大戶人家寵孩子，脾氣驕縱一些有什麼奇怪的。」

「可是……」

「行啦，妳別疑神疑鬼的，趕快做活要緊。」金林氏一面撥開她的手，一面高聲道。「他爹，開工啦！」

金老六「嗯」了一聲，回頭對一眾李家下人說道：「大日頭下，著實炎熱，各位只管進堂屋歇息。」

李家下人忙擺手道：「不敢不敢，咱們都是下人，哪能登堂入室。」

「窮人家沒這麼多規矩，不耐熱的只管進屋歇息，想曬著的也只管在院子裡站著。」

金老六扔下這麼句話，逕自回頭走進廚房。

李家下人們面面相覷，誰想在這麼毒的太陽底下曬著，不怕中暑嗎，當然是屋子裡涼快。大家抬起腳來，一忽兒湧進了堂屋，各找地方坐下，大呼舒服。

廚房裡，金秀玉將兩個小祖宗按在小板凳上，嚴肅地道：「你們倆先乖乖坐在這邊，不要亂摸亂碰。」

李婉婷猴急道：「那我們什麼時候做蠟燭？」

「等下我自會教你們。現在乖乖的，不然就不給你們做。」

李婉婷和李越之立刻端端正正坐好，抿緊了小嘴，眼睛炯炯有神。

金秀玉滿意地點點頭。

金林氏在灶口燒著火，鍋裡放滿了烏桕脂，火越燒越旺，烏桕脂慢慢融化成了清澈的油狀，很快開始咕嚕滾動起來。

金秀玉用一雙大大的筷子，將之前金老六已經兩百根一捆整理好的芯骨放到油裡去炸。很快，屋子裡瀰漫出油炸的特別香味。

李婉婷和李越之在板凳上扭來扭去，屁股下好似裝了釘子似的，終於李婉婷先忍不住叫起來。「金豆兒，我也要玩大筷子！」

金豆兒回頭道：「想玩，就端著凳子過來。」

李婉婷和李越之立刻開心地跳起來，端著各自的小板凳，在金豆兒的指揮下，一邊一個在她左右放好，然後踩了上去。

板凳加上身高，兄妹倆剛好可以輕鬆地看到鍋裡的情形。

一捆一捆整整齊齊的芯骨在油裡轉動，發出一種類似炸麻花的香味。

李婉婷手裡拿著大筷子，因為人小手小的緣故，根本不能很好的駕馭這雙特長特粗的筷子，金豆兒便用自己的手抱著她的，帶著她撥弄油裡的芯骨。

看到芯骨被筷子戳得在油裡翻滾，好似水裡自由游動的金魚兒一般，李婉婷格格格格笑起來。

李越之聳著鼻子，問道：「這是什麼好吃的？」

金豆兒道：「這可不是吃的東西。」

上。

她看著芯骨炸透了，從李婉婷手裡拿過筷子，將炸好的芯骨挾出來，放到一個大大的木托盤上。

金老六坐著，兩腿分開，中間放著一只木桶，手裡拿著一個奇特的器具，木製的兩塊厚厚的夾板，中間各有一道凹槽。這是一個專門的工具，叫做芯骨夾。

他將女兒撈出來的芯骨放到其中一塊夾板的凹槽裡，用另一塊夾板的凹槽對準了一夾，清澈的烏桕油就流了出來，滴到木桶裡。

他是老手藝了，力道拿捏得恰到好處，既能把多餘的油都瀝出來，又不會把芯骨給夾扁。

瀝完芯骨裡多餘的油分，他就用小刀挑開捆著芯骨的稻草繩，將芯骨散開，放在牆角一張寬寬長長的木板桌上，等待晾乾。

芯骨散開以後，原本有點變形的又都慢慢彈回成圓柱體。

李越之原本在看炸芯骨，但李婉婷霸占著筷子，一點玩的機會也不給他，早就覺得無趣了，當看到金老六做活的過程，立刻覺得十分新奇有趣。

「這個好玩！」

他從板凳上跳了下來，跑到金老六身邊，挨著他的身子看他做活。

金老六暗道，李家的孩子確實自來熟，一點也不怕生。

一個跟著金秀玉炸芯骨，一個挨著金老六看他夾芯骨，金林氏坐在灶口瞇著眼睛看這兩個小孩子，油然生出滿意之感。

瞧這李家的兩個孩子，跟金家多投緣！這叫不是一家人，不進一家門呀！

她正笑著，李婉婷突然叫起來。「我不玩了！熱死了！不好玩！」鍋裡的油都是滾燙的，冒出來的都是熱氣，李婉婷在灶沿上挨著，初時覺得有趣好耍，很快臉上、脖子上便冒出了汗珠，立刻就難受起來。

金秀玉本來就沒指望她安分地做活，便由她下了板凳。李婉婷跳下了板凳，卻拉住了金秀玉的衣角。

「金豆兒，我們也去那邊看。」

她覺得金老六做的事情也很有趣，要拉著金秀玉一起去看。

金秀玉道：「妳去看吧，我要做活，不陪妳。」

「不行，妳要陪我！」李婉婷執拗地叫道。

金秀玉最討厭小孩子無理取鬧，不耐煩道：「我偏不陪妳。」

李婉婷張大了眼睛瞪她。「我給妳銀子，妳陪我去看。」

金秀玉懶得理她，只淡淡道：「我不要銀子。」

「不對！奶奶說，人人都喜歡銀子，妳不喜歡銀子，妳就不是好人！」

李婉婷叫得理直氣壯，金秀玉卻瞪大了眼睛。

哪家孩子會說這種話?!這李家的家教真的很有問題！

「阿平、阿喜，你們倆過來。」

阿平、阿喜分別是李越之和李婉婷的小名，金秀玉發現叫小名可比叫少爺、小姐中聽多了。

她把兩個小傢伙叫到眼前，柔聲問道：「我問你們，平時都是誰教導你們的呀？」

「是奶奶。」李婉婷答道。

李越之點頭，加了一句。「還有青玉姊姊。」

「青玉姊姊是誰？」

李婉婷搶先道：「是奶奶的大丫鬟，可厲害了，我們家裡人人都怕她。」

「她很凶啊？」

李婉婷歪著腦袋，慢慢說道：「她對我們不凶的，不過對其他人很凶。」

金秀玉點點頭，這青玉大概就是府裡的管家丫鬟吧，否則不會人人都怕她。

阿平、阿喜這對兄妹的思想言行跟同齡的小孩子相差很大，雖然不失率真，但總是語出驚人、也不太正常，尤其價值觀方面，也不知道李老夫人和青玉是怎麼教導的，驕縱且勢利，以為有錢就能辦到一切事情，這種想法可要不得。

對了，不是還有個大少爺李承之嗎，按理說他比阿平、阿喜年長許多，應該長兄如父才對呀。

「你們的哥哥呢？他平時有沒有教導你們做人的道理？」

李婉婷嘟嘴搖頭道：「哥哥好忙，都沒有時間跟我們玩耍。」

李越之的臉色也黯淡了下去。

金秀玉摸摸他們的頭，想到李承之現今是李家的家主，一定是忙於家族生意，無暇他顧。

「對了，你們哥哥不是病了嗎？是什麼病？」

這次李婉婷沒有立即回答，李越之終於搶到了說話的機會，急忙道：「哥哥才不是生病呢……」

李婉婷突然用力打了他一下，他像是突然醒悟到什麼，嘴裡的半截話立馬又嚥了回去。

金秀玉感到奇怪，問道：「怎麼了？人人都說你們哥哥生病了，難道不是這樣嗎？」

她問完了，李婉婷和李越之卻都不說話，縮著脖子低下頭，拿小拳頭擋著嘴，互相偷眼看對方，眼珠子滴溜亂轉。

「嗯？為什麼突然變成兩隻縮頭小烏龜了？」

金秀玉用懷疑的目光來回打量兩個小人，用手捧住他們的臉，想抬起來。

「我要回家了！」李婉婷突然說了一句，一推金秀玉的手扭身就跑。

「等等我！」

李越之也想跑，被金秀玉一把抓住，渾身亂扭起來，倒變成了一條滑溜的泥鰍。金秀玉一時沒抓牢，被他溜了。

她正想追，金林氏走過來一把拉住她，埋怨道：「妳做什麼了，怎的把少爺、小姐都給嚇跑了？」

「我回頭再跟妳解釋。」

金秀玉撥開母親的手，追出廚房。

李婉婷已經跑出院子了，李越之正被一個家丁抱著出了院門，李家的下人們都急急忙忙往外跑。

她趕忙追到院門外，只見李婉婷正在馬車上對李越之拚命招手，嚷道：「快上來，別讓金豆兒抓住了！」

金秀玉聽得又好氣又好笑，難道她是吃人的妖怪不成？

李越之慌慌張張地剛爬上馬車，李婉婷就連聲叫道：「快走快走！」

李家的家丁們動作都很迅速，急忙忙地上了馬車，趕起車便走。

金秀玉衝李婉婷和李越之坐的那輛馬車叫道：「阿平、阿喜，你們跑了也沒用，我可記著這事兒呢！」

李婉婷和李越之在車內一絲聲音未出，三輛馬車魚貫從金秀玉面前經過，轔轔而去。

李家大少爺的病恐怕沒那麼簡單，金秀玉好笑地看著李家兩兄妹如同被踩了尾巴的老鼠一樣灰溜溜地跑掉，笑著關門回院。

卻見金林氏從廚房裡迎上來道：「怎麼就走了？李少爺、李小姐可有說何時再來？」

她對李家一行人走得如此之快感到十分遺憾，還沒來得及跟李家人打聽李大少爺的情況呢，多好的一個機會呀，就這麼錯失了。

金秀玉看著母親失望的神色，突然覺得李大少爺到底有病沒病，又能改變什麼呢？她的八字命格是無法更改的，母親也仍然想讓她嫁進李家。

想到這裡，連日來的煩躁都化成了灰心，對娘親的問話也懶得搭理，逕自沒精打采地走回廚房。

「丫頭，怎麼跟打了霜的茄子似的，這般垂頭喪氣？」

金秀玉一愣，抬起頭，見金老六意味深長地看著她，眼裡帶著慈祥的笑意。

「爹……」

她突然不知道該說點什麼。

金老六伸手撫摸了一下她的頭，和聲道：「爹知道妳不願嫁到李家。妳且放寬心，我絕不會讓妳娘胡來。」

金秀玉突然覺得鼻子有些酸酸的，眼裡也熱熱的，一句話說不出，只用力點著頭。

「真是可惜了，還沒來得及說上話呢。」金林氏嘟嘟囔囔地走進來。

金老六已經縮回手，金秀玉偷偷抹了抹眼角的濕意。

「父女倆杵著做啥呢，還不快幹活！叫那兩個小祖宗耽誤了半日，咱們手腳可得快點，不然這一百斤蠟燭可做不出來了。」

金老六眼睛一瞪道：「妳這婆娘就知道說，還不快來幹活。」

金林氏察覺到這位當家的心情不太好，不好再說什麼，暗地裡自然不耐煩地撇嘴腹誹著。

卻說坐了馬車急急忙忙離開金家小院的李家兩兄妹，李婉婷正在教訓李越之，模樣不像妹妹，倒像是姊姊。

不過也有這樣的說法的，雙胞胎先出生的不一定大，反而後出生的在娘胎裡待的時間長，才是大的那個。從這個意義上說，李婉婷或許反倒應該做姊姊呢。

「笨阿平，幸虧我及時提醒，不然你就把秘密說出去了。」

李越之癟著嘴道：「為什麼不能說給金豆兒知道呢？妳不是說，她會打我們屁屁，是真心疼愛我們的嗎？」

李婉婷抬手在他腦袋上拍了一記，罵道：「說你笨，你還真笨。如果給金豆兒知道了，她一定覺得咱們哥哥是個比你還笨的大笨蛋，一定不肯做我們嫂子了。」

「哦。」李越之似乎懂了，又似乎仍有些茫然，拿右手慢慢地撓著頭皮。

李婉婷頗有些恨鐵不成鋼的神色，又不耐煩教他，只說道：「以後你就少說話，只聽我說，記住了沒？」

李越之有點不服氣，明明他是哥哥來著，為什麼要聽阿喜這個妹妹的呢？

可是沒辦法，從小到大，阿喜總是比他厲害，比他先開口說話，比他先學會走路，連奶奶和青玉姊姊都說阿喜比他聰明，以至於經年累月的，他已經習慣聽阿喜的號令了。

嗚嗚，他好想做出個當哥哥的樣子來啊！

今天對於金家來說真的是非常忙碌的一天，不停地有客人來，不停地有事情發生，好歹下午還有點時間，緊趕慢趕總算把金老六要的一百斤蠟燭給做出來了。

活趕完了，天也黑了。

金林氏剛把晚飯做好，小祖宗金沐生又下學回來了，當然還是用腳開的門。

金家的門壽命比人家短，都是因為他的緣故。

吃晚飯的時候，所有人都有點心不在焉。

金老六是為了劉坊正交代的事，想著知府千金所用的蠟燭，該繪點什麼圖像才好。

金林氏想的是，李家的二少爺、三小姐走的時候似乎神色不善，不知會不會影響李家對自家的觀感，以至於影響到女兒的婚事。

金秀玉想的是，怎樣才能讓娘打消讓她嫁入李家的念頭。即使有老爹的保證，她也還是不太放心，雖說金林氏平時對自家老爹很忌憚，但是於這件事上卻十分執著。要想讓她斷了這個念頭，還得另外想個好法子。

這三個人都各有心事，但是金沐生的心不在焉就有點奇怪了，幾次欲言又止的，只不過因其他人都在想自己的事情，竟是沒注意到他的異常。

這樣的暑天，一般全家人吃完晚飯都會坐在院子裡納涼聊天，不過今兒個金老六要挑燈做活，金林氏得幫著他打下手，所以飯後，兩個人都泡在了廚房裡。

因此今晚納涼的，便只有金秀玉和金沐生。

姊弟倆一人搬了一張籐椅放在井邊，各自拿著半個西瓜，用小勺挖著吃。

西瓜本是白天的時候金老六用竹籃子吊了浸在井水裡面的，浸了有一整天，現在拿上來吃，味道沁涼沁涼，十分爽口。

金秀玉一小勺一小勺的吃著，一抬頭，發現弟弟沐生呆呆地看著自己。

「你看我做甚？」

沐生轉了轉烏溜溜的眼珠，似是想好了要說的話，很乾脆地將手裡的西瓜放下，十分認真地問道：「金豆兒，妳想嫁給李大少爺嗎？」

金秀玉疑惑道：「你不是反對娘逼我嫁人嗎，怎麼今兒個又這樣問？」

沐生撓了撓頭皮，苦惱地道：「佟福祿跟我說李大少爺很有錢很有錢，有錢到我們一輩子也花不完，如果妳嫁給他，就會變成有錢人家的大少奶奶，就不用天天幹活了。」

金秀玉心中有點感動，原來弟弟這樣為她著想。

「妳變成有錢的大少奶奶，那我就是大少奶奶的兄弟，別人就會叫我少爺了。嘿嘿，佟福祿說做少爺可以天天坐馬車上學堂、天天穿新衣服，還能天天吃肉。」

心中剛升起的一絲感動頓時灰飛煙滅，金秀玉沒好氣地翻了個白眼。

「可是先生卻說，做有錢人的小妾是很沒骨氣的事，會被人看不起的。這樣不好，我不想被別人看不起。」

金秀玉托著腮幫子看著金沐生，覺得接下來他又會說出相反的觀點。

「但是先生剛說完，就被王嬸拍了一巴掌。王嬸說，哪家姑娘能嫁給李大少爺，那是八輩子修來的福氣，別人是盼都盼不來的，只有金豆兒妳有這個好命。」

金沐生說完，突然覺得自己像個傻子，一會兒這樣說，一會兒那樣說，他煩躁地抓了抓頭髮。

「煩死了，到底要不要嫁！」

他生氣地甩了一下腦袋，發現金秀玉懶洋洋地看著他，一副事不關己的模樣。

「金豆兒，妳怎的一句話都不說？」

金秀玉將吃剩的西瓜放下，慢條斯理地擦乾淨手，拍了拍金沐生的肩膀，淡定地說道：「人生，就是在不斷自我否定的過程中找到真理。弟弟，你很有做哲學家的潛質，加油。」

她說完還點點頭以示鼓勵，然後轉身而去。

金沐生愣愣地看著她的背影，有點反應不過來。

金豆兒說的是什麼意思？哲學家是什麼東西？

這個問題一直到第二天早上，金沐生還是沒有找到答案。

「福祿，你說李大少爺是什麼樣的人，為什麼大家都認識他？連你都知道他？」

佟福祿是個虎頭虎腦的小男孩，跟金沐生一般年紀一般個子，不過比他要壯碩許多。他爹就是三水紙馬鋪的佟掌櫃，金家的蠟燭通常都批給他家售賣，他跟金沐生又是同在王家學館上學的，因此兩家人很熟悉。他每天都會在半路上等金沐生，然後兩人一同上學。

現在就是他倆一起走在上學的路上，聽到金沐生這個問題，佟福祿抓了抓腦袋，憨憨地道：「我只聽我爹提起過，李大少爺家裡特別特別有錢，是淮安首富，首富知道嗎？就是全淮安城最有錢的人。」

「那他講義氣嗎？會打架嗎？」在金沐生的心目中，男人有錢倒在其次，是不是講義氣的好兄弟、打架的本事厲害不厲害，才是第一等的素質。

「他那麼有錢，一定不會親自打架，一定是有許多打手都聽他的，讓揍誰就揍誰。」佟福祿跟金沐生這樣年紀的男孩子，傻愣愣的就知道打架。

「這麼說，他要是做我姊夫，咱們就再也不用怕別人了，想揍誰就揍誰。」

「那當然啦！你沒看見嗎，自從聽說你姊要嫁給李大少爺，咱們學館裡的人都對你恭恭敬敬的，就連王嬸發點心的時候都會多發你一塊，那還不是沾了你姊夫的光？」

金沐生聽他這麼一說，覺得有道理極了，他剛想說點什麼，一個人剛好從巷口歪歪扭扭走過來，撞了他半個身子。

一陣腥臭的酒味撲鼻而來，金沐生和佟福祿都捏起了鼻子。此時來人正好抬起了臉，兩人一看清他的模樣立刻皺眉咧嘴的，說不出的厭惡。

這人他們都認得，人人都渾叫他劉阿三，是豆腐坊一帶人人聞名的地痞二流子，偷雞摸狗、搶小孩子的零嘴、欺負耳聾眼花的老人、砸小寡婦的門、半路攔截大姑娘，啥壞事都幹，人人避之唯恐不及，都拿他當瘟神。

金沐生和佟福祿常在這條道上走，也被他截住過幾回，搶他們的零花錢，只是兩小子都機靈，只被他偶爾得逞過一、兩次，人小力弱，也被他揍過，算是結了仇的，對他稱得上十分的厭惡。

今天遇上他也是倒楣，一看就知道這小子不知在哪裡胡天胡地了一夜，渾身酒臭令人作嘔。劉阿三撞了金沐生，抬頭就罵：「哪個兔崽子撞得你劉大爺……」

待他一認清是金沐生，突然一反常態，嘻嘻邪笑起來。「呀！這不是金沐生嗎？聽說你姊要嫁到李家啦？淮安首富的小妾呢，嘖嘖，這才叫攀上高枝呢！嘖嘖，可惜了一小美人，那皮肉細嫩的，咱這心裡頭還盼著能親近親近，唉，我說小舅子，不如讓我也做個便宜姊夫呀，嘿嘿嘿嘿……」

「砰！」

「哎呀！」

劉阿三緊緊捂住了鼻子，指縫裡露出一絲殷紅。

金沐生收起拳頭，惡狠狠道：「我叫你亂說！」

劉阿三抹了一把鼻血，酒醒了一大半。

「好呀！還沒有人敢打你劉大爺，你小子，膽子不小哇！」

劉阿三扭動著脖子，握緊了拳頭，佟福祿一撥拉金沐生，大叫一聲：「快跑！」

開玩笑，劉阿三作為人人生厭的地痞流氓，手底下也當真有兩下子，他們兩個半大小子從前曾吃過虧，曉得以兩人之力是打不過人家的，還是三十六計走為上策，跑了再說。

這一跑不打緊，但劉阿三豈能甘休。

「站住！」

佟福祿和金沐生在前面跑，劉阿三在後面追，豆腐坊的巷子大多狹窄，一路上也不知撞歪了多少行人，攆飛了多少雞鴨。

這一逃一追可熱鬧了，倒了楣的行人和街坊人人都在喊打，一片的雞飛狗跳。

金沐生是個聰明的，一面逃，一面提醒著佟福祿往人多處跑。

劉阿三咬著牙在後面追，鼻子上的疼痛刺激著他的腦子，兩個太陽穴突突亂跳，他非抓著這兩小子不可。

雙方追追逃逃，就到了東市大街上。

這條街道是東市最繁華的地段，寬闊的街面，兩旁商鋪林立，街上人來人往，熙熙攘攘，金沐生和佟福祿一個勁地往人多的地方鑽，人小靈便，活如泥鰍，滑不嘰溜。

無奈劉阿三也是個靈活的，緊緊跟在後面，總是只有一步之遙，幾次差點就抓住了跑在後面的佟福祿。

佟福祿慌忙中絆了一跤，連帶著撲倒了前面的金沐生。

好傢伙，這下可好比打翻了全套的水陸道場，圓的扁的長的方的都撒了一地。

「嘩啦啦！」

「咕嚕嚕！」

「噗隆隆！」

「噹啷啷！」

推金山倒玉柱，高的矮的瘦的胖的都翻了一片，人人都扯著嗓子乾嚎。

「誰踩了我的腳！」

「誰扯了我的袖子！」

「誰打了我的頭！」

「誰撞了我的腰！」

「哪個兔崽子摸了老娘的屁股！」

霍——人群中頓時空出一條路，一個肥胖如豬的婦人正瞪著一雙銅鈴眼，殺氣騰騰地向四周掃射。這誰也不會跳出來承認是自己摸了她的屁股，笑話，要摸也摸個年輕的小媳婦，誰會摸這麼一個母豬！

金沐生和佟福祿趴在地上，兩個人都機靈，及時地躲避，在地上滾了一圈也沒被人踩到一腳。

這一停，停在一雙白底黑面繡著精緻祥雲的鞋子前。

金沐生和佟福祿都忍不住咂了咂嘴，這鞋子，一看就是有錢人穿的。兩人順著鞋子往上看，先是腿，再是腰，然後是胸，最後是一張白淨的中年男人的臉，臉上還展開了一個親切的微笑。

「呵呵！」

金沐生和佟福祿也忍不住各自露出一個傻笑。

「兩位小哥沒事吧？」中年男人笑咪咪問道。

金沐生和佟福祿慌忙從地上爬起來，連聲道：「沒事沒事。」

眼前的中年男人，不僅鞋子好，身上的衣裳料子也是金貴貨，那順滑細密的，一般人家可穿不起，他帽子上鑲的一塊玉，色澤溫潤，一看就是好東西。

還有人家這氣質，溫文儒雅的，就是高門大戶出來的人，有教養。

金沐生和佟福祿突然覺得自己渾身上下都比人家的鞋底還髒，連手都不知道該往哪兒放了。

這叫什麼？這就叫自慚形穢。

中年男人見他倆果然沒什麼大礙，微笑著點點頭，待要轉身而去。

「啊哈！這下可讓我抓到了！」

劉阿三不知從哪裡突然冒了出來，動如閃電，一手一個，抓住了金沐生和佟福祿的手腕一擰。

「哎呀！」

金沐生和佟福祿都忍不住痛呼出聲，手臂頓時扭曲成怪異的幅度，渾身使不出一絲力量。

「你小子膽兒不小哇！怎麼著，真把自個兒當李大少爺的小舅子了？」劉阿三一臉的譏誚。「真是白日作夢呢！也不掂量掂量自己的身分，李家是什麼樣的人家，就是把你姊洗乾淨了送到床上，人家大少爺還不一定有興趣呢！」

劉阿三一面說一面桀桀怪笑，語氣說不出的鄙夷，旁邊有聽到的人都指指點點，面露譏諷，金沐生脹紅了臉，雙眼幾乎噴出火來。

突然一隻手拍上了劉阿三的肩膀，也不見怎麼用力，劉阿三的半個身子都軟了，手上一鬆，金沐生和佟福祿都乘勢掙脫開來。

兩人揉著手腕，看著方才的中年男人去而復返，右手還捏著劉阿三的肩膀，臉上笑得雲淡風輕。

「我說這位兄弟，欺負兩個小孩子，可不是君子所為。」

劉阿三只覺被捏住的肩膀連著半個身子都如火燒一般疼痛，轉過頭去，見對方笑意盈盈，卻自有一種說不出的威壓，令他心中發虛。

肩膀上的力量突然又重了一分，頓時如烙鐵加身，劉阿三立刻慘叫起來。

「好漢饒命，好漢饒命！」

男人淡淡一笑，慢慢俯身貼近了劉阿三的臉，壓低了聲音冷冷道：「李家的事，還輪不到你這狗東西多嘴！若再讓我聽到此等言語，小心你的狗命！」

劉阿三心中一驚，飛快地瞥了他一眼，見對方眼中冷酷蕭索之意，不似玩笑，頓時有些惶惶，縮起了脖子，唯唯諾諾應了。

男人很滿意他的表現，又笑了一笑，放開了手，轉過身去。

一輛烏篷馬車正等在街邊，他走到車邊，俯身撩開車簾一角，向裡面的人說了一句什麼，大約是得到了對方的贊同，臉上微微有絲笑容。隨即放下車簾，輕輕一跳，上了車轅，在馬屁股上拍了一拍，馬兒便邁開了腿，得得得得，車輪轔轔，揚長而去。

金沐生和佟福祿呆呆地看著馬車的背影，眼中都流露出一絲崇敬，再回過頭來，發現劉阿三仍然按著肩膀，佝僂著半邊身子。

原來中年男人身手如此高強，即使放了手，劉阿三竟仍然不能立即恢復。

金沐生和佟福祿對視一眼，從對方眼中都看到了默契的笑意，如此良機，怎能錯過？

劉阿三齜牙咧嘴，苦於肩膀痠麻，連手臂都抬不起來，只有暗嘆倒楣。一回頭，見兩個男孩臉色怪異地向他走來，心中突然生出一絲不安。

「你們要做什麼……」

他話音未落，金沐生和佟福祿同時大喝一聲，高高躍起，一人一拳砸在他的眼睛上。

「哎呀……」

劉阿三的天空，頓時黑暗了。

第三章 惹禍的畫兒

金沐生和佟福祿很痛快地將劉阿三揍了一頓。

這並不是他們第一次打架，不過卻是打得最爽的一次，因為劉阿三根本就沒有反抗的能力。什麼叫滿臉開花？看了被他倆揍完的劉阿三，就能夠深刻體會了。

不過當金沐生和佟福祿勾肩搭背、揚長而去的時候，大概從來沒想到，一場普普通通的、平日裡隨時可見的打架事件，最後會給他們帶來巨大的災難。

揍完人是很開心的，不過前提是不能讓家人知道，否則耳朵又要受難。所以當天，金家和佟家都不知道自己的兒子曾經幹了什麼好事，第二天還是照常地過，該上學館的上學館，該開店鋪的開店鋪，該做蠟燭的做蠟燭。

金老六為知府千金侯小姐做的一對精品紅燭，已經做好了，如今就拿在金秀玉的手裡。均勻圓潤的紅燭，線條十分流暢，燭身用金粉繪著亭亭蓮葉和盛放的蓮花。這是金老六透過劉坊正向侯管家打聽到的，侯小姐最喜歡的就是蓮花，所以便特意繪製了這一對栩栩如生的蓮花蠟燭。

金秀玉捧著這對紅燭，真是愛不釋手，她從來沒見過這麼漂亮的蠟燭，也沒見過繪了花卉的蠟燭。

雖然金老六平時也有應客人要求製作龍鳳燭，但是她一直都覺得龍鳳燭美則美矣，略顯老氣，反是今天這對蓮花燭，既精美且充滿靈氣。

「爹的手藝果然沒得說，侯小姐一定會喜歡這對紅燭。」

金老六對自己的發揮也很滿意，笑道：「事不宜遲，妳這就將這對紅燭送去侯府吧。」

金秀玉用紅緞子細細包好蠟燭，用一個長形的楠木盒子盛了，再用青布白花的包袱皮包好，挽在手臂上，向父親問明瞭侯府的路線便出門而去。

金家在東市，侯府是官宦人家，自然住在西市，淮安城可不是小城鎮，從東市到西市，若靠兩條腿步行，起碼要走上小半天。

是以金秀玉出門後，先到東市大街上招了一輛小小的烏篷馬車，跟車夫談好了價錢，方才坐車往西市而去。

淮安地處交通要道，來往行商尤其多，城裡總是顯得車水馬龍，十分繁華。

金秀玉來到大允朝三年，起先是因為不熟悉這裡的地勢人情，後來是因為忙於幫家裡做活，一直沒什麼機會出門辦事，最遠也就跟著娘親金林氏去過東市大街。是以馬車出了東市牌坊，過了平安大街和廣彙大街的交叉口，進入西市後，她就掀開了簾子一角，看起了路上的風景。

西市雖不如東市那般熱鬧，卻也十分繁華。因為居民非富即貴的緣故，街道寬闊平整，旁邊的店鋪多為金玉首飾鋪、古玩店鋪，還有高檔的大酒樓等等。

金秀玉對西市不熟，車夫常在城內載客，卻是十分熟悉的，尤其侯知府可是淮安第一實權人物，他的府邸自然更加清楚。所以不消客人指點，車夫指揮著馬兒，熟門熟路地就到了侯府門外。

這條巷子住的大多是官家，這大約也是歷史形成，巷子的原名已經不可考了，根據淮安百姓們的流傳，這條巷子如今人人都叫它老爺巷。

住這兒的都是官老爺，可不就是老爺巷？說是巷子，其實也十分寬闊，富家人出入多用馬車，若都跟豆腐坊的金玉巷似的，還不怕天天堵住了路？

侯府在老爺巷中間，門前有大片的空地，正是老爺巷最寬闊的所在。門前上馬石、拴馬樁一應俱全，金秀玉下了車，付錢打發了車夫，抬頭看了一下侯府的大門。

呵！紅漆大門，真闊氣！

她上前叫門，出來一個家丁，問明了她的身分，便讓她進了大門，一直領到二門外，那裡已經有一個丫鬟在等她。

家丁道：「這是小姐院裡的紅香姊姊，妳且跟著她去拜見小姐。」

「是。」

金秀玉快速地打量了一眼紅香，見她穿著一身湖水綠的衣裳，長相普通，只有一雙眼睛又大又亮，很有幾分凌厲。

她不過看了一眼便低下頭去，倒不是怕對方，而是人在屋簷下，還是示弱一下得好。

紅香也快速地打量著金秀玉，心中有了計較，先打發那家丁去了，然後道：「跟著我，別走錯了路。」

金秀玉應了一聲，兩人一前一後往裡面走去。

一路上，紅香一句話不說，金秀玉也沒出聲，兩人安安靜靜地穿過幾重院落，走過幾道迴廊，又經過了一個花園，這才到了侯小姐所住的院子裡。

進院門前，金秀玉快速地抬起眼皮，看了一眼門上方的匾額，是「衡芳」二字。

院子四四方方，中間縱橫兩條青石路，路旁花卉樹木無數，芬芳馥郁，四面的走廊上都有一、兩個丫鬟走動。

紅香帶她到了上房，房門口掛著精緻的竹簾，廊下一個粗使的小丫鬟恭敬地叫了聲：「紅香姊姊。」

紅香點點頭，回頭對金秀玉道：「妳在這兒略等一等，待我通報了小姐。」

小丫鬟掀起竹簾，服侍紅香進門。竹簾開合之間，金秀玉聞到房內逸出的一絲幽香，一晃而過。

她左右稍微看了一眼，見廊下掛著一籠鸚鵡，白羽紅嘴，只是正在休憩，閉著眼睛不理人。這衡芳院，花木繁盛、屋宇精緻，顯示出主人良好的品味和修養，但不知為何，她總感覺到有一絲針對她的傲慢和不友善。

紅香進去不過一會兒，便又到門口掀了簾子招金秀玉進去。

金秀玉下意識地抬手撫了一下鬢角，緊了緊手裡的包袱，邁了進去。

一進門，只覺通身的涼意，大約是屋內放了冰塊，比之外面的炎炎夏日，猶如兩個世界。

金秀玉微微低著頭，卻已經將屋內的情形都掃了一圈。

上面一張羅漢床，床上有張小几，一個淺藍色衣裳的年輕女子坐在床上，臉上淡淡妝容，卻十分精緻，髮髻略鬆，顯得有些慵懶。她微微靠著小几，兩隻眼睛微微眯著，露出一絲探究。

這便是侯小姐，倒是生得一雙好鳳眼。

除了侯小姐，其餘便都是丫鬟了，大大小小有七、八個，一個站在羅漢床旁邊、白衫黃裙的大概是貼身的大丫鬟，紅香進屋後就站在她下首。餘下的丫鬟們都分散站著，一聲不吭，安安靜靜。

另外在她左前方還有一位年輕姑娘，是整個屋子裡除了侯小姐，唯一坐著的人。淺紫色的衣裙繡著精緻的玉蘭花，臉上的妝容比起侯小姐倒多了幾分豔麗，五官之中除了嘴唇顯得特別嬌嫩小巧，比較突出的還有一雙圓溜溜的眼睛。一般來說，眼睛圓的，大多數缺少神韻，而她的眼睛雖然又大又圓，卻難得地有水汪汪的靈氣。

不過令金秀玉驚訝的並不是她的長相，而是她的髮型。

大允朝的女子，若是未嫁的姑娘，髮型相對會清爽一些，除了也會盤髻，通常還會留下一部分長髮披散著，或者編成辮子垂下；而已嫁的婦人，則會將頭髮全部盤成髮髻，顯得相對成熟和穩重。

而眼前這位女子雖然也是盤髻，卻在右邊耳朵旁留了一綹長髮垂在胸前。

這到底算姑娘的裝扮，還是婦人的裝扮呢？

「小女子金秀玉給小姐請安。」金秀玉很端莊地福了一福。

「不必多禮，妳也算是客，不必拘束，請坐吧。」侯小姐語氣平平，聽不出什麼情緒。

紅香走到金秀玉面前，接過她手裡的包袱；另有小丫鬟搬了一個繡墩，給金秀玉坐了。

紅香拆了包袱，打開盒子取出紅燭，遞到侯小姐面前。

均勻圓潤、線條流暢的一對紅燭上，均繪著金色的亭亭蓮葉，蓮葉之間或有盛放的蓮花，或有含苞待放的骨朵，十分精緻秀氣。

侯小姐面露喜色，說道：「果然好手藝。」

她對紅香略點了點頭，紅香會意，知道這是賞的意思，只等金秀玉將走時再取銀子即可。

金秀玉謝了侯小姐的誇獎，坐得端端正正，嘴角含著一絲微笑，落落大方，顯得十分的嫻靜優雅。

侯小姐暗暗點頭，倒是個知禮數的小家碧玉。她一面想著，一面瞥了一眼坐在旁邊的淺紫色衣裳的女子。

金秀玉一直保持著謹慎，自然看到了侯小姐的眼色。方才進來以後，她就感覺到淺紫色衣裳的女子似乎對自個兒流露出特別的關注，如今侯小姐的眼色也驗證了她的猜測。

侯小姐微笑道：「金姑娘，令尊的手藝果然非同一般，我還未曾見過如此精巧的紅燭，倒有些好奇，妳可否與我解釋一番這蠟燭的製造過程？」

金秀玉應了一聲，說道：「這蠟燭的製造過程，往簡單了說，無非就是幾道流程，捲芯骨、炸芯骨、煉油、製形、成形、改紅，若是如同小姐這對蠟燭一般還要上色的，便還要再加上一道描金。」

侯小姐聽得有意思，旁邊的大丫鬟和紅香，還有一眾小丫鬟都流露出好奇的神色。

這時候，淺紫色衣裳的女子突然用帕子捂嘴笑了一笑，說道：「咱們這些人，都是大門不出二門不邁，嬌養慣了的，偶爾聽一回這市井的手藝，倒也有趣，金姑娘不妨說得再仔細一些。」

她聲音既軟且綿，語速又慢，很有些嬌媚的意味，但說出來的話聽在金秀玉耳裡，卻總覺得有些旁的意思。

她開口問道：「這位小姐貴姓？」

對方抿嘴一笑，不答。

侯小姐道：「卻是我的疏忽，忘了與妳們介紹。這位是我的表姊，姓柳。」

金秀玉點點頭，說道：「小姐們雖然聽著有趣，若真個將每道流程都細細說明，恐怕又顯得繁瑣枯燥，不如只揀那有趣的說罷。

「單說那炸芯骨，芯骨便是我們平日所說的燭芯，乃是蘆葦製成。這芯骨若要黏得住蠟油，必得炸過才使得。炸的時候，用的便是滾開的蠟油，需細細炸透，絕不能留一絲的水分。若是有了水分，做得的蠟燭表面看著沒什麼，等燒了一段時間，就能看見內裡有空的氣坑，便是水分在內形成氣泡的緣故。」

侯小姐身邊的大丫鬟聽得入神，說道：「平日裡所用的蠟燭，偶然也有見到內裡有坑的，原來卻是手藝不到家的緣故。也可見，那掌管採辦的不夠盡心，怕是買些劣等的蠟燭，以次充好，從中剋扣。」

侯小姐認同地點頭，吩咐道：「妳記下來，回頭告訴侯管家，讓他查明。」

「是。」

這大丫鬟心思細密，金秀玉不由特意看了她一眼。

「金姑娘不認得我，我是小姐貼身的，名喚平平。」

「原來是平平姑娘。」
金秀玉和平平又互相見了禮。
柳小姐突然嘆了口氣，甩著帕子，對眾人道：「這會兒聽著倒乏味了，所幸這製造蠟燭是手藝匠人們的事情，咱們不過聽個新鮮罷了。」
侯小姐略掃了一眼金秀玉，對柳小姐應了一聲：「說的是。」
明明是柳小姐要求說得更細緻，如今又嫌無聊。
然而，金秀玉沒多說什麼，只抿著嘴，微微低頭，眼角的餘光卻掃到，侯小姐、柳小姐，還有兩個丫鬟平平和紅香，都暗暗地交換著眼色。
她靜靜地等著對方起下一個話題。
開口的是紅香，她似是無意中想起了什麼事，說道：「近日聽得坊間傳聞，李家大少爺要納妾了。」
柳小姐問了聲：「哪個李家？」
紅香答道：「還有哪個？自然是那淮安首富。」
柳小姐點點頭，沒有再問。
平平道：「這算是什麼奇聞？男大當婚，李大少爺納妾也屬平常。」
「那可不見得。」紅香一副「這妳就不知道了」的表情，說道：「李家這回納妾，可是放了話的，一不問家世，二不問相貌，三不問人才。」
柳小姐挑眉道：「這卻奇了，便是招個丫鬟也得有幾項要求，何況是納妾呢。」

紅香賣著關子，面帶笑容。

金秀玉冷眼看著她三人一問一答，侯小姐則只喝著茶，一副置身事外的模樣。

「李家雖不提這些慣常的要求，卻另外提了一個條件，便是女方一定要是身帶福壽、命中帶旺的八字命格。」

紅香拋出了包袱，自覺消息靈通，頗有得意之色。

柳小姐恍然嘆息道：「卻不知是哪家姑娘有如此福氣，若能合上這八字命格，倒是天生的福運，白撿了一樁富貴姻緣。」

她一面說，一面有意無意地瞥了一眼金秀玉。

這時候，一直沒說話的侯小姐對紅香問道：「妳可知，這淮安城裡有哪家姑娘合了李家的條件？」

紅香笑道：「倒是真有一位姑娘得了這福分，果然是身帶福壽、命中帶旺的八字命格，只是身分平常了些，不過是個小門小戶的平民。」

柳小姐用帕子掩了掩嘴，淡淡道：「既是身分低微，給李家做妾也是往高處走了。」

「誰說不是呢。」紅香笑道。「也是巧了，那姑娘恰好也姓金，說不定跟金姑娘是本家呢。」

她這麼一說，大家都看著金秀玉。

侯小姐挑眉道：「金姑娘常在外走動，應該也有所聽聞，可認得那一位金家姑娘？」

金秀玉抬眼看了一圈，侯小姐面上帶笑，貌似隨口一問，不顯山不露水；平平隨主人，面上也看不出什麼來；紅香倒是一臉笑容，很感興趣；而柳小姐，也是一臉興味，眼底還有一絲晦澀不明的期待。

她們一問一答一唱一和，配合倒是默契。金秀玉若是個傻的倒也罷了，但進了這衡芳院屢屢見到幾個女人互打眼色，哪裡還有察覺不到的？

只是令她疑惑的是，這貌似與李、金兩家都無關的侯小姐和柳小姐，為什麼會對這件事如此感興趣？難道是女人的八卦天性使然？若是普通八卦，又為什麼在言語中透露出對她的一絲不友善？

抬眼再掃了一圈，幾人還在等她的答案。

金秀玉心中有數，展顏一笑，露出兩個深深的梨渦，笑道：「侯小姐、柳小姐和幾位姊姊們，原是金貴人，輕易出不得門，不曉得這事兒的進展，紅香姊姊的消息已是早先的了，如今大家津津樂道的，乃是李家請的那位媒婆，巴巴地上了金家的門卻給轟了出來，丟了好大的臉面。」

侯小姐、柳小姐、平平和紅香，聞言均是一愣。

柳小姐當下即想開口，但被侯小姐用眼色制止了。

平平瞭解主子的用意，若是柳小姐問出了口，這事兒就顯得做作了，便代主子問道：「這卻是什麼緣故？難不成，以李家這樣的家世人品，金家還有什麼不滿？」

金秀玉微笑道：「這卻說不準，常言道，寧做貧家妻，不做富家妾。這妾室，聽著像個主子，實際與奴僕無異，連個自由身都沒有，正經人家的清白閨女可少有給人做妾的，柳小姐，您說是吧？」

柳小姐一驚，生硬地笑了笑，避開了對方的目光。

金秀玉像是沒有察覺她的異常，神色自然地又轉過臉來。

侯小姐看了看柳小姐，再看了看金秀玉，眸光閃動，若有所思。

平平見氣氛尷尬，先輕輕笑了一聲，說道：「金姑娘是個有口福的，前日南邊有人給咱們府裡送了一樣新奇的鮮果，好吃得緊，我已命人預備下，這會兒應該得了，紅香，妳快去取來，與客人嚐鮮。」

「是。」紅香應了一聲，朝眾人福了一禮，出了屋子。

這等候的工夫裡，侯小姐又問了金秀玉一些民間的趣事，金秀玉都一一作答，毫不拘束。那柳小姐只在旁邊靜靜聽著，倒沒有再開口。

不一會兒，紅香掀簾進來，手裡端著一個大大的托盤，盤裡放了幾只白瓷的小碟，碟子尖上都露出一抹鮮嫩的黃色。

侯小姐笑道：「這是南邊的一樣水果，名字叫做鳳梨，咱們這裡是沒有的，表姊和金姑娘不妨嚐嚐。」

紅香將托盤裡的小碟子分別遞到金秀玉和柳小姐手上，平平也取了一只小碟遞給侯小姐。

金秀玉聽侯小姐說「鳳梨」的時候，便已經有了猜測，如今見到實物，切得整整齊齊又鮮嫩的黃色果肉，果然便是鳳梨。

她用拇指和食指拈起碟子邊上的一枝小竹籤，叉了一塊放進嘴裡，舌尖傳來輕微的麻澀和刺痛，令她皺了皺眉。

侯小姐微笑道：「這鳳梨味道鮮美，只是吃後，唇舌間有微微的麻澀之感，金姑娘不曾吃過這樣的水果，一時不習慣也是有的。」

金秀玉嘴裡正在咀嚼，沒來得及回答。

柳小姐接話道：「這鳳梨可是稀罕物，我在那邊府裡也只吃過幾回。金姑娘乃是普通百姓，哪裡有機會吃到這等美味，即便是我，今日也是托了表妹的福了。」

金秀玉暗覺可笑，放下了竹籤，說道：「這鳳梨的麻澀並不是不能去除，只消在食用前用鹽水泡上一泡，便可除掉澀味，更顯香甜。」

柳小姐嗤笑一聲，說道：「若用鹽水浸泡，豈不是成了鹹味？金姑娘真愛說笑。」

她用帕子掩著嘴，肩膀顫動，像是聽了個大大的笑話一般，惹得平平和紅香也低頭掩飾嘴角的笑意。

金秀玉只說道：「成與不成，一試便知。」

侯小姐轉了轉眼珠，吩咐道：「取鹽水來。」

立刻有小丫鬟快手快腳地取來一碗鹹開水，紅香將一小碟鳳梨果肉放進水中。過得一刻，她將果肉取出，瀝去水分，端到侯小姐面前。

平平用竹籤子叉了，遞給侯小姐。

侯小姐張嘴吃了一塊，細細咀嚼，慢慢地嚥了下去。

金秀玉胸有成竹，面色如常。倒是柳小姐，手裡抓著帕子，緊緊地盯著侯小姐，見她吃完一塊，立刻目露期待。

侯小姐略沈吟了一會兒，突然展顏一笑，說道：「果然香甜。」

金秀玉微微一笑。

柳小姐轉頭看著她，目光中既有疑惑，也有吃驚。

就連平平和紅香也心中驚疑，原本當金秀玉不過是個土包子，沒想到這樣稀奇的鳳梨，連她們這些自詡見過世面的官家人都不懂得吃法，她卻能說得頭頭是道。

這金姑娘，可不是個簡單的平頭老百姓呢！

「叨擾半日，小女家中還有活計要做，不敢久坐，這就告辭了。」

金秀玉站起身來。

侯小姐先看了一眼自家的柳表姊，見後者有些神思恍惚，便不好再留人，只笑道：「既如此，我也不好耽誤妳。平平。」

平平應了一聲，取出早已備好的一荷包銀錁子，走到金秀玉面前，笑道：「這是製蠟燭的酬金，還有小姐的賞銀，且收下罷。」

金秀玉心中其實早已蓄了怒意，此時不再矯情拒絕，大大方方地收了，福了一福，說道：「謝小姐賞賜，小女子告辭。」

侯小姐點點頭。

紅香走過來，掀開門口的竹簾，待金秀玉出了屋子，她也跟了出去。

既然沒有了外人，說話便隨興了許多，侯小姐開口便叫了柳小姐的閨名。

「弱雲表姊，我可是依了妳的法子，這人也見過了，話也問過了，該試探的也試探了。如今，妳可稱了心？」

柳弱雲皺起了細細的兩彎籠煙眉，慢慢說道：「這位金姑娘，不似平常女子。」

侯小姐點頭道：「說話行事都是極大方的，倒像見過一些世面。」

她見柳弱雲手裡絞著帕子，抿著嘴唇，目光閃爍，突然有些擔心，說道：「弱雲表姊，依我看來，這金姑娘倒是個溫柔可親的，往後定不會與妳為難。妳若是肯聽我一句勸，且放寬了心，只管隨遇而安，何苦整日煩神？」

柳弱雲抬眼看看她，眼中神色動了幾動，最終只嘆氣道：「妳是千金小姐，自有那好夫婿捧著嫡妻的位置求娶，我是薄命人，卻是不敢與妳相比的。」

她本是豔麗的裝扮，如今皺了眉頭，眼中似有一層薄霧浮現，倒顯得楚楚可憐。

侯小姐莫名地有些煩躁，卻不想與她爭辯，只淡淡說道：「這天底下的薄命，不過是自己找來的煩惱，各人都好自為之罷。」

她說完這話，自管扭過臉，目光透過窗櫺，瞧得遠遠的。

柳弱雲卻垂了頭，盯著腳下水磨的地磚，細密的牙齒輕輕咬住了下唇。

出了侯府，金秀玉在老爺巷的巷口又招了一輛烏篷馬車，與車夫談好了價錢，上車走人。

在車上，她默默回想在侯府內的情形，侯小姐賣的關子她不懂，柳小姐的敵意她也不知道緣由，只是那藉鳳梨而來的試探與譏嘲，實在顯得拙劣而幼稚。

她不過是個普通的小老百姓，即便同李家扯上了關係，似乎也跟侯府沒什麼利益衝突，侯小姐的試探、柳小姐的敵意，實在來得有些莫名。

大約是淮安城的路面平整，或者是車夫駕車的技術好，金秀玉坐在車上晃晃悠悠的，竟迷迷糊糊睡著了。

直到車夫叫她，她才驚覺，原來已經到了家門口。

咦？難道是李家那對龍鳳胎又來了？

付過銀子下了馬車，她看著堵在家門口的三輛十分眼熟的馬車，不由得猜測。

進得門去，先是像上次一樣滿院子的家丁和丫鬟，或坐或站，嘰嘰喳喳地閒聊著，還有人響亮地嗑著炒瓜子，吐了一地的瓜子殼，眾人見了金秀玉，都趕緊給她行禮。

金秀玉沒搭理他們，徑直往堂屋走，聽到了母親金林氏的笑聲，往裡一看，果然是李越之和李婉婷這對祖宗又來了。

跟上次的兩手空空不一樣，這次兄妹倆居然帶了許多的禮品。大箱籠、小盒子有十幾個，還有幾個食盒，甚至還有兩籃子時鮮瓜果，將整個堂屋放得滿滿當當。

金秀玉繞過門口的一只大木箱，見門邊的案桌上散亂地放著幾疋顏色鮮亮的綢緞，椅子上一只檀木盒子大開著，露出白花花的一盒珍珠，還有待客的八仙桌上，放著幾碟子精緻的糕點，已經被吃了一半，另外還有一大盤紫色的葡萄，以及散落在桌上的幾攤葡萄皮。

金林氏和兩位年紀相當的婦人正親親熱熱地坐在一起，拉著一疋銀紅色的紗興高采烈地談論著。

李越之和李婉婷坐在上首，原本是專心地吃著葡萄和糕點，見到金秀玉進來，立刻歡呼一聲跳下椅子，撲到她身上。

「金豆兒，妳可回來了！」

金秀玉頓時感到身上一沈，兩個小傢伙幾乎是掛在了她身上。

「起來起來，好好說話。」

正跟金林氏說得興起的兩位婦人也立刻站了起來，恭恭敬敬地給金秀玉福了一福，口裡說道：「見過金姑娘。」

金林氏反射性地就跟著站了起來，等站直了才反應過來，眼前是自己女兒，用不著給她行禮。

金秀玉倒有些受寵若驚，忙虛扶道：「兩位嬤嬤不必多禮。」

兩個婦人直起身來，其中一人滿臉笑容說道：「姑娘想必不認得，咱們二人是二少爺和三小姐的乳娘，我夫家姓林，她夫家姓張，姑娘喚我們林嬤嬤、張嬤嬤便是。」

金秀玉點頭致意，將二人打量一番。見說話的林嬤嬤膚色略深，瘦高個兒、眼睛細長，穿了一身藍色鑲黑邊的衣裙；而張嬤嬤則白白胖胖，眼睛顯得笑咪咪的，穿了一身月牙白衣裙，外罩藏青色坎肩。

上回李越之和李婉婷來的時候是匆匆忙忙來的，兩位嬤嬤先是不知情，等銀盤、銀碗稟報過後又追趕不及，是以並未跟金家人碰面，這回才跟金秀玉第一次相見。

李婉婷不等林嬤嬤和張嬤嬤跟金秀玉多說幾句話，便猴急地嚷道：「金豆兒，我們今日帶了許多禮物給妳，妳快來看喜不喜歡！」

她一面說，一面牽著金秀玉的手將她拖到各個箱籠前，指著各色的綾羅綢緞，還有許多玉瓶瓷器以及各式珍珠金銀首飾等，一樣一樣地指給她看。

李越之插不上話，兩隻手揪著兩邊的衣襟，樂顛顛地跟在金秀玉屁股後頭，一樣看得興高采烈。

金秀玉看著這滿屋子的禮物，盡是些金貴物品，眼睛差點不夠用。

這兄妹倆，實在是太敗家啊太敗家！

這李家，實在是太有錢啊太有錢！

這李老夫人對這對孫子孫女，實在是太縱容啊太縱容！

太腐敗了、太奢侈了！她每多看一眼，臉色便多沈下一分。

金林氏握著手裡輕軟綿密的紗料子，一會兒看看這邊昂貴的布料，一會兒看看那邊白花花的珍珠，然後再看看被李婉婷和李越之親熱簇擁著的女兒，心裡的喜悅越來越濃厚，並將這滿腔的喜悅都毫不掩飾地顯現在臉上。

她只覺得一雙眼睛不夠用，一雙手也不夠使，這輩子就沒見過這麼多金貴物事，這得值多少銀子呢！

她恨不得把左鄰右舍都叫來，叫所有人都好好開開眼，哪家的女兒能像她金林氏的閨女這般爭氣？這陣仗，比人家正式成親還要體面呢！

金林氏是個直腸子，也最容易腦子發昏。

了。

但林嬤嬤和張嬤嬤卻都是慣會察言觀色的，看金秀玉的臉色越來越沈，就知道有點不對勁了。

李婉婷將所有東西都指給金秀玉看了一遍，然後抓著她的手搖晃道：「金豆兒，妳喜不喜歡？喜不喜歡？」

她仰著腦袋，兩隻眼睛期待地看著金秀玉。

李越之也學她的樣子仰著腦袋看金秀玉。

兩個小傢伙本來就長得一模一樣極其漂亮的桃花眼，如今飽含期待地看著她，更顯得目光亮晶晶猶如幼獸的眼睛一般清澈無辜。

「豆兒啊，妳看這些，可都是李少爺和李小姐的一片心意呢，咱們可不能不收著……」金林氏正涎著臉說著，金秀玉突然轉過臉就瞪了她一眼，頓時嚇了一跳，後半句話竟憋回了嗓子眼裡。

金秀玉轉回頭，看著李婉婷和李越之，面無表情地道：「你們倆給我出來。」

李婉婷和李越之猶自不覺，蹦蹦跳跳地跟在她後面，到了院子裡。

金秀玉站在院子中間，指著一張條凳，對兩個小傢伙說道：「過來，趴下。」

李婉婷和李越之面面相覷，但見金秀玉臉色沈重，眼睛直勾勾地盯著他們倆，莫名地心裡便有些害怕，乖乖地並排趴到了條凳上。

林嬤嬤和張嬤嬤已是站到了堂屋門外，後知後覺的金林氏也跟了出來。

滿院子的家丁也覺得不對勁了，都停止了嗑瓜子和閒聊的舉動，茫然地看著金秀玉和趴在條凳上的兩位主子。

李婉婷和李越之趴在條凳上，他們現在的身高體型，做這個姿勢一定會把小屁股都翹得高高的，兩個人都扭著小臉，兩雙小鹿一般的眼睛怯怯地看著金秀玉。

只見她先是冷冷地掃了他們兄妹一眼，然後右手高高抬起，重重落下。

「啪——啪——」

響亮的手掌擊肉聲，把所有人都嚇住了。

林嬤嬤、張嬤嬤是沒見過第一次的陣仗，此時都傻眼了。這個金秀玉，居然如此大膽！

滿院子的家丁丫鬟互相打著眼色，這個金姑娘，果然是兩個小主子的剋星，這是見一回打一回啊。

兩個巴掌幾乎同時落在李婉婷和李越之的屁股上，兩個小傢伙的身體同時彈了一下。

「嗚……」

李婉婷扭過臉，可憐兮兮地看著金秀玉，不過眨眼的工夫，眼睛裡居然已經含了兩泡淚水。

「又打我們……」她癟著嘴，將哭未哭，神情說不出的委屈。

金秀玉被她可憐巴巴的眼神看得於心不忍，再看看另一個小傢伙李越之，正用一隻手輕輕揉著屁股，同樣用幽怨的眼神看著她。

金秀玉突然覺得自己像欺負小紅帽的狼外婆，暗想是不是下手太重了，手掌心這會兒還隱隱發麻呢。

「咳！」她先咳嗽一聲清了清嗓子，板著臉，嚴肅道：「知道我為什麼打你們嗎？」

兩個小傢伙齊齊搖頭，蹙著眉，眼淚汪汪。

金秀玉看看這個、再看看那個，招手道：「阿喜過來。」

李婉婷爬起來，兩隻肉嘟嘟的小手按在兩個屁股瓣上，抿著嘴蹭啊蹭地挪到她面前。

金秀玉俯下身來，臉對臉問道：「阿喜，我問妳，知道妳今兒個花了多少銀子嗎？」

李婉婷腦袋一歪，眨巴著眼睛，搖了搖頭。

「那妳知道，這些銀子是從哪裡來的嗎？」

小傢伙眼睛一亮。「奶奶給的。」

金秀玉一咳，道：「奶奶的銀子是從哪裡來的？」

小傢伙困惑了，想了想，說道：「哥哥掙的。」

「那麼，阿喜知道哥哥要花多長時間才能掙到這些銀子嗎？」

這下，李婉婷是真的不知道了，咬著嘴唇，小臉上寫滿了迷惑。

金秀玉也不管她，又對還撅著屁股趴在條凳上的李越之招手，道：「阿平過來。」

李越之慢慢地爬起來，慢慢地走過來，他平時安安靜靜，其實卻比妹妹懂事一些，聽了剛才的對話，已經模模糊糊有點明白了。

是以走到跟前，不等金秀玉開口，便自己先說道：「金豆兒，我知道了。哥哥賺銀子好辛苦，我們不該花這許多銀子。我們以後再不敢了，妳別生我們的氣，好不好？」

他一面說，一面眼睛裡又含起兩泡淚水。

金秀玉呆了一呆，笑著摸摸他的腦袋，說道：「銀子賺了就是給人花的，但是花銀子也是有學問的。」
李婉婷忙問道：「什麼學問？」
金秀玉用另一隻手捧著她嫩嫩的小臉，說道：「妳叫人把東西都搬到馬車上，我再教妳什麼是花銀子的學問。」
話音一落，李婉婷和李越之齊齊搖頭。
金秀玉頓時臉一沈，道：「你們不聽我的話？」
李婉婷忙瞪大了亮晶晶的雙眼，說道：「奶奶說了，送人家的禮再拿回來，好晦氣的，人家會說我們小氣。」
……又是李老夫人。
「金豆兒讓你們拿回去，也不行嗎？」
李婉婷嘟起紅潤的小嘴，堅決地搖頭。
李越之拉住金秀玉的手，怯怯道：「金豆兒，妳不喜歡我們送妳的東西嗎？」
「不是不喜歡……」
「那妳收下好不好？下次再教我們怎麼花銀子，好不好？」
「對呀對呀！」李婉婷覺得哥哥說的辦法好極了，忙道。「下次我們帶許多銀子來，金豆兒教我們花銀子的學問，好不好？」
她抓著金秀玉另一隻手，搖啊搖，小小軟軟的身體也跟著扭來扭去。
金秀玉皺著眉頭。

這時候，最會見縫插針的金林氏立刻出場了。
「這是少爺、小姐的一片心意，咱們當然要收下了。」
金秀玉著急道：「娘……」
金林氏一把抓著她的手，道：「做人可要識好歹，哪有人家送上門的禮給退回去的道理，這不是打人家的臉嗎？妳這丫頭，到底還是小孩子家，回頭我再教妳，這送往迎來，可也是一門大學問呢！」
後面幾個字，金林氏幾乎是從牙齒縫裡擠出來的。
金秀玉只覺一雙手被她抓得生疼，幾乎呻吟出來，金林氏乘機回頭對李婉婷和李越之說道：「你們瞧，金豆兒答應了。」
兩個小傢伙立刻拍手笑道：「果然如此。金奶奶，金豆兒真聽妳的話。」
「那是！」金林氏得意地笑起來，兩隻眼睛瞇得幾乎看不見縫。
回過頭卻立刻虎起臉，壓著嗓子，咬牙切齒道：「這到手的富貴妳若是推出去，老娘可跟妳沒完！妳若是不應下來，就是誠心想氣死我，我儘管四處嚷嚷，到時候沒臉的可是妳！」
自家老娘的撒潑耍賴，那是素來知道的，金秀玉最是愛惜臉面，可禁不起她四處瞎傳揚。
「罷了，且由妳一回。」
她扔出一句話，就如鑿下一顆釘。
金林氏頓時眉開眼笑，丟開她的手。
「林嬤嬤、張嬤嬤，咱們且進屋去，小孩子們鬧著玩呢，我家這大姑娘最是有數的，用不著操心。來，林嬤嬤，方才說的針法，再細細地與我說一遍呀……」

林嬤嬤目瞪口呆，見金林氏轉眼之間像變了個人，只管攜起她的手往堂屋裡拽。

張嬤嬤拍拍她另一隻手，低聲道：「今兒個跟著的都是妥帖人，不會有事，放心罷。」

言語間，金林氏已拉了林、張二人進屋。

金秀玉惱怒地甩著手，李婉婷一把撲上來抱住她的腰，仰著燦爛的小臉，笑嘻嘻道：「金豆兒，我真的帶了好東西給妳。」

金秀玉也不看她，只管揉著手，說道：「我都見著了，不就是一些綾羅綢緞珍珠寶貝？」

李婉婷立時把小腦袋搖得如同博浪鼓，得意地道：「才不是呢，這件東西，我藏得牢牢的，誰也不曾看見。」

金秀玉低下頭，見她一雙眼睛瞇瞇著，笑得如同偷吃了油的小老鼠。

再看李越之，也捂著嘴，賊兮兮地笑著。

她歪著腦袋，盯著李婉婷的雙眼，道：「賣的什麼關子？還不快將東西拿出來。」

李婉婷牽住她的一隻手，跟李越之嘻嘻一笑。

李越之跑過來牽了金秀玉的另一隻手，兩個小傢伙一邊一個拉著她，往院子外頭走，立刻有小丫鬟上前道：「少爺、小姐要什麼，只管吩咐奴婢去取。」

李婉婷擺手道：「下去下去，我要自己拿給金豆兒看，你們誰也不許跟來。」

「是。」小丫鬟忙忙又退到一邊。

兄妹倆將金秀玉拉到院門外，李婉婷拿小手一指李越之，說道：「阿平，你去拿來。」

金秀玉看看她，小小年紀頤指氣使，跟一小女王似的。

李越之習慣了被她指揮，什麼也沒說，乖乖地爬上一輛馬車，在車廂裡鼓搗了一回，搖著屁股慢騰騰地又爬了下來，手裡拿著一個白白的捲軸。

「慢死了！」

李婉婷劈手奪過捲軸，獻寶似的舉到金秀玉面前，樂顛顛道：「快看！快看！」

金秀玉接過捲軸，疑惑地看了看他倆，兩個小傢伙都仰著臉，四隻眼睛亮晶晶，期待地望著她。

她解開捲軸上的細繩，慢慢地拉開。

是一幅畫。

但是等捲軸全部拉開，整幅畫的內容全部清晰展現時，金秀玉突然爆紅了臉，這分明就是……

「這……這是……」金秀玉結結巴巴地問，忍不住閉了閉眼睛，生怕自己看錯了。

李婉婷拉住她的手，嘿嘿笑道：「是不是很好看？」

金秀玉甩甩頭，再盯著畫又看了一遍。

這是一幅人物畫，準確的說，是一幅全身肖像。

畫中，是一片芍藥花，花叢下一張長長的石床，石床上斜躺著一個人。

一個男人。

一個衣襟微開、胸膛半露、酒醉微醺、朱唇半開的男人。

如果這是一般的工筆畫也就罷了，偏偏這是一幅筆觸細膩、線條清晰、色彩鮮明的水彩畫，栩栩如生，連畫中人的髮絲都一清二楚。

金秀玉幾乎能感受到畫中人衣襟下那細膩的肌理，和他嘴裡呼出的混合著酒香的奇異氣息，實在不能不讚嘆一聲畫師的高明，這分明是一幅活生生的美人春睡圖。

金秀玉只覺一股熱氣衝上腦門，兩頰燒得通紅，喉嚨裡發乾，眼睛裡發酸，腦子裡一團團棉絮雲朵，渾然不覺身遭周事。

「金豆兒、金豆兒！」

衣角被人狠狠一扯，金秀玉悚然一驚，這才發現，李婉婷和李越之都張大了眼睛看著她，一臉驚嚇。

她頓了頓，待腦子清醒了一些，這才慢慢恢復了對外界的感知。

「這、這畫裡的人，是誰？」

李婉婷答曰：「是哥哥。」

金秀玉一愣。

「是你們的哥哥？李家大少爺李承之？」

李婉婷和李越之兩個小傢伙點點頭。

「那這畫，是誰畫的？」

「是……」李婉婷剛一開口，才發現自己忘記了畫師的名字，忙轉頭看著李越之。

李越之慢慢說道：「是管師傅畫的。」

「嗯！管師傅是個很厲害的畫師呢，奶奶說，管師傅畫的畫有妖法，會讓人腦袋發昏。」李婉婷握緊了金秀玉的手。「金豆兒，妳是不是也發昏了？」

金秀玉回想了一下，她方才似乎真的是發昏了，只覺得滿眼滿心都是畫裡的男人，各種各樣的影像團團圍著她，他那散發出酒香的微微喘息就縈繞在耳邊，如同綿綿的絲線將她越繞越緊、越裹越密，又如同置身於雲層之上，軟綿綿輕飄飄，渾然忘記了身外的世界。

李大少爺怎麼會讓人畫這樣的畫？

李越之像是猜到了她的心思，開口道：「這幅畫是管師傅趁哥哥酒醉時偷偷畫的，哥哥從不曾看見過這畫兒。」

金秀玉奇道：「這是為何？」

李婉婷這次不讓李越之說了，搶先道：「奶奶藏起來了。奶奶說，哥哥若是看到這畫兒定要生氣，我們全家人都要遭殃的。」

她齜了齜牙，跟李越之相視一眼，異口同聲嘆息道：「哥哥生氣的時候，真是可怕極了！」說完這句話，兩個小傢伙彷彿驚魂未定一般，還忍不住用手拍拍胸口。

金秀玉又看了看手中的畫，但這次起了戒心，不敢多看，只匆匆掃了一眼。

這畫若用一個詞來形容，便是秀色可餐，想來李大少爺身為一家之主，又是堂堂七尺男兒，一定不願意看到自己被人畫成這樣妖媚可口的模樣。

她嘩啦啦將畫捲了起來。

「阿喜，妳不是說這畫兒是奶奶藏著的嗎，為何會到你們手上？」

李婉婷嘻嘻笑道：「是青玉姊姊給的。」

「青玉姊姊說，銀子加美人，聖人也抵擋不住，只要金豆兒喜歡了，就一定會答應做我們的嫂子。」李越之一面說，一面開心得兩隻眼睛都瞇成了月牙。

李婉婷抬手拍了他一巴掌，著急道：「青玉姊姊也說，這些話不能告訴金豆兒。」

「啊！」李越之驚叫一聲，繼而怯怯道。「可是金豆兒疼愛我們，我們可不該瞞著她。」

李婉婷聞言，用手輕輕摸了摸尚且有絲絲隱痛的屁股。

奶奶說，會打他們屁股的人，都是真心疼愛他們的。金豆兒打得這樣用力，對他們的疼愛一定是很真心很真心。

「那、那、那金豆兒，妳是喜歡銀子，還是喜歡美人？」李婉婷咬著嘴唇，怯生生地問。

一說美人，金秀玉腦子裡立刻浮現出畫中李承之微醺的喘息、半開的衣襟、肌膚細膩的觸感，莫名其妙地紅了臉。

她只覺心裡慌得很，面對李婉婷還有李越之期待的目光，頓時覺得討厭至極，抬手啪啪在兩個小腦袋上各敲一記。

「小小年紀不學好，你們那青玉姊姊不是好人，以後再不許聽她的餿主意！」

李婉婷和李越之一人一隻手揉著自己的腦袋，茫然地看來看去，一頭霧水。

「好了好了，這天可是到正午了，你們趕緊帶著這群奴才回家去，我家窮，可供不起你們這幾十個人的飯。」

金秀玉打完了人，反而更加心虛，慌裡慌張地開始趕人。

她扔了一句話，也不管李婉婷和李越之怎麼回答，扭身就進了院子，低著頭徑直穿過院子，往自己住的西廂房裡闖，路上撞到了好幾個人，連母親金林氏一迭聲叫她的名字都沒聽見。

「這丫頭怎麼回事，橫衝直撞的，沒個體統。」金林氏一面抱怨，一面衝林嬤嬤和張嬤嬤討好地笑道。「我們家這大姊兒平日裡最是懂規矩知體面，今日不知遇見了什麼，這般的慌張也是少見，兩位嬤嬤可別笑話。」

林嬤嬤和張嬤嬤忙擺手，連道不敢。

她們自家知道自家事，兩個小主子不過見了這金姑娘一回，便膩得跟什麼似的，今日巴巴地帶了許多禮物上門來討好，在老夫人跟前也是一個勁地說要娶人家來做嫂子；老夫人雖說沒見過正主兒，倒是左右都使了人打聽，這金姑娘爽利的稟性也合她的喜好；更何況還有那大好的八字命格擺著，這就是頭母豬，老夫人也是打定了主意要抬到李家去。

這金姑娘的富貴，是跑不了的！

正說著，李婉婷和李越之跑到跟前來，扭股糖似的嚷嚷著肚子餓了，催著兩個乳娘回家去。

林嬤嬤和張嬤嬤只得慌忙告辭，帶著一眾的家丁丫鬟，風風火火出了金家小院，忙忙張張地分別上了馬車，吆喝聲一起，鞭子一響，車輪骨碌骨碌滾動，就出了金玉巷。

金林氏站在院門口，皺眉嘆：「這一回、兩回，每回都跟打仗似的，這哪是回家吃飯，分明是趕著投胎呢。」

她嘟嘟囔囔地關了院門，站在當地喊了聲：「豆兒，快來收拾東西，我可得做中飯了，妳爹和沐生轉眼就到家呢，可不能餓著兩位祖宗。」

一面嘀嘀咕咕說著，一面便往廚房裡走去。

金豆兒趴在床上，臉埋在軟軟的枕間，手邊丟著那捲畫軸。

方才躲進房來，才發現畫軸仍握在手上沒還給人家，忙跟燙了手似的扔在床上。

然而滿腦子仍是畫中男人衣襟微敞輕喘微微的影像，只覺得自個兒臉上發燒，羞得埋到枕頭裡。

她也不知道自己這是怎麼了，不過是一幅畫，便如此心猿意馬不能自抑，難不成，骨子裡竟是個色胚嗎？

不對！

金秀玉忽地抬起頭，雙眼炯炯盯著那畫軸。

她明白了。

這所謂管師傅偷畫的畫兒，李老夫人之所以不讓李承之看到，之所以怕他生氣，不過是因為，這畫不是普通的畫。

這分明……是一幅春、宮、圖！

第四章　給孫子找可心人

李家的宅子坐落在淮安西市富貴坊碧玉巷。碧玉巷本就不長，李家宅子又大，恰恰好占了一整條巷子。

李家大門在巷子東段，門口老大一片空地，李婉婷和李越之三輛馬車停在門外綽綽有餘，可不像金玉巷，每次都得堵著整條巷子。

李婉婷和李越之的行動素來風風火火，一下了馬車便手拉手往裡闖，跟兩頭小牛犢一樣橫衝直撞，慌得林嬤嬤和張嬤嬤拚命跟著，嘴裡不住地嚷：「小心些，我的祖宗！」

一路進了老夫人所居的長壽園，正院正房門口恰好站著真兒。

「兩位小祖宗可算回來了，老太太唸了有半日，廚房都來問過好幾回了。」真兒一面說著，一面掀起了竹簾，將兩個小傢伙請了進去，又問了林嬤嬤、張嬤嬤好，三人一同進屋。

李婉婷和李越之早已一頭撲在了李老夫人身上，扭著身子叫奶奶。

「這又是上哪兒瘋了，瞧著一腦門子的汗。妳們這些懶鬼，還不快取帕子來！」

李老夫人抱著這對孫子孫女，只覺心肝肉啊無處不疼愛，這可都是她的心尖子，含在嘴裡怕化了，捧在手裡怕摔了。

青玉早命兩個小丫頭端來水盆，親自動手，同真兒兩個絞了帕子，分別給李婉婷和李越之擦臉擦手。

李越之安安靜靜地由真兒擦臉和脖子，李婉婷則不安分地扭來扭去，青玉輕輕捏了捏李婉婷的臉，說道：「阿喜就沒個消停的時候。」

若是其他人捏她的臉，李婉婷必定勃然大怒，但青玉是自小就帶著她的，親姊姊一般，自然不以為意，只管嘻嘻笑著，沒個正形。

青玉趁著幫她擦脖子，用身體擋住了李老夫人的視線，偷偷地對她眨眨眼睛。

李婉婷人小鬼精，立馬會意地點頭，笑得如同偷吃了油的小老鼠。

擦淨了臉手，兩個小傢伙仍是膩在李老夫人身上。

「奶奶，我餓了。」李婉婷撒嬌道。

李老夫人摸摸她滑嫩的小臉，道：「阿喜餓了呀，中飯早就備好了，就等你們倆呢。先告訴奶奶，上午去哪裡耍了？」

兩個小傢伙沒有立刻回答，互相交換一個眼神，隨即李婉婷大嚷起來：「要餓死我了！青玉，快叫人擺飯呀！」

一面嚷著，一面便從李老夫人膝頭跳下來，跑到素日擺飯的圓桌上搶了個位子坐好，晃著兩條小短腿，兩隻肉肉的手拍打著桌面。

李老夫人也不管她，只摟住了孫子李越之，瞇著眼睛笑道：「阿平上午去哪裡耍了？」

李越之一笑，露出一口細細的白牙，答道：「駕著馬車跑了半個城呢。奶奶最近都沒有帶我們出去跑馬了，咱們什麼時候再去呀？」

「哦？阿平喜歡跑馬嗎？」

李越之用力地點頭。「喜歡。」

李老夫人開心地笑道：「既然阿平喜歡，咱們改明兒就去。」

李越之頓時眼睛一亮，伸手抱著李老夫人的脖子，噘著小嘴湊上去，吧嗒在她臉上親了一口，李老夫人只笑得滿臉桃花紋都開了。

那邊李婉婷一叫，青玉便已經讓人去吩咐廚房擺飯，這邊又走過來說道：「老太太可不許胡鬧，上回不過上馬跑了半圈，回來躺了兩日才好，那會子的痠疼難耐可都忘了？」

李老夫人頓時臉色一囧，上次的疼痛可還記憶猶新呢。

青玉又道：「老太太也不顧著自個兒的身體，都是幾十歲的人了呢，還當自己是小年輕，也沒個顧忌。」

李老夫人訕訕笑道：「不是有妳在嗎？」

青玉沒好氣地瞪她一眼道：「我倒是能陪著您一輩子，只要您別大掃把子趕我就成。」

坐在李老夫人懷裡的李越之忙拉住了青玉的手，說道：「若是沒了青玉姊姊，奶奶可就活不成了！阿平不去跑馬了，姊姊別生奶奶的氣。」

幾句話說得李老夫人心肝發疼，青玉眼睛發酸。

「我這小孫孫，真是上天賜給我的寶貝呢！」

青玉眨眨眼睛，將一腔熱意堵了回去，伸手摸摸李越之的頭，柔聲道：「阿平若要跑馬，只管去，讓大少爺帶著你們便是，老太太也去，只是不許上馬，只能在車上看著。」

李老夫人無奈道：「不上馬便不上馬，我看著阿平跑馬，過過眼癮也成。」

正說著，那邊的李婉婷耐不住寂寞又跑了過來，嚷道：「你們商量什麼好玩的，也不帶著我！我也要去，我也要去！」

她抓住了李老夫人的衣角扭來扭去，李老夫人被晃得頭暈，忙一迭連聲道：「都去都去，阿平也去，阿喜也去，把你們哥哥承兒也拖去，省得他一天到晚忙生意，成了個死氣沈沈的小老頭兒！」

李婉婷和李越之想到哥哥板著臉的模樣，果然像個七老八十的老頭兒，不由都捂嘴笑起來。

青玉不得空，自然是真兒盯著丫鬟僕婦們擺飯，待整理好了桌面，便笑道：「老太太、少爺、小姐，飯得了，三位祖宗快請用膳吧！」

李老夫人牽著孫子孫女的手站起來，青玉等人忙忙地服侍三位主子坐下，在旁伺候布菜添飯。

古人雖有教導，要食不言。只是有李家兩位小祖宗在，想安靜地吃飯比登天還難，一頓飯工夫，就聽得李婉婷不停地叫著要這個要那個，碗筷敲得叮噹響。

這時候的李越之也跟平時的文靜不同，只拿筷子挑著碗裡的菜，這不吃、那不吃，挑剔得很。

青玉、真兒都是不耐煩伺候這兩位祖宗用飯的，只有林嬤嬤、張嬤嬤耐心，一會兒給這個挾菜，一會兒給這個將那不愛吃的配菜都給挑出去。

下人伺候得都盡心，但李老夫人仍舊不停地吩咐著。

「別給她吃那個……阿平不喜肥肉，挑出去挑出去……拿湯來拿湯來，別噎著她……」

半晌——

「呀，這甜餅子可口，與我挾一個過來。」

青玉忙用力咳了一聲，沈聲道：「老太太，大夫可說過，您這身子，甜食不宜。」

幫著布菜的丫鬟也是有眼力的，忙將那甜餅子放下，換了一道鮮筍，放到李老夫人面前。

李老夫人撇撇嘴，嘟嘟囔囔道：「成天家囉囉嗦嗦，連我老婆子吃飯也要管……」不拉不拉不拉……

青玉只管幫她布菜添湯，毫不理會她的不滿。

一頓飯吃得那叫一個熱鬧，於下人們來說倒似打了一場仗，人人都是一腦門子的汗，連青玉也不例外。

這三個祖宗，哪一個都不好伺候，哪一個都得拿眼睛牢牢盯著，可不累神嗎？

剛吃完了飯，撤了眾多盤盞碗筷，便有下人通傳，大少爺回來了。

這本是一件平常事，只是到了這一屋子人跟前，大家不由都噤了聲，人人都拿眼睛望著李婉婷和李越之，人人都是一臉的同情。

「糟了，哥哥回來了，他還生著我們的氣呢！」

李婉婷和李越之都是一臉土色，忙忙地往李老夫人身上靠，揪著她的衣襟連聲叫著「奶奶救我」。

李老夫人趕緊張開雙臂摟住兩個心肝，鼓著臉道：「放心，有奶奶在呢，別怕。」

青玉嗤了一聲，道：「老太太，可不是青玉瞧不起您。阿平、阿喜上回闖的禍可不小，大少爺直到今日還未消氣，他素日的稟性您也是知道的，以您一人之力，可未必護得住他們兄妹。」

李老夫人一思忖，也覺有理，自家這大孫子，自從接管了家裡的生意，本事見長，這脾氣也跟著見長，她這奶奶還真不一定壓得住他。

「那可怎麼辦？」

李婉婷和李越之一見連奶奶都怕了，更是心慌，忍不住眼裡都淚汪汪起來。

青玉說道：「依我看，阿平、阿喜還是躲一躲的好。大少爺也是眼不見心不煩，只要不見著他們倆，自然就不會生氣了。」

李老夫人深覺有理，忙忙地叫人帶孫子孫女下去。

林嬤嬤、張嬤嬤忙迎上去牽住兩個小主子，跟著伺候的小丫鬟們也都慌忙收拾起他倆的衣服用品，滿屋子的僕婦丫鬟團團亂轉，都好像要找點什麼東西藏起來，以免露出蛛絲馬跡。

屋內正叮噹亂響，一片混亂，門外腳步已近，只聽得有個人沈聲說話，聲音傳進屋來。

「躲得了初一，躲不過十五，還是老老實實認錯受罰的好。」

李婉婷和李越之一聽這聲音，來不及多想，便先大哭了起來，一個勁地叫著「奶奶救命」。

李老夫人也離了座，慌慌張張地道：「快！快！」自個兒也不知道要快什麼。

一屋子的人都是神色慌張，無頭蒼蠅一般亂撞，叮叮咚咚碰翻了好幾個架子，好幾個小丫鬟因忙亂中踩掉了鞋子，摔作一團。

青玉眼睜睜瞧著這片兵荒馬亂，一時也慌了手腳，倒不知先怎麼辦才好。

此時「嘩啦」一聲，竹簾被大大掀開，一個人邁步進了屋子。

人人都嚇了一跳，都好似被施了定身術一般停住不動，牽著孩子的、抱著衣物的、扶著老太太的、抬著手叫人的、坐在地上的、撿著鞋子的，甚至還有個抱著花瓶的，人人都張大了嘴，瞪大了眼睛看著來人。

「噗哧——哈哈哈！」來人忍不住大笑起來。「看來少爺威信不小，竟將你們都怕成見了貓的老鼠一般，哈哈哈！」

他中等身材、白淨面皮，穿了一身青色長衫，頭上戴一頂帽子，鑲了一塊軟玉，明明是個中年男人，哪裡是大少爺李承之了？

李老夫人將手中的帕子一摔，大罵道：「我把你奴才阿東，蔫壞的，真是壞透了！」

隨著她這一聲喊，人人都好似解了穴道回了魂，人人都鬆了一口氣。方才嚇出了一身汗，如今都覺得手腳無力，撿東西的撿東西，抓著人的鬆開手，抱著衣服的往箱子上放，摔倒的互相攙扶爬起來，還有那個捧著花瓶的，才反應過來，忙將花瓶放回架子上，尤其迷惑地想著，為何自己要抱著一個花瓶？

青玉瞪著眼睛指著來人，恨聲道：「好你個阿東，膽子肥了，連老太太都敢嚇唬，真以為有少爺撐腰就天不怕地不怕了啊，你的月銀可還捏在我的手裡呢！」

陳東忙抱著手，大大作揖道：「青玉姊姊，神仙姊姊！您可是我的衣食父母，大人有大量，饒我一回，我再不敢造次了！」

青玉沒好氣地白了他一眼，回頭扶著李老夫人坐到羅漢床上。

那邊李婉婷和李越之也都在林嬤嬤和張嬤嬤的服侍下坐了。因方才著急哭鬧，兩張小臉涕淚縱橫，都成了花臉貓，林嬤嬤、張嬤嬤忙著吩咐人打水來洗臉，又另外命人取衣服來換。

李老夫人喝了茶，喘勻了氣，開口問道：「你家大少爺呢？」

陳東已收起了臉上的玩笑，恭聲道：「少爺同人談生意，酒席上多飲了幾杯，正醉著，已讓人抬進院子去了。故而阿東代少爺過來給老太太請安，並替主子告聲罪。」

老夫人擺擺手，道聲：「罷了。」說著便嘆了口氣，慢慢道：「我這大孫子是個好的。只是老子、娘去得早，我又是一把老骨頭，幫不上他。論年紀，還不到二十，人家的少爺還是個孩子呢，偏他要操心著一大攤子生意，天天勞累，這孩子，真是難為他了……」

說著說著，她便紅了眼眶，拿帕子按住眼角，哽咽起來，屋內眾人都沈默了。

青玉衝陳東擺擺手，陳東會意，躬身向老夫人行了禮，慢慢退了出去。

小丫鬟遞上來乾淨的帕子，青玉接過遞到老夫人手上，將那浸了淚的帕子換了下來。

「老太太不必傷懷，大少爺是個能幹的，一家子都指著他呢，與其傷心落淚，老太太倒不如想想，給大少爺物色一個可心人，也好體貼他、照顧他。」

李老夫人也是一時的傷感，此時已止了淚水，擦乾淨臉，點頭道：「到底妳是個明白人。別的不忙，先準備好醒酒湯，吩咐人去他院子照看一下。」

青玉道：「就真兒吧，往日裡給大少爺送東西都是她去，照料大少爺也是她做得多。」

李老夫人點頭，對真兒招手。

真兒走過來，輕聲道：「老太太。」

「妳且去那邊院子裡，仔細照看著大少爺，酒醉最是傷身，別讓他再添了病。」

「奴婢曉得，老太太放心。」

李老夫人欣慰地點點頭，擺了擺手。

真兒點了兩個小丫鬟，出屋而去。

這時候，李婉婷和李越之已是換好衣服洗好臉，因著屋內氣氛沈重，林嬤嬤、張嬤嬤便命小丫鬟帶了二人出去玩耍。

方才也是聽見了青玉的話，此時林嬤嬤便開口道：「要說可心人，還得是女兒身，大少爺身邊不是早有一位嗎？」

張嬤嬤道：「妳指的可是清秋苑那位？」

聽她們兩個的話，李老夫人只是搖頭。

青玉說道：「那位姑奶奶，瞧著是個知冷知熱的，到底不合大少爺的心，妳們沒瞧見嗎，自從她進了門，大少爺去她那院子的次數，掰著一隻手便能數過來。」

林嬤嬤、張嬤嬤都忍不住點頭。

李老夫人嘆道：「還是得另外找人。對了，那金家的姑娘，可派人打聽了？」

青玉忙道：「我已經使人打聽了，金姑娘的秉性倒是爽利，最合老太太的口味。大少爺也是經慣了咱們家的行事作風，清秋苑那位就是因著纏綿柔弱的性子，才入不得他的眼，金姑娘的性子說不定倒正合他的意。況且，還有那八字命格放著，最是旺咱們家的壽命運道。」

說到這裡，她頓了一頓，又接著道：「好叫老太太知道，這兩日阿平、阿喜天天往外跑，就是去了那金家。這兩個小祖宗的脾性，您也是知道的，旁人輕易不得他二人的歡心，倒是這金姑娘，頭一天就收服了他們。今日，兄妹倆還帶了幾車的禮物去討好人家。」

她想了想，又加了一句。「不怕告訴老太太，阿平、阿喜還跟我露過口風，要娶那金姑娘來做嫂子呢。」

這一句話、這「嫂子」二字，頓時讓李老夫人瞪大了眼睛。

「他們說的，真是做嫂子？」

李老夫人不敢相信地追問了一句。

青玉點頭，鄭重道：「是。是做嫂子，不是做姨娘。兄妹倆連姨娘二字都不曾提起，開口閉口只有做嫂子。」

李老夫人沈默不語，青玉也沒急著說話，只在心裡暗暗盤算。

半晌，老夫人才慢慢開了口，一字一字道：「做嫂子，倒也不是不可以。」

青玉這才說道：「老太太，青玉斗膽猜一猜您的心思，若是說的不對，您只管當個笑話聽就得。」

老夫人看她一眼，道：「妳只管說便是，咱們娘倆還用這般客氣？」

青玉笑笑，說道：「咱們這樣的人家，金滿斛糧滿倉，雖不敢說富甲天下，卻也用不著那富貴親家來扶持。依我看來，金姑娘這樣的家世倒正正好，既不怕她貪了咱家的生意去扶持娘家，也不必因那親家勢大而行事顧忌。金家雖是小門小戶，但家世清白，脾性又與咱家投緣，何況還有那福壽相宜的八字命格擺著，便是娶她做正房奶奶，那也沒什麼不合情理。」

她一口氣說完，拿兩隻眼睛看著老夫人。

老夫人拉過她的手放在掌心撫摸，嘆息道：「我早有言在先，咱們雖是博了個淮安首富的名號，又雖說妳那故去的二老爺是做過官的，然在這一輩上，到底只是平頭百姓，不必以高貴自居。聽妳說來，那金家倒是合心意的，只是那金姑娘，我到底不曾見過。」

青玉道：「老太太要見她也不難，只管交給我來辦理。待時機成熟，我便安排那金姑娘到咱家一趟，讓老太太考究考究這位女子。」

老夫人點點頭，道：「妳辦事，我自是放心的。」

青玉笑一笑，又問道：「那阿平、阿喜那邊？」

「他們既喜歡那金姑娘，只管讓他們去折騰，咱們只看著雙方相處便是。阿喜看來跳脫，實則是個笨的；倒是阿平，面上木訥，心裡跟明鏡一般，到底還是像他哥，叫人放心。」

提起大孫子李承之，李老夫人既心疼又欣慰。

青玉是最理解她的，嘴裡寬解著，底下打著眼色與手勢。跟著她伺候的小丫頭們都是伶俐的，便都湊趣地講起笑話來，很快便逗得老夫人眉開眼笑，將那一番惆悵都沖了開去。

卻說李婉婷和李越之，雖然是虛驚一場，不過到底已經是十歲的孩子，雖然有個寵他們的祖母，但於人情世故上畢竟也懂得許多道理。

哥哥李承之在外經營生意，總有許多辛苦之處，今日又酒醉回家，兄妹倆覺得自己應該去看望看望。

在家裡的時候，林嬤嬤、張嬤嬤並不像在外頭似的亦步亦趨跟著，不過讓小丫鬟、小廝們看著而已，兄妹倆撇開了身邊的下人們，獨自來到李承之居住的明志院。

院中林木森森，即使是炎熱的盛夏，也自有一股清涼之意。許是因主人酒醉沈睡的緣故，雖也有下人們在廊下穿梭，但人人高抬腳低落步，噤聲不語，即使是見到這兩位小主人，也都只低聲地行禮打招呼。

李婉婷和李越之到了李承之的房門口，沒有直接進去，而是巴著房門悄悄地探出兩雙眼睛，打量房中的情況。

李承之的房間擺設十分簡單大氣，一看就知道是個單身男子的居所。

床榻處紗帳低垂，隱約露出一抹平躺著的修長身影，帳外站著一名粉色衣裳的年輕女子，正是真兒，她將替大少爺換下的衣物交給一個小丫頭，命她出去盥洗。

「噓——噓——」

真兒聽到噓聲，扭身見到李婉婷和李越之，忙將一根指頭豎在嘴上，輕手輕腳地走過來。

「哥哥他怎樣了？醉得可厲害？」

真兒心中欣慰，臉上卻裝著嚴肅，道：「怎麼，不怕大少爺見到你們，要你們受罰嗎？」

李婉婷和李越之羞愧地低著頭，半晌，才囁嚅道：「我們、我們知錯了。」

真兒摸摸他倆的頭，柔聲道：「放心罷。大少爺睡得很沈，你們若是想看他，便隨我進來。」

李婉婷和李越之頓時眼睛一亮。

真兒牽住兩人的手，一起躡手躡腳走到床前。

真兒挽起紗帳掛在鈎子上，李婉婷和李越之跪在地上，將下巴用一雙手臂墊著放在床榻上，兩雙黑白分明的眼睛，亮晶晶地注視著床上的人。

床前鋪著厚厚的波斯地毯，倒不怕跪傷了膝蓋，真兒便也由得他們。見兩人一句話不說，只是看著床上的大少爺，真兒曉得他們是真心關心兄長，平時吵吵鬧鬧的兄妹倆，今日這般溫馨的孺慕之情實在少見。她不忍心打破這份祥和，便端了水盆悄悄出了房門。

「咱們哥哥長得真好看，阿平你說是不是？」

「嗯。」

「哥哥鼻子真挺，皮膚真滑。」

「嗯……你別摸他，會吵醒他的。」

「哥哥是不是瘦了？」

「嗯，臉上沒有我們這樣嫩嫩的肉。」

李婉婷和李越之輕聲細語地交談著。

微風輕吹，拂動紗簾一角，窗外淡淡的花香傳進來，混著床上人兒呼出的淡淡酒氣，變成一種奇異的氣息，卻意外的很好聞。

「阿喜，奶奶說，哥哥少了個可心人。」

「什麼是可心人？」

「就是能好好照顧哥哥的人，就像青玉姊姊照顧奶奶一樣。」

「那就去找一個。」

「不好找，這個人來我們家不僅要做哥哥的可心人，還要做我們的嫂子。」

「可是，嫂子已經給金豆兒做了。」

「……阿喜妳怎麼變得這樣笨，金豆兒既可以做我們嫂子，也可以做哥哥的可心人呀！」

「哼！」

「好，我不說妳笨，妳別生氣。」

「我們現在就去跟奶奶說，讓金豆兒做我們嫂子。」

「等一會兒，等一會兒，我想再看看哥哥。」

「嗯，好吧，我們一起看。」

真兒悄悄抹了眼角的淚水，抿了抿唇，將已經換了乾淨清水的水盆放到廊下，自己坐到了水盆旁邊。

不知是哪個看門的小丫頭，留了一柄葵扇在廊下，真兒拾起來輕輕地搖著，耳朵裡仍聽著屋內細細的碎語。

家裡，是該有個少奶奶了。

金秀玉昨夜睡得極不踏實，不停地作著夢，夢裡全是相同的影像，都是那個男人，那個畫軸上如海棠一般春睡的男人。

雞叫第一遍的時候，她就醒了。

起來後的第一件事，便是決定扔了這畫兒。

那個李婉婷和李越之所說的管師傅，絕對是畫春宮的高手。畫軸之上的李承之，臉並沒有畫得很寫實，只是一個淺淺的輪廓，卻能讓人感受到那微醺的慵懶之態；還有那微開的衣襟，只不過是露出一小片胸膛，便能讓人彷彿觸摸到那緞子一般的肌膚和細膩分明的肌理。

這畫兒，看一眼便讓人臉紅心跳，多看幾眼便讓人夜不能寐。

它絕對是個禍害！

金秀玉抱著畫軸出了院門的時候，天才濛濛亮。

她低著頭徑直出了金玉巷，七彎八拐地過了幾條巷子，一路走到了木魚菜場。這個菜場是東市最大的菜場，也是她跟母親慣常來的菜場。

及至站在菜場門口，看著稀稀拉拉的小攤販準備開張，她才悚然一驚。

她來這裡幹什麼？

金秀玉撫了撫額角，一晚上沒睡好，把腦子都給弄糊塗了，竟沒頭沒腦地跑到這裡來。

除了這一點叫她自個兒覺得好笑，另外還有件糊塗的，就是她竟不知道要將畫兒扔到哪裡？

似乎哪裡都不合適。

她捏起拳頭捶了捶自己的腦袋，暗罵一聲糊塗，既是不想留著這禍害，又何苦千方百計找地方扔了它，只管一把火燒了，豈不乾淨？

想到這裡，她趕緊地又轉身往回家的路上走去。

春水巷是去金家的必經之路，金秀玉低著頭，懷裡抱著畫軸，只管悶頭走著，不期然一頭撞在了一個人的胸口。

「呀！哪個不長眼的……」

金秀玉抬起頭，對方一看清她的臉，立時便換了表情。

「這不是金姑娘嗎？這是去哪兒呀？」

金秀玉皺起了眉，這人她認識，便是東市有名的二流子劉阿三。

劉阿三生平最愛好的便是在大街上調戲大姑娘小媳婦，尤其是像金秀玉這樣水靈靈的姑娘，更何況這金秀玉的弟弟金沐生還揍過他，這筆帳合該著落在姊姊身上討回。

金秀玉不想搭理他，往左邊讓了讓想過去。

劉阿三往左邊一動，攔住了她的去路。

金秀玉往右，他便也跟著往右。

「你想做什麼？」

劉阿三涎著臉嘿嘿笑道：「咱們好歹是街坊呢，這路上遇見了，總該親近親近不是？」

他說著便將臉湊了上去，金秀玉忙退後一步躲開。

「嘿嘿，我倒是忘了，金姑娘如今可是金貴人，不久就要嫁進李家享福了呢！這話說回來，妳能攀上李家這門親，可得好好謝謝我那姨母劉媒婆呢！」

金秀玉微微一驚。「原來劉媒婆是你姨母。」

「是呀，若不是她的三寸不爛之舌，李家哪能真的娶妳過門呢！」

金秀玉暗自納悶，劉媒婆自從頭次上門被氣走後，便再沒有來過，李家也未再派媒人上門，莫非是李婉婷和李越之幾次來訪，讓有心人都以為李家是誠心要結金家這門親了？

她這邊思忖著，劉阿三摸著下巴乜斜著眼瞧她，暗暗地朝她的腰伸出手去，好在金秀玉機靈，往旁邊一閃，躲過了對方的祿山之爪。

「劉阿三，你再動手動腳，可別怪我不客氣。」

劉阿三嘿嘿笑著。「我就是喜歡姑娘這潑辣的勁兒。來來來，妳要怎麼個不客氣，儘管朝我身上來。」

他一面說著一面往金秀玉身上擠去，金秀玉左躲右閃，一腳踹了過去。

劉阿三打慣了架的，反應快著呢，她哪裡踢得著，倒把自己摔了個趔趄，懷裡的畫軸一下子顛了出去，掉在地上，滾出去一多半，露出了畫裡的大半內容。

劉阿三頓時眼睛一亮。「啊哈！原以為是個良家婦女，原來大白天竟抱著男人的畫像！」

金秀玉大急，她雖自家清楚自家的品格，然這古時最重女兒家的名聲，若是被劉阿三四處宣揚，她就別想清白做人了。

趁著劉阿三俯身去撿畫的當口，金秀玉在地上抓了一塊斷磚，一咬牙砸在他的腦袋上。

「呃……」

劉阿三只來得及發出一聲悶哼，便撲通倒地，昏迷不醒。

金秀玉忙忙地將畫兒撿起捲好，抬腳想走，又擔心將人砸出個好歹，便回頭在劉阿三鼻下探了探，探到對方仍有氣息，便放了心，抬腳在他屁股上踢了一腳，這才拍拍身上的灰塵回家去。

到了家門口，剛推門進去，迎面金林氏正綰著頭髮往廚房走，見她回來了，只嘟囔道：「死丫頭，大清早跑哪兒去了，還不快來燒火！」

金秀玉也不理她，只管回房先將畫兒藏好，又對著鏡子整理了頭髮衣裳，這才出門進了廚房。

金老六和金沐生一向起得比娘倆晚，起來洗完臉便坐著等早飯。

早飯吃的是白粥玉米餅，配著自家醃的小菜，十分可口，只是金秀玉心中有事，有些食不知味。

等到全家人都吃完了飯，金老六和金林氏又忙忙地抬了烏桕脂預備做蠟燭，金沐生拿了書包隨便往身上一掛，便出了門。

金秀玉忙小跑追出院門，拽住了弟弟。

金沐生問：「做什麼？」

金秀玉俯耳過去，低語了幾句。

金沐生瞪大了眼睛。「妳是說，妳揍了劉阿三，讓我去看看他死了沒？」

金秀玉抬手給了他一個栗鑿，沒好氣道：「有你這麼說話的嗎！我就是讓你路過的時候看一看，他若是不在了，那就是人沒事，自個兒離開了；他若是還在，就是有點砸狠了，你且叫個大夫給他看看。」

金沐生失笑道：「姊，妳也太小看劉阿三了。妳能有多大力氣？把他砸暈，不過是瞎貓碰了死耗子，能出什麼事！」

金秀玉沈著臉，瞪著他。

「行行行，我路過的時候看看就是。」

金沐生無奈地應了，擺擺手只管上學館去。

金秀玉這才放心地回了院子。

原本讓弟弟沐生幫著看看，不過是以防萬一，但沒想到的是，她這一砸，當真砸出了一樁禍事來——

佟福祿照例在半路上等著金沐生，兩人會合之後勾肩搭背去王家學館。

王家學館位在春水巷，金秀玉砸劉阿三的地方，就在春水巷拐角處，金沐生路過的時候，將周圍都看了一遍，卻一個人影都沒發現。

佟福祿見他左顧右盼，便疑問道：「你找什麼呢？」

金沐生見人不在，料定是沒砸出什麼事，劉阿三自行離開了，便不在意地擺了擺手，道：「沒什麼，看有沒有金子撿。」

佟福祿大笑，撲上去勒住他的脖子。

「我看你是家裡蠟燭太多，蠟油蒙了心，作夢天上掉金子呢！」

金沐生也笑起來，兩人都是鬧慣了的，遂又打鬧起來，嘻嘻哈哈扭作一團。

佟福祿正用拳頭抵著對方下巴，不提防後領被人捉住，一提溜扔到地上，摔了好大一個屁股墩。

「哎喲！你爺爺的……」

佟福祿頭還未抬，先罵了一句，一抬頭，見金沐生正被一個人從後面挾住了肩膀和脖子，動彈不得。

「劉阿三?! 又是你！」他跳起來罵道。「你這人怎麼陰魂不散，老跟我們過不去！」

劉阿三咬著牙，斜著嘴冷哼一聲。「不是我跟你們過不去，是金家跟我過不去！」

金沐生脖子被勒得生疼，怒道：「你胡說什麼！」

「你們兩個臭小子，上回揍我的那筆帳，我還記著呢！今兒個你姊姊金秀玉居然也敢拿磚頭砸我，老虎不發威，當我是病貓呢！金秀玉那個臭娘兒們我暫時逮不著她，先找你這個弟弟討點利息！」

劉阿三說著，手臂一緊，金沐生的身體不由又往後仰了幾分，因脖子被勒著，話也說不出一句。

佟福祿看得血氣上湧，眼睛都紅了，一個猛子撲上去，一拳打在劉阿三臉上。

劉阿三跌出去幾步，金沐生這才得了自由，大口大口呼吸起來。

「嘶！」

劉阿三摸了一下嘴角，見手上沾了一絲血跡，竟把內裡的邪性都給勾了上來，嘴裡發出呵呵的聲音，一步一步往兩人走去。

佟福祿和金沐生見他今時不同往日，眼睛裡散發出的嗜血和猙獰是他們從未見過的，心裡一陣陣發緊，腳下也不由慢慢往後挪動，然越是後退，心頭的重量便越重一分。

劉阿三突然大喝一聲，撲了上來，先一拳狠狠揮在金沐生臉上。

佟福祿的反應也算是快的了，立刻撲到他背上勒住了他的脖子，劉阿三甩了幾下竟沒甩掉。金沐生乘機從地上爬起來，一拳打在劉阿三的肚子上。

劉阿三發了狠，腰一拱把佟福祿從頭頂甩了出去。

佟福祿只覺騰雲駕霧，「吧嗒」一聲落在地上，頓時渾身幾百塊骨頭都似散了架，抬也抬不起來。

金沐生吶喊一聲，胡亂揮著拳頭撲向劉阿三，腳下還有空閒踢出幾腳。只是他這樣沒章法的胡打，哪裡比得過劉阿三正經拳腳打架出身，沒幾下就被掀翻在地上，只覺腰都要斷了，一面咬著牙，一面扭著身子抬頭，駭然見頭頂上劉阿三嘿嘿冷笑著俯下身來。

這時候，佟福祿突然竄起，一把將劉阿三撲倒在地，金沐生顧不得疼痛，隨手撿起一塊斷磚，劈手砸在了劉阿三後腦。

只聽「咚」一聲悶響，劉阿三前腦撞地，渾身一癱，便一動不動了。

「死了？」

金沐生給了佟福祿一巴掌。「瞎說什麼！」

他伸手在劉阿三鼻下探了探。「只是暈了。」

兩人同時鬆了一口氣，慢慢站起來，頓時覺得渾身上下無一不疼，互相撩衣一看，都是一塊一塊的青紫，金沐生尤其比佟福祿慘，顴骨上青了一塊，差點破了相。

沐生扔掉手裡的磚塊，往四周一看，發現周圍竟再沒別的石塊，只有這半塊斷磚，暗想著不會就是姊姊之前砸了劉阿三的那塊磚頭吧？這麼一想，不由覺得好笑。

佟福祿怪異地看著他。「你傻啦！被揍得這麼慘還笑？」

他揉著身上的痛處，嘆道：「要是有上次那位大哥那樣好的功夫，就不會被劉阿三這麼一個混混給揍了。」

金沐生知道他說的是誰，就是上次在東市大街救了他們的那個中年男人。那天之後，兩人一直對那人十分仰慕，總想著什麼時候能再見上一面，向他請教功夫。

「喂！你們兩個小子！」

一個突兀的聲音在巷尾響起。

金沐生和佟福祿一回頭，見三個男人正向他們跑來，都是勁裝短打扮，露出肌肉虬結的粗壯胳膊。兩人雖然還是孩子，但正值叛逆期，也老愛往那龍蛇混雜的地方鑽，一看這三個男人就覺得像是賭場或青樓之類處所的打手，料想沒好事，頓時拔腿就跑。

後面三個男人自然立刻追了上來，兩人一面跑著，一面隱約聽到身後三人的談話。

「別追了！不過是兩個毛孩子，咱們要找的可是劉阿三！」

「……」

「嘖嘖，兩個臭小子下手倒重……」

「……」

再後面便只聽見幾個字眼，「拖走」、「九娘」、「要他好看」之類的，隱約不清了。

金沐生腦子聰明，春水巷這邊半條是直巷子，他生怕跑進王家學館時被身後三個男人瞧見，為王先生和其他同學引來不必要的麻煩，便伸手拽住了佟福祿，一路跑出了巷口。

嗦。

雖然不見身後有人追趕，但兩人仍是在幾條巷子間繞了好大一圈，最後才回了金玉巷。兩人傷成這般模樣，學館是去不了了，先生定要囉囉嗦嗦說教一通，兩個小混蛋都怕腦殼疼；佟家的三水紙馬鋪也不敢去，佟福祿的娘死得早，佟掌櫃就是半個娘，一張嘴比先生還囉嗦。

想想還是回金家，雖然人口多，倒都是好說話的，而且最重要的是，有金秀玉在。佟福祿一直就羨慕金沐生有金秀玉這麼個姊姊，按他的話說，「豆兒姊那是全天下最好的姊姊了，又不管教你，又不使喚你，還最護短，你在外面打架，她從來不跟你爹娘背後告狀，這樣的姊姊上哪兒找去？」

雖然金沐生嘴上總是不在意地說一句：「婆婆媽媽的娘兒們。」心裡還是對這樣的姊姊很滿意的。

因此，兩人轉了一圈，最後還是回到了金玉巷。

剛進了院子，才走幾步，就讓正在廚房做蠟燭的金老六、金林氏和金秀玉看見了。

先是金林氏一聲尖叫。「老天爺，你們倆這是跟誰打架了？」

然後就是金老六沈著臉來了一句。「兩小子不學好，成天就知道惹是生非。」

而金秀玉馬上就跳出來護衛道：「小孩子哪有不打架的，娘別一驚一乍的！爹，你只管跟娘做活，我先去給他們上藥，你有什麼話，等上完了藥再問！」

她一面說著，一面便快步出了廚房，一手一個攬過了金沐生和佟福祿，快步往堂屋走去。

金沐生和佟福祿躲過了金林氏的嘮叨和金老六的盤問，互視一眼，都偷偷賊笑著，果然回金家是最明智的。

金秀玉一手拉了一個，將兩人帶進堂屋，按在椅子上坐好。

她先打水給兩人擦乾淨頭面手腳，然後尋了跌倒藥，給兩人細細塗抹揉搓起來，一面揉藥一面才問起來。

「說吧，你們倆，這一身傷都是從哪裡來的？」

金沐生和佟福祿疼得齜牙咧嘴，將事情都一五一十說了。

果然，金秀玉聽完後，只罵劉阿三是個黑了心的狗東西，就知道欺負小孩子。聽得沐生說後來出現了三個男人，像是什麼賭場的打手，便道：「劉阿三這種人，吃喝嫖賭哪樣不沾？必是欠了賭場的錢，被人家追債呢，這叫惡人自有惡人磨！」

金沐生和佟福祿都點點頭，最後提了一提兩人是如何逃走、如何回來的，金秀玉不住點頭，讚他們聰明，好漢不吃眼前虧。

只是想到一樁，兩人都沒去學館，王秀才一定疑惑，然而他二人傷成這般，一頓罰是免不了的，罷了，還是自個兒去替他二人求個假吧。

她這麼想著，便將藥酒往金沐生手上一塞，吩咐他給佟福祿搽上。

「我去學館裡替你倆向先生請個假，省得回頭他罰你們。」

佟福祿立馬跟金沐生使了個眼色，那意思是：瞧你姊，多夠意思、多義氣。金沐生挑挑眉，耷拉下眼皮，自家也覺得姊姊是個寶。

金秀玉沒看見兩人的眉來眼去，逕自出了堂屋，路過廚房的時候跟金老六道：「爹，我都問清楚了，就是那劉阿三尋他們晦氣，打了一架，錯不在他們身上。我現在去學館替他們跟先生求個假，你可別回頭又教訓他們！」

金老六懶懶撇了一眼，道：「妳說怎麼辦就怎麼辦，我還省得鬧心。」

金秀玉知道自家老爹其實最是愛護小輩，便笑了一笑，出了院門。

金林氏候著女兒出了門，才對丈夫碎碎唸道：「你瞧這丫頭，越來越不像話，這沐生打架，怎能由著他？這時候不管教，往後大了也跟那劉阿三似的，可怎麼得了！」

說著，便拍著身上的柴屑，站起來欲往堂屋去。

金老六不耐煩道：「妳只管燒妳的火，豆兒做事有分寸，瞎操什麼心！」

「你這說的什麼話，沐生可是你兒子，你能不管教？」

「沐生是個什麼樣的，我這做老子的能不清楚？妳到跟前只會嘮叨些沒用的，倒招妳兒子厭煩，何苦來呢？」

金林氏臉上頓顯不滿，嘟囔道：「我這做娘的教兒子，怎麼就是惹人厭煩了？」

金老六只拿眼睛冷冷看著她，金林氏雖是抱怨著，卻沒敢真出了廚房，只是往前走也不對，往後退也尷尬，倒是左右為難起來。

正在這時，院門乒乒乓乓響起，恰好為她解了圍，提起裙襬便跑去開門了。

「呀！是少爺、小姐來了！」

金林氏驚喜地叫起來，金老六在廚房聽見，不由無奈地搖搖頭。

說來也好笑，做女兒的金秀玉只管人家叫阿平、阿喜，當弟妹似的對待；做母親的金林氏倒是每次都恭恭敬敬地稱呼少爺、小姐，好不謙卑。這大約是抱著不同心思的緣故了，一個坦蕩蕩，一個有所圖。

敲門的確實是李婉婷和李越之，不過這次的情形倒跟前幾次都不同。

前幾回來的時候，總是三輛馬車、浩浩蕩蕩，一下車便是一院子奴才，弄得金家每回都比過年還熱鬧。

這回倒奇了，人只有他們兄妹兩個，身後就空蕩蕩一輛馬車，除了一個車夫再無其他人，車上也是一片靜悄悄。

李婉婷見金林氏一開門就大聲嚷嚷，恨不得撲上去捂住她的嘴。

「別叫別叫！快噤聲！」她搧著手，急得跳腳。

金林氏嚇得忙閉了嘴，吶吶不知所以。

李婉婷小胸脯一起一伏，嘟著小嘴恨恨地瞪她。

李越之豎了一根手指在嘴上，噓了一聲，然後才低聲道：「金奶奶，金豆兒在嗎？」

金林氏不敢再高聲，也捏著嗓子道：「出門去了，過會兒就回，你們請進來等吧。」

李婉婷和李越之互相看了一眼，似是達成了共識。

只見李婉婷回頭對那車夫說道：「你可看著他呀！我們進去了。」

車夫咧嘴一笑，露出白生生的牙齒。「少爺、小姐只管進去歇息，我包管將人看得牢牢的。」

李婉婷和李越之點點頭，徑直繞開金林氏進院去。

因那車夫答話從容，金林氏不由多看了兩眼，這才發現對方大約中年，穿著一身葛紗夏衣，頭髮整整齊齊綰成一個髻，白白淨淨的，倒不像個普通的車夫。

車夫見金林氏看他，又是抿嘴一笑。

金林氏突然覺得有些不好意思，這大把年紀的，盯著一個陌生男人看算怎麼回事？忙收回目光，轉身進門，想想有客人在外頭，雖說是人家不想進來，但若關了院門倒不妥當，不如且敞開著，於是便留了半扇門不關。

李婉婷和李越之手挽著手，兄妹倆如今在金家就跟自家院子一個樣，熟得很，也不用人招呼，徑直便進了堂屋。

金沐生和佟福祿正互相給對方抹藥，上身的衣裳都脫了，打著赤膊，青一塊紫一塊的，因自個兒揉著疼，下不去手，都是給對方揉，正齜牙咧嘴呢，冷不防兩個瓷娃娃一般的男孩、女孩闖進門來，一看還長得幾乎一模一樣，不由得都愣愣地張大了嘴。

李婉婷和李越之來了金家幾次，都不曾見過金沐生，只當金家只有金老六、金林氏和金秀玉三人，今兒個突然撞見兩個男孩子光溜溜地坐在屋裡也都愣住了。

李婉婷在家雖是混世魔王，到底是貨真價實的千金小姐，從來沒有一個男人敢在她面前赤身露體，哪怕是只露胳膊的也不曾，如今見了兩個跟自己一般大的男孩子光著上身，不由傻了眼。

這時候，李越之伸手一抱，用兩隻手捂住了妹妹的眼睛，繼而對金沐生和佟福祿大叫道：

「你們兩個，快把衣裳穿上！」

金沐生和佟福祿齊齊一驚，又是面面相覷，最後愣愣地問道：「為什麼？」

李越之怒道：「我們家阿喜可是雲英未嫁的女孩，你們竟敢在她面前赤身露體，如此傷風敗俗，成何體統！」

「啪嗒」——

金林氏正抬著腳進門，聽到李越之的話，不由一腳絆在了門檻上。

「快把衣裳穿好！」

金林氏一巴掌拍在金沐生後腦勺上，打完還用眼睛瞟了瞟李越之和李婉婷。

佟福祿已經是把衣裳穿好了的，此時正竊笑著，金沐生瞪了他一眼，在母親威脅的眼神下，慢騰騰地將衣服拉上。

李婉婷坐在椅子上，晃著兩條腿，眨巴著眼睛，一臉興味地看著金沐生和佟福祿。

而另一個人李越之則氣鼓鼓地瞪著眼睛，一臉不善地盯著金沐生，還不忘偶爾再瞪一眼偷笑的佟福祿。

「咱們是窮人賤體，看一眼都玷污了貴人的眼睛……」金沐生不滿地嘀咕著，立刻又被金林氏拽了一把。

將臉轉過來對著李越之和李婉婷，金林氏討好地笑道：「這小子沒規矩慣了，少爺、小姐千萬別跟他一般計較。」

李越之哼了一聲，李婉婷反而不贊同地橫了哥哥一眼。

「金奶奶，這是妳兒子呀？」她兩隻眼睛亮晶晶地看著金沐生，說道：「他長得真好看！」

金林氏心裡得意，面上仍故作謙虛道：「也就這副皮囊還能入眼。」

金沐生這是第一次見到李家兄妹，往日只從家人口中聽過描述，本對這兩人毫無興趣，此時見母親一味討好對方，更加覺得無趣，便走到佟福祿跟前，兩人互相擠眉弄眼，做出各種怪臉。

金林氏眼角看見了，忙回頭暗暗擰了他一把，然後在兒子不滿的眼神中，推推搡搡將二人攆到廚房去給金老六打下手，省得在跟前招人煩。

大約所有做哥哥的人，對於妹妹初次感興趣的男人都會有莫名的敵意，儘管這個妹妹、包括自己，都還只是小屁孩，李越之就是看金沐生不順眼，連帶著也不喜歡佟福祿，兩人不在眼前，他是樂得清靜。

而李婉婷則略微有些失望，她覺得金沐生長得很好看呢，尤其他身上鮮活的野性讓她覺得新鮮，當然以她這個年齡，還不懂什麼是野性。

儘管各懷心思，但兩人今日是帶著心機來的，都顯得有些緊張，有一搭沒一搭地跟金林氏說著話，同時不停地往院門方向看。

正等得不耐，在外面看車的阿東走進院來，兩人頓時眼前一亮。

李婉婷最是心急，跳起來問道：「可是金豆兒回來了？」

李越之也一臉期待地看著阿東。

阿東白淨的臉上露出一個大大的笑容，俏皮地道：「少爺、小姐真是料事如神，確是金姑娘回來了。」

李婉婷和李越之立刻跳起來往外跑去，出了院子，站在大樟樹底下一看，巷口一人腳步輕快地走來，正是金豆兒。

李婉婷忙回頭對阿東擺手道：「快去車上準備。」
阿東點頭，跳上馬車，掀了簾子進去，不知鼓搗了什麼，不過一會兒就又跳了出來。
這時候，金豆兒已經走到了跟前，疑惑地問道：「阿平、阿喜，怎的不進去？」
她一面說，一面抬頭看了看天色，今兒個雲厚，將日頭層層擋住了，倒顯得比平日涼爽，況且看那雲層走得快，顯見的風大，怕是下午有雨呢。
李婉婷和李越之互視一眼，抿了抿嘴，都有些緊張，又同時抬頭看了看阿東，後者眨眨眼，給了兄妹倆一個放心的眼神。
李婉婷這才扭過臉，對金秀玉道：「妳怎麼才回來呀？我們給妳帶了好東西，就在車上，只是眼下有急事要回府，不及與妳細說，車子先留在妳家，車上的東西，妳自個兒去瞧吧。」
她背書一般匆匆忙忙說完幾句話，也不等金秀玉的回答，便慌張地招手。
金秀玉方才遠遠瞧見兄妹倆身後站著個人，原以為只是普通的下人，還在納悶今日怎麼只來了一個隨從，及至此時正面看到阿東，才有些吃驚。
這應該不是一般下人，他的衣著穿戴都算得上十分考究，神態又是十分自信從容的，做下人的絕不會有這樣的氣場，於是便有些疑惑。
阿東上前一步，行了一禮道：「李家陳東，見過金姑娘。初次來訪，本應將身分、職務向姑娘一一交代，只是兩位小主人急於回府，不便逗留，只得失禮告辭了。」
「你們，這……」
金秀玉還來不及問一聲，只見阿東一手一個挾了李家兄妹的胳膊，一抬腿，也不見他怎麼用力，幾個跨步便移出去好大一段距離，李越之和李婉婷好似被他提了起來，足不沾地，輕飄飄移了出去。

金秀玉不過眨了下眼皮，三人已經唰唰到了巷口，一轉身便消失於視線外。

這、這也太神了吧！

金秀玉呆呆地看著空蕩蕩的巷口，張大了嘴，回想一下剛才的情景，她連阿東的臉都還沒看清楚呢！

說來就來、說走就走，這李家人的行事為何總是這般奇怪！

她搖著頭，轉過身見馬車靜靜地停在家門口，又是一陣納悶。

李家有什麼急事？為何李婉婷和李越之連交代一聲都來不及，連馬車也不要，便急匆匆回去了？而這馬車上的東西又是什麼？

她一面想著，一面抬腿上了馬車，掀開車簾鑽了進去。

光線透過青色的窗簾，將車廂內映成一片淺藍，顯得朦朦朧朧，一絲極淺的香氣從鼻間滑過，快得難以察覺。

金秀玉忍不住用力眨了眨眼睛，再用手揉一揉，然後又再眨了眨，努力將眼睛張大了，然而看著眼前的場景，仍是覺得跟作夢似的。

一身淺藍色的葛紗長衫，一頭烏黑的長髮散於枕上，男人半躺在車廂內，慵懶如貓。劉海散亂，狹長的眼睛緊閉著，細細的睫毛微微抖動，鼻梁挺直如同雕刻，稍嫌薄了一點的嘴唇微微張開著。

這、這不是畫上的男人？

金秀玉的視線忍不住從男人的眼睛移到鼻梁，再移到嘴唇，順著微微仰起優雅修長的脖子，一路往下移到胸前。

如同畫中情景再現！

男人的衣襟微微敞開著，露出一小片光潔的胸膛，骨肉亭勻，肌理分明，隨著呼吸微微起伏。

寬鬆的長衫掩不住他勻稱的身材，兩條修長結實的腿搭在榻沿上，彎出流暢的曲線。

金秀玉突然有些口乾舌燥。

不知是不是光線朦朧的緣故，男人的肌膚顯出一種玉一般的色彩和光澤，隱約從他鼻間呼出的酒氣，混合著特有的雄性體息，變成一種醺然欲醉的奇妙氣息。

腦海深處關於那捲畫軸的記憶，和眼前的現實滑動重疊，產生了奇異的結合。彷彿有隻小手在心房最柔軟敏感的地方，輕輕撓著，癢癢的、酥酥的、痲痲的。

玉一般的肌膚、微微開啟的嘴唇、輕淺的呼吸，都形成了一種誘惑，若有似無、綿綿密密。

金秀玉不知道自己的手是何時抬起來的，她只覺自己像被蠱惑了，身體不受控制，緩慢地、緩慢地向男人靠近著。

指尖在空中微微顫抖，一點一點，最前端的地方，一絲一絲觸到了那玉石般的胸膛。

悚然一驚！

金秀玉猛然回神，觸電一般收回了手。

她後知後覺地想起來，這個男人、這個畫上的男人，不正是李婉婷和李越之的兄長，李家年輕的家主，那個傳說即將娶她為妻的男人——李承之?!

第五章　我同意你做我姊夫

金秀玉此時感覺自個兒腦子裡裝的是水，一層一層地泛著漣漪，一波一波地蕩漾著。

她用手指按了按太陽穴，感到車廂內的氣味有些渾濁，連忙將兩邊的車窗都推開了，新鮮的空氣灌進來，很快將車內的氣味沖淡了，金秀玉這才能夠開始清醒的思考。

她往前挪了挪，聞到了李承之身上濃重的酒氣。

原來是喝醉了。

阿平、阿喜這兩個小混蛋，將這個醉醺醺的男人扔給她，可謂司馬昭之心，昭然可揭。

「李承之、李承之！」

她用手推了推，李承之睡得極沈，連眼皮子都未曾一動。

光照在他臉上，金秀玉幾乎能看到那一層淺淺的茸毛。

這個男人，是真的好看。

細細地端詳他的臉，不得不說，李家的基因是相當優良的，李承之的俊秀、李越之和李婉婷的精緻，都讓人讚嘆。

她忍不住伸手捏了捏李承之的臉，睡夢中的李承之皺了皺眉，無意識地一抬手，將騷擾他的物什一把握住了。

金秀玉嚇了一跳，男人溫熱修長的手指抓著她的手，拇指就按在她的掌心。

她動了一下，喝醉的李承之並沒什麼力氣，很容易便將手抽了出來。
金秀玉飛快地掀開車簾，從車上跳了下來，用手按了按心口，她平復了一下紊亂的心跳。
天上的雲走得極快，且慢慢夾雜了許多烏雲，怕是真個要下雨了，可不能把李承之就這麼留在外面。
金秀玉想了想，便走進了自家院子。
金沐生和佟福祿雖說在廚房裡幫忙，但兩個半大小子哪裡安穩得下來？不過一會兒便心浮氣躁，打壞了好幾根已成型的蠟燭，被金老六各拍了一巴掌，扔了活計便跑出來了，正好便見到金秀玉進門。
「豆兒姊！」佟福祿歡喜地叫了一聲。
金沐生忙拉住金秀玉，一面朝門外看，一面問道：「李家那對兄妹，可走了？」
「走了，怎麼了？」
金沐生鬆了口氣，道：「走了才好。這兩人煩得很，放著有錢的少爺、小姐不當，做什麼要老往咱家跑！」
他抱怨著，冷不防金林氏正好走到後面，抬手就在他後腦勺上打了一記。
「胡說些什麼！李少爺、李小姐肯來咱們這小院，還不是衝著你姊姊的面子。」
金沐生撇嘴道：「我知道娘的心思，不就想把金豆兒嫁給李家大少爺嗎？打的好算盤呢！李家倒是有錢，我卻要看看到底是什麼樣的男人想做我的姊夫。」
他平時油頭滑腦，只顧玩耍嬉鬧，今日說出這般正經的話，已是罕見了，金秀玉不由拿怪異的眼神多看了他幾眼。

金林氏卻是失笑道：「你個半大孩子，懂得些什麼識人之道，罷了罷了，還是與福祿出去做耍吧！」

母親的笑話讓金沐生著惱，只是一時無辯駁之語，只恨恨道：「都當我不懂事，我便什麼也不說了。佟福祿，咱們走！」

他拽了佟福祿，一路衝出院去，見門外停了李家的馬車，猶自恨恨地踢了兩腳。

金秀玉問母親道：「爹可在廚房裡？」一面問著一面便已經往廚房裡走去。

金老六剛做好了一批蠟燭，正拿了顏料調色，準備做下一道工序。

金秀玉挽了父親的胳膊道：「爹，你且放一放，隨我來。」

她將金老六拉到院門外，走到馬車前掀了車簾。

金老六看了一眼車廂內，波瀾不興地問道：「這是誰？」

「李家大少爺，李承之。」

金老六挑著眉。「李家那兩個小孩扔下的？」

金秀玉點點頭。

「這李家的人，做事就是不靠譜！」金老六淡淡地說了一句，搖著頭，登上車去。

李承之在男子中算得上高的了，尤其喝醉了酒的人又顯得比平時沈重，然在金老六手中，倒不成什麼問題。他一手扶了腰，一手抓了肩，便將人提溜下了車。

金秀玉忙上前扶著，幫著父親將人抬進院去。

「呀！這是怎麼了？」金林氏驚呼著迎上來。

金老六罵道：「大呼小叫做什麼！妳只管將門外的馬車拉進來，這天眼看著要下雨，別讓馬受了驚。」

想了想，自個兒夫妻的房間不合適，金沐生那屋又實在亂得很，只有女兒的房間最是乾淨整潔。有錢人家的少爺，不說錦衣玉食，必定是愛乾淨的，還是去女兒屋裡吧，雖說女兒還是未出嫁的閨女，不過自家夫婦都在，也不怕有忌諱。

這麼想著，便將人往西廂金秀玉那屋扛去。

金林氏瞪大了眼睛，暗罵這老頭子真是瘋了，怎麼能平白無故將一個陌生的年輕男人往未出嫁的女兒房間裡弄？

她忙拉住了女兒，道：「妳快跟我說，那是什麼人？怎麼往妳屋裡弄呢？」

金秀玉道：「是李家大少爺李承之，吃醉酒了，娘還是快去照料那馬車，我得去燒水，還得給他煮醒酒湯呢。」

她怕金林氏說些有的沒的，忙忙地解釋完，便撥開她的手，跟在父親身後進了自己的屋子。

金林氏愣了愣，突然喜上眉梢。這事情的進展太教人難以預料，前幾日女兒還死活不同意這門親事，如今連未來女婿都上門來了，這還不是板上釘釘！

金林氏一時不知道該說什麼好，只覺丈夫金老六實在太聰明不過，這將人往女兒屋裡一放，等於是生米做成了熟飯，那李大少爺還不得娶金豆兒過門？

她越想越覺得這事兒靠譜，想起外面還有輛馬車，只覺得這李家的物什如今都算得上自家的，可得好好照料著，便忙往外走。

金老六將李承之放在床上，替他脫了鞋子、安置好，回頭見金秀玉打了盆水進來，便說道：「妳且照料著，這房門別關上！」

金秀玉知道父親在避諱什麼，說道：「爹放心，我有分寸的。」

金老六點點頭，走出門去。

金秀玉將毛巾在水裡浸濕擰乾，站到床前，見李承之修長的身軀將她的床占得滿滿的，一張俊臉側靠在繡花枕上，烏黑的長髮凌亂地散在枕邊。

她還從未曾這樣照顧過一個男人，前世沒有，今生也沒有，金秀玉捏著手裡的毛巾，一時竟有些感慨。

她先輕輕地將黏在李承之臉上的髮絲都撥開，露出了他俊秀的五官。眼眉均狹長，鼻梁挺拔，嘴唇略顯薄了些。人都說薄唇的男人顯得薄情冷酷，但是李承之的嘴唇反倒顯得秀氣。

金秀玉俯著身，拿毛巾細細地擦拭他的臉，動作都放得極為輕柔。她腦後的大辮子從肩膀滑落下來，垂在胸前，一晃一晃，偶爾掃過李承之的脖子與臉頰。

癢癢的感覺讓李承之睡得有些不安穩，無意識地發出了一些囈語，嘴唇囁動著，顯出一種與本人不相符的孩子氣。

金秀玉幫他鬆開了領口，又仔細地擦拭了脖子、胸口、小臂和手。

天上壓著烏沈沈的雲，地上捲起一陣陣的風，吹著那枇杷樹葉嘩嘩作響，原本有些涼爽的天氣如今變得很是悶熱。

酒醉的人容易燥熱，李承之躺了沒一會兒，額頭、頸下，以及背上便出了一層細汗，金秀玉又給擦拭了一遍，在床位拾了自己素日常用的蒲扇，坐在床邊輕輕地搧了起來。

都說李家的家主是全淮安城最年輕的，原來便是這樣一個玉一般的男子。金秀玉一面搧著風，一面靜靜地看著李承之的臉。

眉頭總是皺著，可見平日極其勞心。

想起阿平、阿喜總愛說，哥哥辛苦。一個人操持一大家子的生意，自然是辛苦的，金秀玉忍不住伸手撫了撫他眉間的摺皺。

他若是平日睡覺便是如此模樣，管師傅那畫兒又是怎樣才將他畫得那般、那般……

金秀玉用牙齒咬住下唇，臉上微微有些發燙。

身後傳來細碎的腳步聲，她回過頭，金林氏端著一個小碗，輕手輕腳地走進來。

金林氏在門口站了有一會兒，將女兒對李大少爺的態度都看在眼裡、喜在心上。按她的想法，作為雲英未嫁的大姑娘，女兒能這般細心地照顧一個陌生男子，能守著這個男人睡覺，不是對人家有意，還能是什麼？

看來金家和李家這門親事是有望了。

「豆兒，娘煮了醒酒湯，等李大少爺醒了，妳就讓他喝了啊。」

她將醒酒湯放在床邊的小桌上，挪了幾步，摸著床帳，磨磨蹭蹭。

金秀玉回頭，疑惑道：「娘還有事？」

「沒有！沒有！」

金林氏連連擺手，卻又期期艾艾，嘴唇嚅動了半日，仍是怯怯開口道：「豆兒啊，妳跟娘說，妳對這李大少爺，可有意？」

金秀玉慌忙道：「沒有的事，妳別瞎猜。」

她嘴裡說了這話，心裡卻彷彿被什麼東西撓了一下，虛虛的沒個著落。

「才說嘴，便打嘴。妳既是無意，卻為何面上發紅？」

金秀玉一驚，忙用手捂住了臉，暗自驚疑不定。

金林氏看著自己女兒，突然伸出手摸了摸她的頭髮。

金秀玉抬頭，愕然發現她臉上有著不同於往日的慈母溫情，不適應這突然顯現的親情，她不由扭了下身子。

「別動，讓娘好好看看。」

金林氏捧住了她的臉，仔細地看著她，像是要將她的一眉一眼一顰一笑都刻入心底。

「我們豆兒，真的是個大姑娘了呢！」

她嘆息著，抿了抿嘴，眼中似有淚光閃動。

「娘……」金秀玉鼻子有些發酸。

金林氏一下一下撫摸著她的頭髮，柔聲道：「豆兒呀，娘知道平日妳不愛聽我嘮叨，咱們娘倆一年到頭紅眉毛綠眼睛，卻從未好好說過貼心話，今日娘便說上一說心裡的話兒，妳便是不耐，也與我聽一聽。」

金秀玉默默點頭。

「咱們女人的一輩子，幸與不幸，全在姻緣二字。為娘的，所思所想，不過是為女兒找個好女婿、嫁個好人家。咱們是什麼樣的人家，娘又怎會不知？若是憑空攀龍附鳳，那自是異想天開，作夢也夢不來的，只是今時並非娘一廂情願，這李家，若是個天殘地缺，又若是已有妻妾，便縱有天大的富貴，娘又怎忍心讓妳去做小，受那等人下人的委屈？娘兒倆往日縱有千般仇恨，到底女兒是娘身上掉下來的肉，是做娘的心尖子，娘又怎捨得讓妳過苦日子？」

「娘……」

金秀玉又是慚愧又是心疼，往日她總是看不起母親的市井俗氣，說話行事不曾有半分敬畏之心。如今聽她一番話，到底自個兒是她懷胎十月所生，小時候也曾抱在手上哄過，攬在懷裡愛過，也時時刻刻擔心著，怕摔了、怕病了，全天下的母親都是最無私地愛護著兒女，她又怎能忘記了這一腔孺慕之情？

「娘之所以盼著妳嫁入李家，不只是因那富貴繁華，妳年紀小，許多事情還未經歷過。嫁人做媳婦同在家做姑娘是天差地別，誰不盼著能夫妻恩愛、婆媳和睦、妯娌敬重？只是這天下的事，從來沒有十全十美。那李家，李老夫人雖傳言性子潑辣乖張，卻從未有過惡名；李家僕從上百，卻從未欺過鄉鄰；李大少爺年輕有為，又是這般俊秀男兒，是人人都歡喜的好女婿人選；上無公婆要妳伺候，下面一對小叔子小姑子，如今又與妳相厚，便是將來娶妻嫁人，也不易與妳分疏，且難有妯娌之爭。這般順心順意的人家，打著燈籠又能到哪裡找來？

「豆兒，娘是真個為妳著想，那李家的富貴姓不了金，我又何苦惦記著？我這苦心，不與妳說，妳便不知；妳爹倒是知曉，只是他順著妳慣了，最不願意背妳心願的。今兒個，娘便討妳一句話，妳若是對李大少爺有意，便與我吃個定心丸。咱們是清白人家，娘便是拚了一張老臉，也為妳爭個正室的位置，然若是妳真個對李大少爺無意，那些混帳話兒，娘從此便再也不說！」

金林氏一番話真個是剖了心肝，坦誠相待。

金秀玉動情地看著她，眼裡止不住淚水盈眶。前世今生，她兩輩子的年歲加起來，都及不上金林氏經過的年月。從前她也想過愛情想過婚姻，卻從來沒有人像金林氏這般，為她將方方面面都想到了。

母親為她計算好了一切，將這一腔的心血捧到她面前，她只覺一股酸楚襲上眉間，心口的疼痛與溫暖如同一波一波的浪潮，將她包圍得越來越密。

「娘，我……」

就在金秀玉一時激動，忍不住開口之際，金林氏抬手阻住了她。

「婚姻嫁娶到底是一輩子的大事，娘不願妳將來懊悔，必先仔細思忖，再與我答話。」

金林氏握了握女兒的手，轉身出房。

金秀玉用指尖拭去眼角的一點濕意，默默地盤算著母親的一番話。

思忖良久，終是覺得母親一番話確有她的道理，只是說到感情之事——她抬頭看了看李承之的睡顏——這卻不是一、兩句話能說得清的。

單論相貌人才，便是拋開了那萬貫家產，李承之也是個上等的女婿人選。母親說的沒錯，即便是前世，這嫁漢嫁漢，圖的依舊是穿衣吃飯，這女人的婚姻，古往今來都是一樣的道理。

也許，嫁給李承之，是個不錯的選擇呢！

她拿了一個墊子，跪坐在床頭，支起手臂托著腮，細細地看著李承之的臉，連一個細小的毛孔都不放過，彷彿要從他臉上看出一朵花來。

假如李承之是醒著的，必要被這樣灼熱的目光給炙到了。

若是能夠暈過去，李承之倒是真想暈過去算了，只是早在金林氏拿醒酒湯進來時，他便已經恢復了知覺，母女二人的對話，一字不落都聽在耳裡、記在了心上。

早就聽說，奶奶與他相中了一個姑娘，做妻還是做妾，尚在觀望，他只曉得這姑娘姓金，卻沒想到會以這樣的方式做第一次的會面。

阿平、阿喜兩個小傢伙，且等著吧！

金秀玉入了神，只管癡癡地看著李承之的臉，像是著了迷。無論男女，這美人總是讓人百看不厭。

李承之只覺渾身上下像有幾百幾千隻螞蟻在咬，那目光彷彿透過衣裳皮肉滲透到了身體更深處。

忍無可忍！

俗話說，醜媳婦難免見公婆。雖則放在他身上有諸多不貼切，道理卻是一樣的。

先是輕輕地動了動眼珠，聽著輕微的聲響，猜測對方應該是發現了，這才慢慢地張開眼睛。

「你醒了？」

入耳是一把輕柔清亮的女聲，眨眨眼皮，一張乾淨清秀的小臉映入眼簾。
這是一張讓人感覺很舒服的臉。
金秀玉輕揚嘴角，一笑。
李承之的目光先是落到她月牙兒一般的眼睛上，然後滑到她嘴邊深深的兩個梨渦上。
她笑起來，很美！
「妳是？」他明知故問。
金秀玉笑道：「我姓金，叫金秀玉。我想，你大約聽過我的名字。」
她落落大方地介紹著自己，李承之忽然覺得這樣的開場白一點都不像想像中那般困難。
「金姑娘。」
李承之坐起上身，金秀玉伸手扶住了他，背上的肌肉有瞬間的緊張。
「阿平、阿喜兩人實在是淘氣，明知你喝醉了酒，不將你帶回家裡，反倒拉到我家這小院子來。你回到家可得好好管教，省得他倆越發無法無天。」
明明是第一次相處，但她說的話卻讓李承之覺得十分舒服，就像是家人一般自然。
「喏，這碗醒酒湯是我娘煮的，你趕快喝了。」
金秀玉端了湯碗給他，李承之接過，一口氣喝完。
「多謝！」
金秀玉一笑，接過空碗，走出屋去。
李承之忙下床，穿好鞋子，整理好自個兒的衣裳。

外面的天色比剛才更加陰沈了，院子裡灰暗灰暗的，風捲起地上的細沙石，幾片落葉在地上翻滾。

李承之剛走到房門口，一道閃亮的銀蛇撕破烏壓壓的雲層，雷聲不過數響，豆大的雨點便砸了下來，頭頂的屋瓦上頓時噼哩啪啦響作一片。

金秀玉用兩隻手護著頭頂，三步併作兩步從院子那頭跑過來，一頭衝到廊下。

「雨真大！」

她驚嘆了一句，像李承之一樣抬起頭看天。

「這雨來得急，想必不會太久。你且等上一等，雨停了再走罷。」

李承之答了一聲「好」，轉頭對她笑了一笑。

金秀玉微微一愣，回他一個微笑，卻咬著嘴唇低下頭去，耳根浮起一絲可疑的紅色。

兩人出現了短暫的沈默。

「阿平、阿喜，近日多有叨擾了。」李承之慢慢地開了口。

金秀玉道：「談不上叨擾，爹娘與我都挺喜歡他們兄妹，雖有些蠻橫，倒也有可愛之處。」

她一面說著，一面用手指絞住了衣角。

李承之低下頭，看到她烏黑的頭頂，還有底下那條長長的辮子，許是方才跑得急，有一綹髮絲微溜出來，顯得不整齊。

他下意識地伸出手去，將碰之際，金秀玉抬起頭，忙趁她還沒看見，縮回手來。

「聽說前些日你病了，是什麼症候？如今可大好了？」

李承之面上微微一紅，因著天色晦暗，不甚明顯。

「倒不是什麼大病……」不過是被兩個小混蛋給暗算了！

「那就是大好了。這我就放心了，阿平、阿喜兩人在我跟前說了好幾回，最擔心的便是你的病情。」

「是嗎？那我倒要好生謝謝他們，兩個小人難得關心別人一回。」

金秀玉沒有聽出他話裡的咬牙切齒，只是笑道：「你們兄弟姊妹之間倒客氣，還謝來謝去的。」

李承之下巴有些抽緊。

「今日也是兩個小傢伙胡鬧，累妳照料了半日，實在有些過意不去。」

「沒什麼的。阿平、阿喜來去自如，將這兒當家裡一般隨意，我也拿他們當自家弟妹看待，你是他們的兄長，也不算外人……」

金秀玉差點咬掉自己的舌頭。什麼叫不算外人？難道還是內人不成？

這話卻讓李承之的心動了一動，低頭又一次看到她頭上那綹淘氣地溜出來的髮絲。

這回卻是沒忍住，終於抬起手來，勾住了那一綹頭髮。

金秀玉頭皮一緊，僵硬著脖子，只覺身子麻酥酥，動彈不得。

烏黑順滑的髮絲在修長的指間纏繞滑過，李承之專注著手上的動作，喉結不經意地上下動了一動。

「好了。」

他聲音暗啞，比平時顯得更加低沈。

金秀玉抬手撫了撫頭髮，紅著臉，吶吶道：「謝謝。」

李承之側過臉，看著院裡漸漸聚起的小水窪，袖口掩飾下，手指輕輕摩挲著，似乎在回味那順滑的觸感。

金秀玉心口亂跳，慌亂地抬眼亂看，只見金林氏的腦袋如同受驚的兔子一般，倏地縮回東廂房的門後。

「這雨，停得真快。」

「啊？」金秀玉先是茫然一愣，繼而看著天，果然雨絲已經漸漸小了。「是啊，這雨，停得還真是快呢！」

或許連她自己都沒有意識到，這句話裡隱約浮現出的一絲遺憾。

「砰砰砰砰！」

金家的院門突然響起了劇烈的敲擊聲。

雨已經變得極細極小，金林氏也不撐傘，護著頭頂奔過院子跑去開門。

金秀玉伸長了脖子，見來的是兩個街坊，素日裡管對方叫楊嬸子和花嬸子的。

她站在西廂房前面，有些聽不清，只見楊嬸子和花嬸子慌裡慌張地跟金林氏比畫著什麼，隱約聽見「殺人」、「衙門」幾個字眼。

金林氏一聽楊嬸、花嬸二人的話，只覺晴天一道霹靂，頓時便懵了。

「他爹！他爹呀！」

尖利的嗓音，顯得比平時猶為急切悽愴，金老六的身影出現在廚房門口，一路小跑到院門口。

金秀玉感到要出事，也趕忙跑了過去。

「他爹！出事兒了，出大事兒了！」

金林氏只管抓著金老六的手，急得快哭出來。

金老六忍著手上的劇痛，大喝一聲：「慌什麼！天塌下來有我頂著呢！」

金林氏嚇了一跳，倒穩住了心神，只是低低啜泣。

楊嬸和花嬸其實也是驚惶的，只不過事不關己，這才能夠將話說清楚了。

卻原來坊間有名的那位二流子劉阿三，今日竟猝死在豆腐坊的一處死巷子裡。平日在豆腐坊打更的更夫發現了屍體，第一時間上報了知縣衙門，縣老爺帶了衙役、仵作、師爺等一眾人趕到現場，經過仵作的檢驗，發現劉阿三乃是他殺致死。

淮安城是大城市，城內治安一向良好，這也是本城知縣最值得驕傲的功績，在頂頭上司侯知府的眼皮下能做到這樣的成就，將來的升官發財指日可待。如今突然出了這樣一樁人命官司，知縣老爺自然是十分地重視，誓要儘快偵破案件。

果然不到半日，便有坊間民眾上縣衙舉報，聲稱白日見過劉阿三與人鬥毆，說出來的名字便是金沐生和佟福祿二人。

當時金沐生和佟福祿正在東市大街上戲耍，離縣衙不過幾步之遙，縣衙接到舉報後，不過盞茶工夫便將二人緝拿歸案，立案審訊。

楊嬸子和花嬸子的當家人，一個是在衙門供職，一個是在衙門外的東市大街上做小買賣，最是消息靈通的。見鄰里金家惹上官非，立時通知了自家內人，趕來金家報信。

「冤枉！冤枉！咱們沐生絕不會殺人！他爹，你可得救他，你可得救兒子呀！」

金林氏如今是六神無主，金沐生是她的心尖子，是她的命根，這要是出個好歹，真個是尋死的心都有了。

金老六聽了自己親兒子出事，哪有不震驚的，只是身為一家之主，最是需要冷靜的時候，他先是謝過楊嬸和花嬸，打發她們回去，然後才沈下了一張臉。

金秀玉從來沒有經歷過這樣的事情，如今也是慌了，不知該如何是好，只能拿眼睛看著父親，期望他能拿個主意。

金林氏抹著眼淚，身體軟軟的幾乎站不住，全靠金秀玉扶著。

金老六思忖了一會兒，沈聲道：「豆兒，照看著妳娘，爹去衙門打聽情況。」

他說完這句話，又想了一想，先拉起金林氏架在胳膊上扶回院子，扶進堂屋裡坐好。然後自個兒進了東廂房，很快又出來，身上多了一個褡褳。金秀玉猜測必是帶了銀錢，好上衙門打點。

這會兒工夫，李承之也從西廂房走到了堂屋，只是金家三人都在慌亂中，沒人去注意他。

金老六帶上了錢，看了看金秀玉，目光深沈。

金秀玉堅定道：「爹，你去吧，家裡有我呢。」

金老六目光一凜，點點頭，又對另一邊的李承之道：「李少爺，家中出了事，招待不周。金某想託您一件事，家中這孤女寡母，還望李少爺照拂一二。」

「金伯父只管放心去，若有需要幫襯之處，儘管與我開口。」

李承之神情平淡，語氣卻十分誠懇鄭重。

金老六點點頭，這才出門而去。

金林氏哭了一會兒，到底事情還沒下定論，她堅信自個兒兒子是清白的，不久便也收了眼淚，金秀玉陪著她靜靜坐著。

金林氏收了哭聲，反倒又活泛了，忙忙地進了東廂房找出香燭等物，便在廊下燒起紙來，點了香朝天祈禱。

金秀玉默默地看著她做這些事，並不加制止，也不跟著一起禱告，只在堂屋門口安靜地站著。

此時娘兒兩個雖然行事不同，心情卻是一樣的忐忑，均都靜不下心來做其他事情。

李承之站在金秀玉身後，默默地看著這個嬌小的身體，看似柔弱，卻將背脊挺得筆直，瘦弱的肩膀似乎能承受住千斤重擔。

「金姑娘，人善自有天護，令弟若是不曾傷人，必不致遭受牢獄之災。」

他當時雖然站得遠，卻將楊嬸和花嬸的話聽得一清二楚。

金秀玉聽了他的話，只是勉強扯了扯嘴角。

她的擔心遠比母親要來得大。

金林氏的擔心只不過源自老百姓對官非天生的畏懼，她的心中是堅信金沐生的清白的。

而金秀玉，她是真正的擔心，擔心劉阿三的死真的與弟弟有關。畢竟在這件事發生之前，她曾經讓他去察看劉阿三的傷勢，不知雙方是否產生了怎樣的衝突。
她已經在心中懊悔了幾千幾萬次，若是時光能夠倒流，她寧願從來不曾對弟弟說過那些話。如果沐生當真因為她出了什麼事，她絕對不能夠原諒自己。
三人各懷心思，都默默無言地等待著。
不知何時天色已慢慢灰暗下來，金家的小院裡卻遲遲沒有點上燈燭，「吱呀！」一聲院門開啟，驚動了身陷於陰暗中的三人。
金秀玉猛然抬頭，見兩個衙役跟在父親身後，青色的皂衣在昏暗的夜色中顯得越發陰沈，而他們手中的氣死風燈，將前面金老六的臉色映成一片慘白……
「爹！」
金秀玉急忙忙迎上去，金林氏比她還快一步。
金老六面沈如水，抿著嘴唇。後面兩個衙役搶上來，對金秀玉喝道：「妳可是金秀玉？」
金秀玉茫然地點頭。
其中一個衙役甲當即喝道：「我等奉縣老爺之命，帶妳歸衙，協助調查一樁命案。」
金秀玉又驚又疑地看向爹爹，金老六死皺著眉頭，沈聲道：「放心，到了縣衙只管老實回話，莫要驚慌，也莫要隱瞞。」
「休得多言，還不快走！」
衙役甲和衙役乙大聲喝斥著，其中衙役甲伸手便在金秀玉身後推了一把，還來不及縮手，便被人捉住了。

「休得放肆！」

李承之聲音肅然，自有一股上位者的威嚴。

衙役甲愣了愣，倒是嚇了一跳，不知對方是何來頭。

衙役乙卻是認得李承之的，趕緊搶上來，將衙役甲擠到了身後。「小人見過李少爺，不知少爺在此，小人們冒犯了。」

李承之臉色轉緩，淡淡地「嗯」了一聲。

衙役乙躬著身子諂笑道：「小人們奉命行事，還望李少爺通融一二。」

李承之冷冷地看了他一眼，道：「官府行事，我一介平民哪敢阻攔。然而金姑娘乃是我的朋友，還希望二位高抬貴手，善待一二。」

衙役乙忙點頭哈腰，口裡迭聲道：「那是那是，小人們絕不敢冒犯金姑娘。」

李承之淡淡瞥了二人一眼，不再多說。

衙役乙見對方默許，這才轉身對金秀玉做了個手勢，道：「請金姑娘跟小人們走一趟吧。」聲音比一開始溫和不少。

金秀玉又看一眼爹爹，金老六給了她一個鼓勵的眼神，說了句「安心」。

兩名衙役這才帶著金秀玉出了金家院門，金林氏似是被這一番變故驚呆了，直到人走了，才突然反應過來，嚎啕道：「這是怎麼的？抓我一個兒子還不夠，如今連女兒也搭上了，他爹，這可怎麼辦才好！」

金老六正犯愁，她這一哭，更添煩躁，大喝道：「嚎的什麼喪！哭頂個屁用，想法子是正經。」

李承之開口道：「金伯父、金伯母不必擔憂，李家同知縣還有些交情，待我命人前去打探，必能保金姑娘和金小弟平安無事。」

金林氏如今也顧不得人家是尊貴身分了，一把抓住了李承之的手臂，哀求道：「李少爺您財大勢大，可得救救我家豆兒和沐生啊！」

金老六忙拉開她，喝斥道：「婦道人家沒個分寸，休要多話，李少爺自有安排。」

李承之道：「我這便回府，即刻命人去縣衙打探，二位稍安勿躁，只管在家中等消息。」

金老六也深知對方的權勢能力，此刻並不是拿喬的時候，便誠心道：「多謝李少爺出手相助。」

李承之擺擺手，道聲告辭，駕著馬車離開了金家。

金秀玉到了縣衙，原以為會像前世電視中演的一樣，上堂受審，沒想到兩個衙役並沒有將她帶到大堂，反而帶到了後衙，然後就是縣衙的一位劉師爺問一下她關於劉阿三的案件過程。

她便將早上遇見劉阿三、劉阿三如何調戲她、兩人如何發生爭執、她又是如何撿起斷磚將劉阿三砸暈，一五一十都告訴了對方。

劉師爺聽完後，也沒多說什麼，客客氣氣地跟她說可以回家了。整個過程顯得平淡而樸實，完全超出她的預想。

難道縣衙是受了李承之的影響嗎？

金秀玉揣著一顆不安的心走出縣衙，火辣辣的陽光猛烈地照射下來，皮膚上頓時一片灼燙。她抬頭看看天色，萬里無雲，白茫茫的日光肆無忌憚地發散著熱量，完全看不出剛剛才下了一陣子雨，地面也早已乾透，找不到一絲濕潤的痕跡。

金秀玉按了按太陽穴，眉心隱約的疼痛。

走下臺階，路邊是一座茶樓，二樓臨街的廊上坐著幾個正在閒聊的人，說的正是劉阿三的命案。

「要說劉阿三這廝，死了，倒是替淮安城少了一個禍害。」

「哼，活著不是個好東西，死了還要拉上墊背的呢，那金家小子恐怕性命危矣。」

「這是怎麼說？劉阿三果真是那金家小子所殺？」

「是與不是，咱可不敢胡說。但你莫要忘了，那縣老爺可是姓劉的！」

「這又有干係？」

「那劉阿三之所以能在淮安城內橫行無忌，正是因為有個姨婆，你也知道的，便是那出了名的劉媒婆。劉媒婆雖只是個拉纖作媒的小人物，卻恰巧有個闊親戚，便是這位大人了。」說話的人用手指了指縣衙的方向。

其他幾位恍然大悟，發出一片噓聲，只說金家小子危矣。

金秀玉正站在樓下，將這些對話聽得一清二楚，只覺腦子一陣陣發脹，腳下軟軟地如同踩著棉花，眼皮沈重，嘴唇發乾，往前只邁了一步，便是天旋地轉栽倒在地，不省人事。

昏迷前只聽到幾聲驚呼，隱隱約約猶如遠在天邊雲外。

金秀玉終於清醒過來的時候，是在後半夜。

眼皮依舊沈重，她慢慢地、慢慢地努力了好幾次才撐開了眼睛。

睡中不知日夜，渾身上下都軟如棉絮，只有眼珠子能動，她努力地動了動頭，看到了屋內的情形。

一支兒臂粗的蠟燭直直地樹立在燭檯上，燈花結得老大，細長的火焰跳躍著。為何點了蠟燭？往常母親為了節省，總是點油燈。

她轉了轉眼珠，目光從蠟燭移到了放置燭檯的桌子上，再移到趴在桌沿的人身上。是金林氏。

她趴在這裡多久了？

金秀玉又將目光移到了窗欞上，窗紙上透出一種微微的慘白色，窗外一片靜謐，沒有一絲聲響。

原來是凌晨，天快要亮了吧！

她努力地動了動手指，還是沒有一絲力氣，連指尖都失去了知覺，喉嚨很乾，唇上也膩膩浮了一層白沫，她張了張嘴。

「水……」

嗓子沙啞得厲害，她以為用了很多力氣，出來的聲音卻細如蚊蚋。

她艱澀地收縮著喉嚨裡面的肌肉，好不容易恢復了一絲靈活。

「水！」
這次倒驚動了金林氏。
她先是肩膀微微動了一動，繼而渾身一顫，忽地抬起了腦袋，一眼便看見了床上的女兒那一雙張開的眼睛。
「醒了！醒了！」
她臉上露出驚喜，蹭地站起來，凳子被忽然繃直的腿給彈了出去，在寂靜的夜裡發出一聲大響。
「娘，我想喝水。」金秀玉啞著嗓子說道。
「哎！哎！」金林氏急忙應著，慌裡慌張地四處張望，從桌上托起茶壺往茶杯裡倒水，因著著急的緣故，手上抖動，發出瓷器清脆的碰撞聲，水從壺嘴裡抖將出去，將桌面灑濕了一片。
聽到這屋裡動靜的金老六也走了進來，站在旁邊關切地看著女兒。
金林氏端著水忙忙走到床前，一手托起金秀玉的腦袋，一手將杯沿湊到她的嘴邊。
喉嚨乾澀，先是小小啜了幾口，得到潤滑以後，後面便喝得順暢許多。
金秀玉將一整杯水都喝了下去。
「可好些了？可有哪裡疼？」金林氏關切地盯著她。
金秀玉心中一酸，眼睛一熱，哭了一聲「娘」，兩顆大大的淚珠便順著臉頰滾了下來，哭道：「娘，是我害了沐生……」
「不是、不是，不關豆兒的事，都是那劉阿三不好，娘的好豆兒，只是嚇著了，只是慌著了……」金林氏聲音軟軟的，像哄小孩子一樣用手一下一下地撫著她的背。

金秀玉抬起淚痕斑駁的臉，抽著鼻子道：「娘莫非已知道了？」

金林氏捲起袖子替她擦拭著臉上的淚水，說道：「娘都知道了，妳爹也都知道了，妳日裡昏迷著，不曉人事，那李大少爺已派人上縣衙打探得一清二楚。那劉阿三是後腦遭受重擊致死，縣老爺不過聽了人家舉報，說昨兒個妳同沐生先後都與那劉阿三起過爭執，偏巧都曾拾了磚頭砸傷他腦袋，這才拘了妳弟弟，又傳妳問話。好在昨日李大少爺在咱們家，這就叫有錢能使鬼推磨了，衙門的人看在李家面上，才沒將妳也關了。」

金秀玉吃驚地張大了眼。「那沐生呢？沐生怎樣了？」

在她背上撫摩的手頓了一頓，金秀玉頓時心一提。

「唉……」金林氏愁容滿面，半晌不語，最終嘆了一口氣。

金秀玉一把攥緊了她的手，慌道：「沐生他……」

金林氏回過神來，忙道：「莫慌莫慌！沐生還未曾獲罪，只是據那探得消息的李家人所說，沐生比妳麻煩，妳雖也砸了劉阿三，卻只是輕傷，劉阿三尚有氣力與沐生和福祿爭吵；而沐生與福祿同劉阿三打架，砸傷他後腦，不過是他死前一會兒工夫的事，劉阿三到底是不是被他砸傷致死，還需縣衙查訪清楚。」

金老六也說道：「妳放心，今兒個李大少爺已同我通了氣，說沐生的事雖還沒有定論，但經他打點，脫罪的可能性倒是大。妳只管放寬心，李家可是淮安城的土皇帝，李大少爺想保個人易如反掌，妳昨日不是也見識了，就算縣老爺出面，也得對他客客氣氣的。」

金秀玉定了定神，想起昨日縣衙問話，劉師爺那意味深長的眼神，知縣既是要巴結李承之，絕不可能將有可能成為他小舅子的沐生給問了罪。這麼想著，她心中果然安穩了許多。

金老六見她已穩住了心神，便替她蓋上了被子。

金秀玉畢竟是剛退燒，身體還虛得很，哭了一場，如今一鬆懈下來，渾身上下都軟如棉絮，閉上眼睛，不久便沈沈睡去。

金老六扯了金林氏悄悄退出房去，替她關上了門。

天色亮得極快，金老六和金林氏夫妻二人哪裡有心思睡覺，不過是瞇了一會兒，東方一擦白，兩人便起了床。

金林氏下廚做早飯，金老六則直接出了門。

出了豆腐坊，到了東市大街，他直接僱了馬車便往西市而去。

上縣衙打聽，還不如上李家來得有效。

公雞打了第三次鳴，金林氏的飯做好不過一刻，金老六便回到了金家小院。

金林氏立刻追問：「他爹，李大少爺怎麼說？」

金老六嘴唇動了動，吐出幾個字。

「過了午時，衙門便放人。」

車輪轔轔，寬闊舒適的車廂裡，金沐生和佟福祿坐在車門處，都瞪大了眼睛，難掩一臉興奮之色。

李承之坐在軟榻上，背靠著車廂壁，身體隨著馬車微微搖晃著。

他看著金沐生小小的背影，微微瞇起眼睛，腦中自然而然地浮現出一抹纖細的身影——彎彎如月牙兒的笑眼，精緻的梨渦，春風一般柔軟的嗓音。

那天她低著頭，髮上有一絲凌亂，烏溜溜的大辮子下，露出一段雪白的頸子。

他自己都未曾察覺，想著金秀玉的時候，他的臉上有種說不出的溫柔。

駕著馬車的是陳東，穿著慣常的青色長衫，鑲著軟玉的帽子也是他慣常的裝飾。他悠閒地晃著馬鞭，以他的功夫，又怎麼可能忽略掉身後灼熱的目光？

金沐生和佟福祿又相視了一眼。

就是他！那天在東市大街上，輕輕巧巧一招制伏劉阿三的，就是這個男人！

兩個小傢伙掩不住心中雀躍，這回佟福祿卻比金沐生要聰明多了，一把抓住了對方的手，衝他使了個眼色。

金沐生見他眼角不停地往車廂裡面飄，扭頭一看，李承之低垂著眼皮，像沒有看見他們兩人的互動。

這個男人，長得真是好看！

金沐生暗想，他覺得自己長得也挺不錯的，總有大嬸、大媽們誇他，但跟李承之一比，頓時覺得人家像是美玉，自己卻是個頑石，心裡暗暗便有些氣餒。

況且，李承之是經慣了世面、做過無數大生意的人，身上自然而然有一種上位者的氣度，沈穩如山，鋒芒卻隱而不露。

金沐生小孩子家，無意中就產生了折服的心態，隱約便有些膽怯。
但是，他看了看佟福祿，對方一臉興奮鼓勵之色，加上自己也是心癢難耐，終於還是鼓起勇氣開了口。
「那個、李大少爺……」他磨蹭半天，不知該如何稱呼對方，最終叫了聲少爺。
李承之抬眼看他，淡淡道：「阿平、阿喜同你們家相熟，你跟著他們喊我一聲大哥便是。」
金沐生無端便鬆了口氣，他提起屁股，磨著蹭著往裡面挪了挪，靠近了李承之幾分。
「那人是你家下人嗎？」
他一面壓低了聲音問，一面用嘴巴朝陳東的背影努了努嘴。
李承之點頭道：「是。」
金沐生眼睛一亮，立馬追問：「那你說的話，他一定得聽，對嗎？」
李承之又點點頭。「不錯。」
金沐生搓了搓手，又舔了舔嘴，開口道：「那你……能不能讓他教我們功夫？」
李承之挑了挑眉，拿手點了點金沐生。「你？」又點了點佟福祿。「還有你？」
他點到金沐生，金沐生就眼睛放光；點到佟福祿，佟福祿就小臉興奮。
李承之突然笑起來，聲音不大，但顯然非常歡樂。
他一面笑著，一面便高聲叫道：「阿東！有人要拜你為師呢！」
「嗯？」阿東驚疑了一聲，回過頭來。
金沐生和佟福祿立刻兩眼放光地盯著他，在阿東看來，彷彿是兩隻餓狗，盯上了他這塊鮮美多汁的肥肉。

「我說少爺，您老人家就別拿阿東開玩笑了。你叫我打人，沒問題；叫我教人，那豈不是誤人子弟？」

金沐生和佟福祿都把目光轉到李承之臉上，李承之聳聳肩，攤手表示無能為力。

兩個小傢伙兩張臉，頓時皺得如同苦瓜。

金沐生坐得離李承之近，後者伸手拍了拍他的肩膀，鼓勵道：「功夫不負有心人，多求幾次，他總會被你們打動的。」

李承之一面說著，一面注意著阿東，顯然後者聽到了他的話，肩膀一抖。

金沐生卻覺得李承之的話十分有道理，於是挪呀挪地又挪到了車門邊上，跟佟福祿一邊一個夾著阿東。

阿東眼睛左右一轉，心頭警鈴大作。

「師父！」

兩個小傢伙異口同聲高喊，阿東拿著馬鞭的手頓時一抖，在馬兒屁股蛋上抽了一記，惹得馬兒不滿，大大甩了一下尾巴，差點打到他臉上。

「兩位小公子，飯可以亂吃，話不能亂說，尤其這師父，可不能隨便叫出口。」

金沐生道：「你教我們功夫，自然就是我們師父。」

阿東連忙搖頭。「我可沒答應教你們功夫。」

另外一邊的佟福祿馬上說道：「那我們已經叫了你師父，你總可以教了吧？」

這回換阿東把臉皺成了苦瓜，他是最愛來去自如的，雖是李家的下人，卻不受家規約束，李家的主子們也從來不拿他當下人，只當家人看待。叫他教兩個小毛頭功夫，就好比在孫猴子頭上套了緊箍咒，那是渾身不自在。

「我只是一個下人，整個人都是李家的，這能不能收徒弟，我可作不了主。」

金沐生和佟福祿一聽，立刻又把頭轉向李承之。

李承之看看這個、看看那個，微微一笑。

阿東突然扭過頭狠狠瞪了他一眼，手上用力，馬兒嘶鳴，馬車出現了一陣不穩的晃動。

那意思，大有你若答應，我便與你同歸於盡的打算。

李承之暗暗發笑，這個阿東，素日裡實在過於散漫，遠比他這個主子清閒。多數時候，難免讓身為主人的他感到嫉妒和不平，如今正要給這奴才下個緊身的套子才好。

只是，也不好就這麼隨隨便便的答應兩個小傢伙呢。

「這個嘛……你們不知道，我家這位下人，平日的脾氣可大得很，就好比那驢子，時常要尥蹶子，有時候連我這主子都約束不住。」李承之愁眉苦臉地說道。

阿東忍不住一陣惡寒，他竟不知自家主子那棺材臉、那老頭子一般的悶脾氣，居然也會開這樣的玩笑。

佟福祿著急道：「你是主子，難道還管不住一個下人嗎？他若不聽你的話，你便扣他工錢！」

李承之擺手道：「不妥不妥，扣了工錢，豈不是顯得我這主子苛待下人？傳揚出去，於李家名聲有礙。」
佟福祿皺著眉頭噘著嘴，不知還有什麼法子。
金沐生緊緊抿著嘴，看了李承之半晌，突然一拍手，道：「我曉得了，你是生意人，絕不肯做虧本的買賣，我們要跟著你的下人學武，就好比上學館跟先生唸書，總也要付出束脩才是。」
李承之倒是沒想到他有這番解釋，很感興趣地問道：「那你打算付多少束脩？」
金沐生低下腦袋，默默思考。
佟福祿也咬著嘴唇，暗想這得出什麼價合適。
突然金沐生頭一抬，語出驚人。
「這樣吧，我同意你做我姊夫！這個價錢，你可滿意？」
金沐生語出驚人，驚呆了李承之，也嚇呆了阿東和佟福祿。
「嘿，你是瘋了還是傻了？」佟福祿拽著金沐生的衣角，壓低了聲音急促地問道。
金沐生卻昂起了小腦袋，以一種睥睨的姿態對李承之道：「李越之和李婉婷天天上我們家，我又不是傻子，難道還猜不到？你們李家，不就是想娶我姊姊過門嗎？她是身帶福壽、命中帶旺的八字命格，最是興家旺宅的，我把她嫁給你，總夠了吧！」
李承之定定地看著他，像是吃驚，又像是哭笑不得，半晌才嘆息道：「你姊姊若是聽到你這番話，不知要作何感想。」
金沐生抿了抿嘴，憋出一句。「男大當婚女大當嫁，她也老大不小了。」
「噗！」佟福祿差點沒讓自己的口水嗆死。

李承之忍不住用手按了按額角。「金小弟……」

他一句話未完，馬兒突然一聲尖利的長嘶。

「馬驚了……」、「衝撞了……」、「快讓開……」馬的嘶鳴、人的尖叫，車子軲轆亂滾壓著石板的吱嘎聲，人們紛紛叫著，有兩輛馬車相撞了，如今驚了兩匹馬，兩輛車都要翻了。

阿東霍霍高叫著，車身大幅度地左右晃動起來，車廂內的李承之還有金沐生和佟福祿都七顛八倒，哐哐咚咚地撞上車廂內壁。

阿東緊緊握住轠繩，馬鞭連連揮動，好不容易才控制住了受驚的馬兒。

車廂穩了下來。

先是金沐生和佟福祿撞開車門，跌下車來，扒著車轅開始狂吐；然後李承之也腳步虛浮地下了車，一樣也是吐。

阿東看著這三人一字排開吐得不成人樣，不由無奈地看著對面那輛同樣遭遇的馬車。

當他看到對方馬車上下來的兩個車主，臉色頓時精彩極了。

冤家路窄啊！

李承之有生以來沒有如此失態過，吐得他黃膽水都快出來了。

然而當他抬起頭，看到對面同樣面色蒼白、吐得昏天暗地的兩張熟悉面孔，頓時體會到了什麼叫七竅生煙。

「李越之!!」

「李婉婷!!」

什麼叫魂飛魄散？

李越之和李婉婷現在的心情就叫魂飛魄散。

兩個小傢伙原本已經吐得快沒力氣了，如今不知從哪裡又生出來一股吃奶的力氣，轉身就跑，腿還沒邁開，先把臉給扭過去。

「阿東！」

李承之眼睛裡放出寒光。

「明白！」

阿東大聲應著，提氣一縱，一手一個揪住了李越之和李婉婷的領子，隨手一甩，將二人丟到了李承之面前。

李越之和李婉婷幾乎是趴在了地上，兩人緩緩地抬頭，不過是一個小動作，卻艱難如同上斷頭臺。

從腳尖一路往上直到那張熟悉的棺材臉，哥哥李承之的形象在這一刻高大如同鐵塔。

兩個小傢伙如今不是面如白紙，而是面如土色了。

「哥……哥哥……」

李承之瞇起了眼睛。

李婉婷和李越之心中越發寒冷，每次哥哥做這個表情，都會有人倒楣。

這次，輪到他們兩個了嗎？

李承之慢慢俯下身來，每往下一寸，兩個小傢伙身上的壓力便多加一分。即使是遠遠看著的金沐生和佟福祿，都能感覺到李承之那壓抑的怒氣和渾身散發的煞氣。

阿東搖頭嘆息，這次，兩位小主人怕是在劫難逃了。

李承之的臉幾乎貼到了兩個小傢伙的鼻尖。

「上次的帳，我還記著呢。」

他一字一頓，話幾乎是從牙齒縫裡擠出來的。

李婉婷和李越之喉結上下一動，嚥了一下口水。

「這次的帳，又該如何算呢？」

李婉婷和李越之喉結又是上下一動。

李承之靜靜地凝視著他們。

有時候，沈默，比任何言語都來得有攻擊力。

李婉婷這個時候已經是完全懵了，她深刻地感覺到，這回是真把哥哥給惹炸毛了。

關鍵時刻還是李越之這個男孩頂用一些，他雖然也心中害怕，到底還是戰戰兢兢開口了。

「哥哥，咱們的家事，還是回家再說吧。」

話音一落，李婉婷忍不住在心裡為他鼓掌叫好。

李承之又眯起了眼睛。

「你們也知道，這是家醜嗎？」

李越之說那一句話已是鼓足了勇氣，如今被李承之一句話頂回來，立刻又蔫了。

站在遠處的阿東，悄悄用手拐了拐金沐生。

「你們倆不是想拜我為師嗎？」

金沐生和佟福祿原本是在看好戲的，被他一句話將注意力拉了回來。

「你答應做我們師父了?!」

兩個小傢伙異口同聲，都兩眼放光地看著他。阿東被他們激烈的反應嚇了一跳。

「這樣吧，我當給你們一個入門的考驗，你們若是能解決眼下的麻煩，讓那一對小兄妹脫身，我便答應傳授你們武功。」

「當真？」

「大丈夫一言既出、駟馬難追！」

金沐生和佟福祿互視一眼，都暗下決心。

李承之正瞇著眼睛盯著兩個小傢伙，若是眼神能殺人，只怕李婉婷和李越之早已粉身碎骨了。

兩個小傢伙相視一眼，都覺得今兒個是必死無疑了，然而這時候，形勢卻急轉直下。

金沐生和佟福祿突然跟發了瘋一般撲上來，一邊一個抱住了李承之，嘴裡大喊著：「你們快跑！」

李婉婷和李越之一愣，到底是聰明搗蛋慣了的，瞬間便反應過來，爬起來便跑。

然而跑了幾步，兩個小傢伙又轉過頭來，苦著一張臉說道：「往哪裡跑？」

金沐生大恨，只想跳腳罵娘。

「去找我姊姊！」

李婉婷和李越之頓時眼前一亮。

對呀，去找金豆兒！

兩人不知道為什麼，突然對金豆兒充滿了信心，堅信她能夠擋住哥哥的殺氣，救他們二人於水火。

「還愣著做什麼？還不快跑！」金沐生大喊，他跟佟福祿都快抱不住了，這李承之看著瘦瘦的，怎麼這般有力氣！

李婉婷和李越之回頭一看，心頭大寒，這回一點都不猶豫，提起腳來便跑。

金豆兒！咱們兄妹倆的小命，今日可全都捏在妳手上了！

第六章　只能嫁我為婦

知道兒子即將平安回來，金林氏便忙忙地買了許多菜回來，金老六親自下廚做了一桌子的好料，準備給金沐生壓驚，不多會兒，金家小院裡香味四溢，左鄰右舍打門前經過都高喊一聲：「做的什麼好飯菜？」

金林氏開了院門，到門口張望了幾次都不見金沐生的身影，不由有些著急。

「怎的還不回來？不會出變故吧？」

金老六瞪起眼睛。「瞎說什麼！」

金林氏脖子一縮，嘀咕道：「說說都不成。」

嘆息著搖搖頭，金秀玉也走到門前張望。

咦？巷口兩個小小的身影正往這邊飛竄，彷彿身後有鬼在追。

她瞪大了眼睛，那不是阿平和阿喜？

李婉婷和李越之一路跑得兩腿痠沈如鉛墜，嗓子都快冒煙了，好不容易進了金玉巷，遠遠便看見大樟樹下一抹淺綠色的身影，不是金豆兒，卻是哪個？

這就叫遇到救命的菩薩了！李婉婷立時便尖聲叫起來。

「金豆兒～～」

金秀玉嚇了一大跳，阿喜的聲音聽著煞是驚惶，還帶著哭音。

眨眼間，李婉婷和李越之已奔到了眼前，李越之雙手一叉兩個膝蓋，半佝僂著身子大口大口喘氣；李婉婷則一頭撲到了金秀玉身上，別的不說，先把腦袋鑽進了她懷裡。

「金豆兒，救命！救命！」

她將腦袋頂在金秀玉胸口左右蹭著，金秀玉忙伸手抱住她。

「怎麼了？出什麼事了？」

李越之抬起了身子，臉上一片通紅。

金秀玉用手捧起李婉婷的臉，可憐見的，涕淚縱橫像隻小花貓一般。

「哥哥這回真的生氣了，彷彿要吃了我們似的，金豆兒，好嫂子，妳可一定要救我們！」

金秀玉聽得一頭霧水，什麼生氣？什麼吃人？什麼救命？

她正待相問，只聽車輪在青石板上轔轔而來，兩輛馬車一先一後進了金玉巷。兩輛馬車她都認得，前面一輛是阿平、阿喜慣常的座車，後面一輛則是李承之的，上回他來乘的就是這輛馬車。

兩輛車子都在大樟樹下停住，前面那輛車的車簾一掀，跳下來兩個半大小子，就是金沐生和佟福祿；緊跟著後面的車上跳下來的是李承之，還有上回只打了個照面的車夫陳東。

不過這回看起來，陳東倒不是車夫，大約是李承之的長隨，所以才次次跟在身邊。

李婉婷和李越之一見李承之，都忍不住往金秀玉身後躲。

金沐生和佟福祿一個叫著「金豆兒」、一個叫著「豆兒姊」，都蹦蹦跳跳地往前走，顯得興高采烈。

李承之面沈如水，一語不發地跟在兩個小傢伙身後走來。

明明他走的是很正常的步子，金秀玉卻感覺到每一步都踩在了她的心尖子上，一步一抖。定了定神，才發現，是李婉婷和李越之一邊一個抓著她的衣角，李承之走一步，他們就抖一下。

金沐生小跑過來，大叫道：「金豆兒，飯做好了沒？餓死啦！」

金秀玉很想翻個白眼給他看，只不過李承之在場，不想失禮，只是沒好氣地道：「你個吃貨！只管進去吃，撐死了事。」

金沐生正高興著，一點也不在意她的態度，不過剛要邁腿進門，想起新鮮出爐的師父還在屁股後頭，趕緊又轉過身來，跑去拽了陳東。

佟福祿走到金秀玉面前，倒是誠懇地叫了聲豆兒姊。

金秀玉笑道：「福祿，今兒個咱們家做了許多好菜，你可要多吃點。」

佟福祿咧開嘴，開心地點頭，一路小跑進了院門，金秀玉暗笑也是個吃貨。

這頭金沐生拽了陳東，越過了李承之，先進了院門。

「金沐生！」

「誰叫我？」沐生循著聲音望去，原來是躲在金秀玉身後的李婉婷。

李婉婷衝他拚命地使眼色，拿嘴角努著李承之的方向。

金沐生當然知道她的意思，不就是想讓他再幫他們兄妹一次，攔住李承之嗎？只不過方才他們是為了拜師學武才出手相助，如今心願達成，卻懶得理會他們兄妹的死活。

李家兄妹仨都是一家人，難道做哥哥的還真能宰了弟弟妹妹不成？

沐生不以為然地撇撇嘴，只管拉著陳東進門。

陳東身不由己，只來得及跟金秀玉點了一下頭，算是打了招呼。

金秀玉目送他們進了院門，回過頭，忍不住心又是一跳。

這李承之，不知道什麼時候就已經站在她面前。

雖然上次她有過貼身照顧對方的經驗，不過如此面對面、眼對眼的姿勢，仍是讓她感到有些羞澀不安。尤其如此相近的距離，讓她更清楚地看到了李承之稜角分明英氣勃勃的臉。

男人的英俊也是一種武器。

金秀玉覺得自個兒耳根子有些發燒，也不知臉色有沒有變紅。

「金姑娘。」李承之對她點頭示意。

金秀玉也微微福了一福，道聲：「李少爺。」

行完禮，自己也覺得有種前所未有的生澀。

兩人的第一次相處明明自然融洽，今日第二次碰面，卻反而變得拘束起來。

李承之大約也覺得尷尬，便將注意力放到了躲在金秀玉身後的兩個小傢伙身上。

「阿平、阿喜，還不出來！」

李婉婷和李越之緩緩地將腦袋從金秀玉身後探了出來，怯怯地叫了一聲「哥哥」。

李承之板著臉看著他們兩人。「你們自己說說，總共犯了幾次錯？得有多少條罪名？」

李婉婷和李越之抿著嘴，羞愧地低著頭。

「看來平時都將你倆慣壞了，做事情從來沒有個分寸。奶奶年紀大，缺了精力，疏於管教，明日我便稟了她老人家，從此將你二人交予我來教導。」

李承之淡淡地下了決定，金秀玉立刻感到兩邊的衣角又是一抖，低頭看去，見兩個小傢伙都愁眉苦臉，李越之尚好，只是咬著嘴唇癟著臉，李婉婷卻是差點哭了出來。

她突然覺得自己應該為這兩個小傢伙說點什麼，她有責任該護著他們。

「咳咳，我說李少爺，這可是在我們金家的大門口呢，您要管教弟妹，是不是也應該回家再說？」

李承之眼珠一轉，目光投在她臉上，喜怒難辨，只是眼神如刀子一般凌厲。

金秀玉面上雲淡風輕，李婉婷和李越之都忍不住崇拜地看著她。

到底是他們看準了的嫂子，太夠義氣了！

只是話一說出口，金秀玉馬上就後悔了。

雖說李承之在她家門口教訓阿平、阿喜，確實令她感到不滿，但話倒是說得有些重了，卻不知對方心裡作何感想？

衣角輕扯，她低下頭，見李婉婷仰起小臉，輕輕叫了聲「金豆兒」。

她摸了摸小傢伙的腦袋，用口形示意「放心」，然後抬起頭，在腦中組織好語言，開口道：「今兒個沐生無事歸來，是大喜的日子，咱們準備了一桌子好飯菜要感謝你這位救命恩人。你看這天近晌午，就算要教訓人，也該等吃完飯再說，是不是？」

李承之定定地看了她半晌，最後目光輕輕一轉，對李婉婷和李越之淡淡說道：「看在金豆兒分上，你們倆的帳且先記著，回頭再算。」

說完，他又意味深長地看了金秀玉一眼，擦著她的肩膀進了院門。
李婉婷和李越之小臉放光，紛紛抱住了金秀玉的腰又跳又叫，直道她是救命的活菩薩。
金秀玉被晃得頭暈，忙掙開身子，一邊推、一邊催促二人進院去，回頭卻摸著自己的臉，按了按跳得有些快的心口。
方才，他是叫她金豆兒？
一種說不出的滋味，絲絲的有些甜蜜，如同墨汁滴入水中，在心頭柔柔暈染開來。
「豆兒妳個死囡仔，正經吃飯的點就不見人影，還不快回家來！」
金林氏尖利的嗓門立刻將這心動的氣氛沖得一乾二淨。
也不知她老家是哪裡的人，一著急便會罵女兒死囡仔，金豆兒洩氣地望了望天，懶洋洋地返回院內。
堂屋裡正中間放著一張紅漆的八仙桌，熱熱鬧鬧一桌子雞鴨魚肉蛋蔬果，顯得桌上滿滿當當，上首坐著李承之，下首坐著金老六，東邊坐著李婉婷和李越之，西邊坐著金林氏和金秀玉。
金沐生和佟福祿都不耐煩跟一堆人正兒八經地坐下來吃飯，另外在大桌旁邊整治了一個小桌，將陳東拉來坐在上首，兩人不停地向這位新鮮出爐的師父獻著殷勤。
陳東原來覺得收徒挺麻煩，如今倒也享受這被人伺候的滋味。
金老六的廚藝確實不是蓋的，做出來的菜，那叫一個色香味俱全，金秀玉姊弟加上李婉婷和李越之，吃得差點把舌頭都咬了下來。
尤其李婉婷，嚷嚷著以後都要來金家吃飯。金老六只是得意地笑笑，金林氏則是一個勁地讓他們來，千萬別客氣。

金沐生和佟福祿也吃得歡喜，兩個小男孩最是毛毛躁躁，筷子敲得碗盤叮噹響。金老六扭過頭去斥了幾回，兩人也只是吐舌頭，沒有半點改進。

不過這叮叮噹噹的聲響，倒顯得這頓飯越發熱鬧，李承之嘴裡吃著，心裡卻暗道，李家、金家雖說一富一窮，倒有一點極為相似，便是吃飯都是一樣的熱鬧。

他看了看阿平、阿喜，好歹是宅門大戶裡頭出來的，吃相又能比金沐生佟福祿好到哪裡去？一面暗自嘆息，一面伸手去挾桌子中間的一道蝦子，筷子碰筷子，他抬眼一看，是金秀玉。

金秀玉已快速將手縮了回來，轉而去挾其他的菜，目光倒是忍不住向李承之臉上溜了一溜，卻正好被對方的視線逮個正著，忙忙又低下頭去。

李承之因看到她這無意中流露的小女兒嬌態而心頭一動。

若是他知道金秀玉真正的來歷，說不定就會知道，在她前世的那個家鄉，曾有一個叫徐志摩的詩人說過一句話，用來形容他此刻的心情正是再恰當不過——

最是那一低頭的溫柔，像一朵水蓮花，不勝涼風的嬌羞。

小兒女的心思，在過來人眼中再明白不過。

金林氏膽兒小心眼大，一雙眼睛觀六路做不到，看這張桌面上的情況卻是綽綽有餘的，自家女兒和李大少爺的眉來眼去，她可是看得一絲不差，心頭暗喜，這個闊女婿可跑不了了。一面暗自高興著，一面又偷偷打量了丈夫的臉色。

雖說平日裡金林氏最怕金老六，但畢竟夫妻多年，對丈夫的瞭解不可謂不深，她就不相信他會沒看到這對小兒女的互動。

金老六神色很平淡，但細心的金林氏卻發現他不時地用眼角餘光注意著金秀玉和李承之的舉動。

她放心了，以她對金老六的瞭解，這就算是默認了這兩個年輕人。金林氏挾了塊肉放進嘴裡，掩飾嘴角的竊笑。

「娘。」

金沐生不知何時站到了她身邊。

金林氏嘴裡嚼著食物，只發出一聲：「嗯？」

金沐生用眼睛餘光飛快地掠了一下金老六，底下用手拉住了金林氏的衣角，示意她邊廂說話。

金林氏疑惑地站起來跟過去，金沐生趴在她腦袋邊上耳語幾句。

金林氏為難地皺眉、搖頭，金沐生露出懇求之色。

金林氏咬咬牙，道：「我且試一試。」

金沐生立刻歡喜地點頭，衝小桌子那邊的佟福祿和陳東比畫了一下拳頭，以示順利。

正跟李承之推杯換盞的金老六早就看見了娘兒倆的舉動，只是不說，就等著金林氏磨磨蹭蹭地走過來。

「兒子想討點酒喝……」金林氏磨磨唧唧，到底還是開了口。

金老六看也不看她，只說道：「男子漢大丈夫，連喝酒都不敢開口，叫他自個兒來說。」

金林氏又為難起來，無奈地回頭招手。

金沐生知道母親吃癟了，只好自己走過來。

「爹，我都八歲了，福祿都知道酒是啥滋味，我是不是也能沾點酒了？」

金老六歪著腦袋看他，說道：「喝酒不是不可以，只不過沾了酒那可就不是小孩，而是男子漢了，這說話行事，都得有男子漢的責任和氣度。」

金沐生不太懂他的意思，眨巴著眼睛。

「你不是拜了那位陳先生做師父嗎？既然要學武，就要有始有終，絕不能半途而廢，要不怕苦、不怕累，不學出個樣子不甘休。這點，你可能做到？」

金老六臉色鄭重，可不像是開玩笑。

金沐生臉色一整，肅然道：「爹，你放心，我一定好好學武，絕不偷懶。」

金老六點點頭，道：「男子漢一言九鼎。」

「說得出，做得到！」

金沐生挺起小胸膛，說出來的話頗有點擲地有聲的意思。

那邊原本坐著的佟福祿這會兒也跑了過來，跟金沐生挨著，也挺起了小胸膛以示決心。

金老六看看自個兒兒子，又看看佟福祿，點了點頭。

「去，把那罈上等的花雕與我取來。」

金林氏「哎」了一聲，輕快地去耳房捧了一個小罈子過來。

金老六跟李承之告一聲離席，接過罈子端在手上，大踏步走到小桌子那邊。

陳東早已站了起來，大桌子這邊的，人人都扭頭看去。

金林氏笑道：「這可是咱們家的珍藏。今兒個既是沐生平安從衙門出來的日子，又是他與福祿拜師的日子，算得上雙喜臨門，大夥兒都來喝上一杯！」

論年紀，李婉婷和李越之比金沐生還要大上兩歲，他們見金沐生都能喝酒，也嚷嚷要嚐那杯中物。

金林氏不敢貿然答應，先詢問了李承之，哪知李承之只是淡淡一瞥，說了聲：「隨他們。」暗道李家的家風果然不同尋常，金林氏給李婉婷和李越之都倒了一點點酒，只有淺淺的一個碗底。

李婉婷和李越之大為不滿，但被哥哥李承之眼睛一瞪，也只好接受了。

金秀玉和李承之的碗裡都是倒滿的，金林氏又給自己滿上了。

金老六那邊舉著酒碗，叫一聲「乾」，一屋子男女老少都將碗湊到了嘴邊。

金秀玉從未喝過花雕，抿了一口，只覺入口如同涼水，但滑到喉嚨馬上就是一片灼燙，一使勁嚥了下去，先是腦袋一緊，然後一片火熱從肚腹往胸口一路燒了上來，身體頓時輕了二兩。

大夥兒又坐了下來，第一次喝酒的小孩們，自然大叫著好辣好辣，拚命地往嘴裡塞菜塞肉，總之是急著找東西把嘴裡那股子火燙，說不清是酸是辣的味道給蓋下去。

金秀玉伸出了筷子，只覺手上鬆動，有些使不上力，擠了擠眼睛，微微晃了一下腦袋，真輕，這是自己的頭嗎？

她記得她的酒量還不錯的呢，不過一小口，怎麼就頭暈了？

午飯吃得高興，酒也喝得盡興，只是最後醉倒了兩個人。
一個是金秀玉，一個卻是李承之。
金老六搖著頭，嘖嘖有聲。「做大生意、應酬慣了的人，竟只有這點子酒量，好不慚愧。」
金林氏從他身後走過來，嘀咕道：「輕聲些，莫驚醒了他。」
她手裡端了一盆水，先絞了毛巾給李承之擦拭了頭面，再絞一會兒，給女兒也擦拭了一番。
「他爹，勞您大駕，便將李少爺扶到沐生那屋去歇息吧。」
金老六「嗯」了一聲，將李承之架到肩上，一手抓著他的胳膊，一手攬住腰，將人扶起來往西廂走去。
堂屋裡杯盤狼藉，一副盛宴剛結束的餘味。金沐生和佟福祿一邊一個纏住了陳東，纏著他習武，陳東酒量也到了幾分，那炫耀之心也隨著酒意湧上來。
「這院兒太小，得找寬闊處，方能顯出你們師父的功夫高明。」
金沐生大喜道：「這好辦，這巷子後頭便有一處荒地，竹林環繞，最適合師父您大展拳腳，咱們這便走！」
他衝佟福祿使了個眼色，後者興高采烈地點頭。
陳東懶洋洋癱在椅子上，只是笑。
佟福祿回頭對李婉婷和李越之道：「可要同去？」
李婉婷和李越之相視一眼，兩人還有任務在身，豈能離開，遂都一齊搖頭。

金沐生翻著白眼道：「問他們做什麼？人家是千金、少爺，哪能同我們這等野孩子一般！」

李越之望了望他，金沐生回瞪一眼，兩人齊齊「哼」了一聲，同時把腦袋扭了過去。

李婉婷和佟福祿都莫名其妙地看著他倆，前者不解地眨著眼睛，長長的睫毛像兩排扇子忽閃忽閃；後者則搔著頭皮，一頭霧水。

這兩人的敵意從第一次見面就一直存在，連他們自己都搞不清楚，為何總是看對方不順眼？

金沐生不理會其他人的想法，徑直將陳東從椅子上拖起來，對佟福祿道：「走了！」

「哎！」佟福祿高聲應著，蹦蹦跳跳跟在後面。

三人經過院子，正好金老六從西廂出來，見他們要出去練武，便說聲同去，四人一道出了院門。

金秀玉自然是睡在自個兒的屋子裡，金林氏將她安頓好，到堂屋一看，好嘛，滿屋子的人，眨眼只剩下自個兒了，還有李婉婷和李越之這對龍鳳胎，站成一排，眨巴著眼睛看她。

一掃兩桌子凌亂的殘席，她立刻便苦了一張臉。

李婉婷握著自己垂在胸前的兩條小辮子，跳過來幾步，仰起一張小臉，瞇著一雙眼睛道：「金奶奶，我幫妳收拾呀！」

金林氏吃了一驚，連連擺手道：「這哪裡使得，這都是粗活髒活，哪能讓小姐幹！」

李婉婷伸手便握住了桌上的一只空碗，笑道：「奶奶和青玉姊姊老說我是懶骨頭，我倒是願意幫金奶奶幹活兒。」

她一面說著，一面朝李越之招手。「阿平，來，你也來幫忙。」

李越之也不扭捏，慢慢走過來，跟李婉婷一起收拾桌上的碗筷。

金林氏正受寵若驚，暗想這有錢人家的孩子就是教育得好啊，多懂事，「啪嚓！」一聲脆響。

李婉婷看著腳下碎成幾瓣的碗，低著頭咬著嘴唇，眼睛朝上巴巴地看著她。

金林氏瞪著地上的碎片眨眨眼睛，一時無語。

「嘻嘻，我果然不是幹活的人，金奶奶，還是您自個兒收拾罷！」李婉婷將捏在手裡的筷子往桌上一扔，拽了李越之的胳膊就跑。

李越之猝不及防，身體被拽走了，手裡的盤子飛了出去。

金林氏眼睜睜地看著它在空中劃過一條優美的曲線，「啪嚓！」一聲在她腳邊摔得四分五裂。

李婉婷和李越之早跑得沒影了，金林氏氣得一個字也說不出，嘴唇哆嗦了半天，還是得認命，垂頭喪氣地收拾起殘局。

李婉婷和李越之也沒出院門，手牽手進了西廂金沐生那屋。

李承之正平躺在床上，胸膛微微起伏，跟兩個小傢伙一樣長長的睫毛隨著呼吸微微顫動。

李婉婷和李越之躡手躡腳走到床前，跪下來趴在床沿上，像兩隻小狗一樣眨巴著眼睛。

這對兄妹似乎有這樣的習慣，總在李承之睡覺的時候，趴到床沿上來看，然後無一例外地要互相嘀咕幾句。

「阿平，你猜，哥哥是真醉還是假醉？」

「……」

「你看我做啥，我就覺得哥哥沒這麼容易醉。我聽阿東說過的，哥哥那叫酒量如海斗。」

「……」

「好吧好吧，也許他真的醉了。這樣才好呢，我就放心啦。」

「妳放心什麼？」

李婉婷用看白癡的眼神看了一眼李越之，扭過頭去，手腳並用地爬上了床，湊到李承之身上，噘起軟軟濕濕粉嫩嫩的嘴唇，在他臉上吧唧親了一大口。

「哥哥，阿喜知道自己做了好多錯事，又叫你生病又叫你丟臉。但是，阿喜保證，只要你把金豆兒娶來做嫂嫂，阿喜就再也不幹這樣的壞事啦！」

她嘀嘀咕咕說完，盯著李承之的臉，又道：「哥哥，你要是不回答，阿喜就當你默認啦？」

李承之閉著眼睛，一動不動。

「好，哥哥答應阿喜了。」

她自顧自地說完，自顧自地點頭，又晃著屁股手腳並用地爬了下來。

這回換李越之用看白癡的眼神看著她。

李婉婷眼睛一瞪道：「看什麼看！我可是認定金豆兒做嫂子啦，難道你不願意？」

李越之連忙搖頭。

李婉婷揚著小臉，道：「哥哥看完啦，咱們再去看看嫂子，走！」

她率先走在前頭，李越之爬起來，慢悠悠地跟在後面。

當他們的身影消失在房門口，床上的男人忽然睜開了眼睛。

眼神清明，何來半分醉意！

李承之動了動身體，身下這張床似乎沒有上次的舒服呢。

哦，是了，上次睡的是金豆兒的床。

金豆兒、金豆兒，跟著阿平、阿喜用同樣的稱呼還挺順口的。

她嬌小玲瓏的，可不就像一顆豆兒？

李承之嘴角微揚。原來，連阿平、阿喜都盼著他娶她過門呢！

作為十歲的小孩子來說，李婉婷和李越之個子是顯得比較嬌小的，人小、腿也短，跑起來卻十分地輕快，從西廂這頭一路蹦跳著竄到了那頭。

進了金秀玉的房間，明顯就能感覺到比金沐生房間要乾淨清爽許多，薄薄的淺黃色紗帳，繡著一根根枝葉分明的翠竹，屋內門窗之間略有一點穿堂風，掀著紗帳一飄一飄的。

李婉婷和李越之躡手躡腳地走過去，隔著紗帳朦朦朧朧見金秀玉側躺在床上，呼吸輕淺。

李婉婷忽然張大嘴打了個哈欠，她抬起手背揉了揉眼睛，默默地想了一想，突然脫了自己的鞋子，掀開紗帳爬了上去。

李越之瞪大了眼睛，低聲道：「妳做什麼？」

「睡覺。」李婉婷吐出兩個字，越過金秀玉的身體爬到裡面，在她身邊躺好。

金秀玉沒蓋被子，迷迷糊糊地覺得身上被蹭了幾下，眼皮似有千斤重，沒力氣睜眼去察看，只嚅動了一下嘴唇，什麼舉動也沒做。
李越之見李婉婷蜷成一隻小蝦米一般，把頭埋在金秀玉脖子後邊，舒服得小嘴都嘬了起來，頓時覺得自己的眼睛也有些發澀。
他自覺是個男孩子，不好隨便爬上人家女孩子的床，但是轉念又想，金豆兒不是一般的姑娘，是自己的親嫂子來著，在家裡的時候，奶奶或者青玉姊姊都會帶著他和阿喜一起睡，金豆兒應該也可以吧。
他既然這麼想了，越發覺得羨慕妹妹，便乾脆自個兒也脫了鞋子爬上床，在金秀玉外側躺好，虧得金秀玉的床也大，三個人身材都小巧，躺著竟也寬綽得很。
這夏日的午後，蟬鳴一聲聲，微風吹得紗帳如波浪一般拂動，帳內呼吸輕淺，醺醺然，倍添慵懶。
李承之坐了起來，按了按額角。
他雖是應酬慣了的人，但在金老六的殷勤勸說下喝了不少，花雕也算得上烈酒，雖不至於醉了，酒量確實也到了幾分，此時腦袋尚有些輕飄飄。
他扶著床起來，腳下略微輕浮，慢慢地走出屋來，順著走廊便往西廂的另一頭走去。
「呀?!大少爺竟是未醉的？」
腳下一頓。
金林氏忙捂住了嘴，她正從廚房出來往東廂走，原以為李承之醉了，應該正睡得酣，如今一見，自然驚叫了一聲。

然而，她立馬就覺察到這是一個應該安靜的時刻，於是便抬眼望天，嘀咕著：「這天兒，倒正合適睡個午覺。」

說著，扶著腰往東廂走去，一面還打著哈欠，顯得十分勞累困頓的樣子，目光散漫，彷彿院子對面廊下的這個大活人不存在一般。

李承之站在當地，面上微微有些熱。然大約李家的家風，骨子裡便是我行我素的，他往日裡雖循規蹈矩，若興之所至，也常跟李婉婷和李越之這對龍鳳胎一樣，做一些異於常人的舉動，如今只管邁著腿，慢悠悠往那房門口走去。

門扉半掩，很容易就能看到屋內那白色的紗帳。

他輕輕地推開門，輕輕地走進去，輕輕地掀開帳子一角。

三人和諧的睡容、恬靜的神態，像一把錘子，擊中了他的胸口。

李承之覺得眼眶有些發熱。

這感覺，大約就叫做窩心罷。

他緩緩地放下帳子，在床邊慢慢地坐了下來，將全身的重量都靠在了身後的椅背上。

像是守護著窩的獸。

李承之並未睡著，各種各樣的場景走馬燈一般在他腦海裡轉。

奶奶是這個世上最心疼他的人，他一直都知道，老人家是盼著他早日娶妻生子的；青玉、真兒，這兩人大約是府裡照顧他時間最久的人，她們就像阿東一樣，在他心裡，是最親近的家人，他們也總是說，府裡需要一個少奶奶了。

阿平、阿喜，總是不停地闖著禍，不停地惹他生氣，但是他知道，那是因為平時自己為著生意冷落了這對弟妹，他們所作所為，不過是想引起他的關注罷了。除了奶奶，他們也需要一個更年輕的、與他們更貼心的人兒來照顧他們、疼愛他們，當他這個哥哥做不到的時候，嫂嫂成了最期盼的人選。

他們都喜歡金豆兒。

他們都盼著他娶金豆兒。

沒有人跟他這麼說，他卻能從所有人的神情語態上感覺出來。

這些「他們」之中，甚至有的人還從未見過金豆兒。

但是，他轉眼看著帳子裡互相依偎的三個身影，如果阿平、阿喜總是流露出這樣的孺慕之情，是不是就代表著，金豆兒正是最適合做李家女主人的人選呢？

李承之沈默著，他對金豆兒不是沒有心動的。

這種感覺很奇妙，從第一眼看見她的時候，不，應該說，從第一次聽見她的聲音開始，他就發現這個女子，讓他舒服、讓他安心。

她並不是天仙美女，也沒有過人才情，更沒有紅香軟玉嬌媚之態。只是，她身上有一種味道，讓他不得不想要靠近。如今他有點明白了，那大約就是「家」的味道。

李承之靜靜地靠在椅背上，睜大了眼睛，默默地想著。

他是個成功的商人，當他看準的時候，他作決定總是最快的，但是這一回，他想更仔細一點、更慎重一點，至少，至少不能嚇到她。

他又轉過頭去，這次接觸到的卻是一雙清澈的眸子。

「你?!你醒了？」

金秀玉眨了眨眼睛，坐起身來。

李承之突然覺得自己很唐突，竟這樣明目張膽地坐在一個未婚女子的床前，雖然、雖然他其實連那張床都已經躺過了。但是這個時候突然站起來，似乎更顯不妥。

為什麼他們的相處，每次都是以尷尬開場？

如果換了一個人，也許李承之真的要一路尷尬收場，但因為是金秀玉，每次她一回應，李承之就發現，所有想像中會出現的難堪，都會雲煙一般消散。

這次也不例外，金秀玉坐起了身子，很自然地抬手攏著散開的頭髮，一面便問道：「席上見你喝得不少，本以為你醉了，原來竟是個海量，醒得如此之快。」

李承之心一寬，笑了笑。

金秀玉已將頭髮攏好，手指靈活地在髮間穿動，很快就編出了一根順滑的大辮子，看得李承之暗呼神奇。

她看了看兩邊睡得安穩的李婉婷和李越之，小心翼翼地挪到床沿，瞪著眼睛看李承之。

李承之摸了摸自己的臉，沒什麼異常。

金秀玉輕嘆一聲。「你踩了我的鞋。」

啊？他忙一低頭，果然腳下正踩著她一隻鞋尖。墨綠色的鞋面，繡著白色的玉蘭花，清爽優雅，很像她本人。

李承之挪開腳。金秀玉坐在床沿，俯下身去，辮子從肩上滑了下來，她先穿住了鞋，再用手將鞋跟提上來。

李承之看著她的動作，竟覺得像是看了幾百幾千遍一般熟悉自然。

「什麼時辰了？」

李承之透過窗戶望了望天，答道：「快申時了。」

金秀玉點點頭，午飯吃得晚，又吃得慢，不過小睡一會兒，竟是快申時了。

她回頭理了理帳子，將邊角都掖進蓆子底下，防蚊蟲飛進去。

「我爹和沐生他們不在嗎？」

李承之搖頭，說了聲：「像是尚未回來。」

金秀玉將一綹落下的髮絲挑到耳朵後面，站起身來，李承之突然也跟著站起來。

她只覺眼前光線一暗，李承之修長的身形幾乎就貼著她的肩膀，他輕淺的呼吸，就在她的頭頂，突如其來的壓迫感，讓她感覺身周的空氣都變得稀薄起來。

李承之沒有說話，只是握住了她的手。

「你……」

她有些驚慌，他修長的手指十分有力，她想抽回自己的手，竟動不了半分。

身後是床，帳子裡躺著的是李婉婷和李越之；面前站著的，是他們的哥哥李承之。

她突然產生了一種錯覺，彷彿身後躺著的，是她的孩子；面前站著的，是她的男人。

「豆兒。」

絲綢一般有質感的磁性嗓音在頭頂響起。

金秀玉一驚，這個男人！從金秀玉到金豆兒，從金豆兒再省略到豆兒，快速與人變得親近，難道是李家人的特長？

「豆兒。」李承之又喚了一聲。

金秀玉喉嚨有點發乾。「做、做什麼？」

手上一鬆，手背上的溫熱退去，她竟有種隱約的失望。

但下一刻，李承之卻握住了她的肩膀，將她轉過來正面對著自己。

「我問妳一件事，妳須老實回答。」

金秀玉抬起臉來，男人五官精緻，鼻梁與下巴的線條流暢，濃厚卻清新的男性氣息將她重重包裹。

「妳，可願嫁我？」

金秀玉瞪大了眼睛，李承之目光深邃幽暗，空氣似乎都凝固了，只聽見那蟬兒，在樹上知了知了叫著，急促且煩躁；陽光如流火，映得窗外一片白茫茫反著光。

屋內的涼意正在漸漸退散，熱意一層一層湧上來，那沈默得越久，熱意上湧的速度便越快。

「啪嗒！」門框上有人摔了一跤，像是有人拿針戳破了已膨脹到臨界點的氣囊，「呼」一聲全部消散。

李承之眉間湧現一絲無奈，還有一絲惱怒。金秀玉轉過頭，那人正手忙腳亂地從地上爬起來，手裡還提起一隻踩掉了的鞋子。

金林氏扶著門框，半抬著身子對上屋裡兩人的目光，扯著嘴角訕訕地拉出一個僵硬的笑容，道：「大少爺晚飯可在咱們家吃？」

兩人明知金林氏是隨便找了個話題，不過也不好意思戳破。

李承之笑道：「再叨擾大娘一頓可好？」

金林氏立刻眉開眼笑道：「求之不得呢。」

李承之也笑著，一面又向金秀玉看去，後者卻早已經掠過他走出房外。

金秀玉恍若無事地走到院子裡，拿起金林氏剛洗好的一盆衣服晾了起來。

恰好李婉婷和李越之也醒了，起身跑出西廂房，午睡了大半個時辰，精神很足，兩張小臉都紅撲撲的，都搶著要給金秀玉幫忙。

不過這兩個小傢伙哪裡會真的幫忙，倒把她曬好的都弄得亂七八糟，李承之看不下去，把他們倆趕去一邊玩耍，自己則站到了金秀玉身邊，跟在後面給她遞衣裳，他遞一件，金秀玉便晾一件，合作十分默契。

這時，院門外嗚哩哇啦，顯見得是金沐生的聲音，這孩子大約是新學了武功，興奮得很，一路高叫著一路奔跑回來，一頭撞開了院門衝進來。

隨後金老六和陳東也走了進來。

「這孩子，風風火火的，從來沒個正形，也不怕驚了客人！」金林氏沒好氣地朝金沐生打著白眼，語氣中卻並沒有多少真心的埋怨。

金秀玉問弟弟道：「今兒下午都學了什麼？可學會了一招半式？」

金沐生興奮地嚷嚷著今兒可見識到高手了，他那師父是如何如何厲害、功夫是如何如何俊，他又是如何如何學習、如何如何被誇獎有習武天賦，整個院子就聽他一人唧唧呱呱地說著。

陳東進了院子便走到李承之跟前，兩人嘀嘀咕咕不知在商量些什麼。

金老六只是剛進來時與李承之打了個招呼，便被金林氏叫住，說是李家兄妹晚飯仍在家吃，要他趕緊準備做晚飯。

院子裡，李婉婷興致高昂地拽住了金沐生，拖著他要他捉隻夏蟬來玩。

金沐生滿心不願，又不好伸手推開這個嬌滴滴粉嫩嫩的小姑娘，只好彆彆扭扭地拒絕，同李婉婷糾纏起來。

李承之已經同陳東商量完正事，看到院裡的三個小傢伙，腦中忽而浮現一條妙計，招手道：「阿平、阿喜，過來。」

李越之和李婉婷最怕他翻舊帳，此時見他笑咪咪，不像是生氣的樣子，雖猶豫著，仍是乖乖地走到他面前。

李承之將兩個小傢伙攏到一起，低聲耳語了一陣。

不知他說的什麼，李越之和李婉婷都聽得小臉放光。

「若是我們真辦成了，哥哥說的話可算數？」

李承之眼角一挑，笑道：「說話算話，絕不食言。」

李越之和李婉婷對視一眼，都從對方臉上看到了躍躍欲試的心情，李婉婷甚至撲到李承之身上，偷笑著說道：「哥哥放心，這嫂子，我們一定替你弄到手！」

兄妹三人相視一笑，幾乎一模一樣的桃花眼裡，都閃著狡黠如狐的光。

晚飯比午飯還要豐盛一些，少了佟福祿，李家四人、金家四人，正正好一桌，熱熱鬧鬧、滿滿當當。

李承之雖是吃慣山珍海味的人，也不得不承認，金老六的手藝同一等酒樓裡的大廚可相媲美。

席間，陳東給金沐生使了個眼色，沐生立刻對金老六道：「爹，那花雕酒可還有？取出來孝敬我師父呀！」

金老六瞪他一眼道：「是孝敬師父，還是你這小兔崽子自己饞了？」

沐生嘿嘿笑著。

金林氏忙道：「小孩子家可不能貪杯。」

金老六不以為然道：「小小男子漢哪能不會喝酒，今後走南闖北的，豈不被人笑話！沐生，只管跟爹來取酒！」

金沐生高聲應著，跳起來跟在父親身後，樂顛顛地出了堂屋。

金林氏嘴唇囁動，坐她旁邊的金秀玉聽得清楚，說的是哪個要兒子走南闖北來著。

沒多久，卻見金家父子二人各捧了一個泥封罈子進來，兩個罈子上各貼著一張紅紙，上面都是一個「棗」字。

「花雕喝盡了，只有這自家釀的酸棗酒還有兩罈，李少爺、陳先生可別嫌棄。」

金老六呵呵笑著，拍了泥封，倒出幾碗酒來，撲鼻的香，惹得李承之和陳東都聳動了一下鼻子。

金林氏此時倒覺得是賣弄的好時機，忙笑嘻嘻道：「這酸棗酒雖是家釀粗貨，卻是我們家豆兒的手藝，倒也乾淨細緻，大少爺、陳先生儘管嚐嚐，滋味倒也過得去呢！」

李承之正看著碗裡淺胭脂色的酒，聞言抬頭看著金秀玉，說道：「原來豆兒還會釀酒。」

金秀玉抿了抿嘴，倒是金林氏笑咪咪道：「我們家豆兒，雖不是大家閨秀，不會吟詩作賦，這女紅廚藝倒是樣樣都還拿得出手，這酸棗酒釀得也還不錯。」

金秀玉拿眼睛瞟她一眼，暗想：我倒是會吟詩作賦，只是不敢讓妳知道罷了。

李承之和陳東被這撲鼻的香味勾起了肚子裡的饞蟲，均端起碗來抿了一口，入口香醇，微微的棗酸在舌尖泛開，十分奇妙的感覺。

金老六眯著眼睛問道：「如何？」

陳東翹起大拇指，道了聲：「好酒！」

金老六咧嘴笑著，畢竟是自家女兒釀的，被人誇獎了，做父親的自然有一種自豪感。

於是幾人又開始推杯換盞，金秀玉低頭吃菜，抬起眼來掃了一圈，正好看到李承之深邃的目光。

她今兒才發現，李婉婷和李越之的桃花眼雖是跟李承之如出一轍，但兄妹兩個誰都比不上大哥的眼神有魅力。李承之的桃花眼狹長，低頭抬眼時，眼角微微上挑，襯著黑白分明的眼珠，有種奪人心魄的張力。

李婉婷是坐在她旁邊的，一直關注著她的動靜，此時伸長了脖子趴到她肩頭，咬著耳朵道：「我家哥哥是不是很好看？」

金秀玉瞪了她一眼，低下頭去吃飯，鬢髮下露出的耳根卻飛上了一層紅暈。

李婉婷捂著嘴，笑得像偷吃了油的小老鼠。

李承之挾了一隻雞腿放進她碗裡，暗暗給了一個嘉許的眼神。

金秀玉一面吃著，一面暗暗納罕，那陳東倒還正常，雖是每次都應和著爹爹的邀酒，卻也有所克制，但是李承之的表現倒有些奇怪了。中午看他並不是貪杯的人，雖喝醉了幾分，卻只是因花雕厲害和爹爹勸酒頻繁的緣故，如今爹爹跟陳東處了一下午，兩人十分投緣，只管互相喝著，倒不怎麼理會李承之，可他仍是不斷地喝著。

她看了一會兒，實在忍不住，輕聲說了一句：「酸棗酒雖養生，還是不要貪杯的好。」

李承之注視著她，目光深幽，嘴角一挑，卻並不回答。

金秀玉自覺無趣，對他的不聽勸微微有點惱怒，暗想著這人醉了才好。

卻不知，這正是李承之的目的呢。

這頓飯直從夕陽西下，吃到月上梢頭方罷。

金沐生酒足飯飽，照例是要出去逛一會子的，今日也不例外，金林氏一站起來撤盤子，他便撒開兩條腿跑了，急得金林氏在後面跳腳。

「慢些跑，仔細肚子疼，晚上早些回來，別盡在外頭瘋耍！」等她回過頭來，見李承之翻在椅上，金老六趴在桌上，頓時為了難。

金秀玉立在一旁，看著李承之，他果然還是醉了，合眼仰躺在椅子上，臉頰酡紅，如染了上等的胭脂一般。

金林氏皺眉道：「這可如何是好，大少爺醉了，這當家的也醉了。」

陳東咪咪笑著，暗自得意，他花了多少心思費了多少口水才將金老六給灌趴下了，這才能施行主子交代下來的計畫呢。

「大少爺醉成這副模樣，若立刻上車回府，恐防半路嘔吐吹風，不如先找間屋子讓他歇息片刻，等清醒幾分再啟程。」

金林氏點頭道：「說得在理，還是去沐生屋子裡吧，中午便是在那裡歇息的。」

陳東點頭，架起李承之，往西廂金沐生的屋子走去。

「豆兒來，與我搭把手，將妳爹扶進屋去。」

金秀玉幫著母親架起金老六往東廂走去，喝醉酒的人渾身軟若無骨、重如鉛墜，金秀玉和金林氏不過兩個婦道人家，身小力弱，好不容易將人弄上床，直累得氣喘吁吁。

待得走出房門，見堂屋裡燈火輝煌，卻是一個人影都不見。

「阿平、阿喜呢？」

金秀玉納悶著，目光從堂屋掃到院子裡，見院門微開，心中疑惑，快步走去。

拉開院門，恰巧見到李婉婷和李越之進了馬車內，關了車門，陳東一縱身跳上了駕車的位置。

金秀玉頓時有種不祥的預感，急道：「你們去哪裡？」

陳東笑道：「天色已晚，恐老夫人擔憂，小人即刻便送二少爺、三小姐回府。煩勞金姑娘照顧大少爺一宿，明日小的再來接主子。」

話音剛落，他嘴裡「呵」了一聲，馬鞭兒一甩，馬蹄噠噠，車輪轔轔，轉眼走出去老遠。

金秀玉話都來不及回一句，眼睜睜看著馬車從面前經過，只留給她一個車屁股。

那車窗一開，李婉婷和李越之的小臉探了出來，衝她喊道：「嫂子下回見，今兒辛苦妳啦！」說完，還衝她直揮手，那臉上分明是得意的笑容。

金秀玉這才曉得被人設計了，頓時氣得半死，呼呼地衝進了廚房。

金林氏正端了一盆子碗盤勺筷進來，一面收拾一面問道：「李家那兩位少爺、小姐呢，還有那陳先生呢？」

「走了。」金秀玉沒好氣地回了一句。

金林氏只是「哦」了一聲，便將盆裡注滿水，洗起碗來，洗完了碗筷，她又燒了一鍋熱水，對女兒笑道：「妳提了熱水去替李少爺擦擦身，好叫他睡得舒服點，快去快去！」

她一面說著，一面將女兒拖了起來，金秀玉無奈，只得打了熱水、掛了毛巾，往西廂而去。

李承之醉了酒，一直發汗，若是任由他如此，到了後半夜天氣轉涼，那汗被風一吹，身上一受寒，非病了不可。

金秀玉也不是第一次替他收拾了，倒是熟門熟路得很，既不臉紅也不心慌，將盆子往床邊一放，伸手便去解他的外衫，三下五除二解了腰帶盤扣，替他翻了兩次身便將外衫除了下來。

裡面只剩下一身的白色內衫，用的是最適合夏日穿的葛紗，又輕又薄又透氣，映著燭光，倒似半透明一般。

李承之勻稱結實的肌理、流暢明快的身體線條，肌膚不算白，卻泛著玉一般細膩的光澤，燭光微微晃動，他的臉似染了胭脂一般，狹長的眼眉、濃密的睫毛、紅潤欲滴的嘴唇，都顯出一種顛倒眾生的媚態。

金秀玉腦中突然又浮現出那一捲畫軸，所謂管師傅的大作。

口乾、舌燥、臉紅、心跳，她將手裡的毛巾狠狠地捏住了。

金秀玉數著指頭算了算，與這個男人相識不過才三天，卻已經伺候了他兩回。在相識之前，那些傳言、那劉媒婆、那捲畫兒、那對活寶兄妹，都令她對這個男人的名字產生了一定程度的熟知；想必對方的情形也相似，以至於兩人的第一次見面，便少了一分生疏。

她絞了熱毛巾來替他擦拭，先是臉，再是脖子，毛巾拭過他光潔的額頭、挺直的鼻梁、線條流暢的下巴。

她伸出一根食指，點了點對方的鼻尖。「果然生得一副好皮囊！」

擦拭了脖子，她在衣領處頓了頓，猶豫了一下，還是解開了第一顆盤扣，露出肌理分明的胸膛，富有結實的彈性，原來男人的胸也可以這麼好看！

金秀玉忍不住在心底讚嘆了一聲。

她又絞了一遍熱毛巾，俯下身去擦拭他的身體。

李承之本是平躺著，此時突然翻了個身，金秀玉只覺身上一沈，跌在他胸膛上，臉正好埋在他的肩窩裡。

李承之大約是感覺到了懷裡的柔軟，兩臂一環，像抱著大抱枕一樣抱住了她。

金秀玉大怒，這是借酒裝瘋還是怎麼的！

她雙手齊動，在他身上狠狠地掐了兩把。

「啊！」

李承之慘叫一聲，身體大大地彈了一下，手臂自然是鬆開了，眼睛也睜開來。

「妳！」

他瞪大了眼睛，又是吃驚又是控訴地望著她。

金秀玉只狠狠瞪了他一眼，將掉在他胸膛上的毛巾拾起來，轉身往盆裡一丟，端起盆子便走，一個字都未跟他說。

李承之一頭霧水，四顧茫然，低頭看去，兩邊手臂上各起了一道紅痕，可見這女人方才那一掐有多狠。

金秀玉在院中倒掉了水，將盆子往地上一丟，盯著地板，面沈如水，一動不動。

金林氏已經收拾完了廚房回到東廂，因而廚房裡並無燭火，漆黑一片，堂屋門口掛著一盞氣死風燈，將院子與四面走廊都照了個模糊。

金秀玉氣呼呼地站在當地，見自己的黑影旁邊又慢慢延伸出一道長長的黑影，聽見身後輕微的腳步聲，不消猜也知道是誰。

背上覆了一層薄薄的溫熱之意。該死的傢伙，誰允許他挨上來了！

李承之本就磁性的嗓音在這燈火黯淡的黑夜裡更添了一分暗啞魅惑。
「生氣了？」
金秀玉不回頭，只冷冷道：「我為何要生氣？」
身後微微的胸腔震動，明顯是對方在低笑。金秀玉猛地轉身回頭，見對方一雙眸子，在朦朧中竟比白天更顯明亮，熠熠生輝，燦如星辰。
「你還敢笑?!」
她低頭咬著下唇，抬眼盯著他，像極了受了委屈的小媳婦。
李承之心中一熱，忍不住想更靠近一點。
「我倒問你，我弟弟沐生的事，縣衙是怎麼一個說法？」
李承之一愣，想不到她這時候突然問起這件事。
金秀玉卻也是忙中生智，若不找些別的話題來說，只怕兩人真個要曖昧起來。
見對方不答，她伸手輕輕推了一下。
李承之亮晶晶的眼睛注視著她，半晌，無奈地嘆息一聲，說道：「那劉阿三原是賭錢欠了債，被賭坊的打手尋隙鬥毆致死，也是無巧不成書，死因正是因為後腦受襲。而在此之前，妳與沐生二人都曾與之發生打鬥，先後擊打過他的後腦，這才讓知縣起了疑心。妳與劉阿三爭鬥之後，他雖一時暈厥，醒來後仍能在春水巷和沐生與佟福祿爭執，可見當時妳對他的襲擊並未造成嚴重傷害。而沐生二人與之打鬥時失手擊中他的後腦，恰巧與妳擊打的是同一部位，不久劉阿三便猝死，在未見真凶的情形下，劉知縣自然將沐生認定為首要嫌犯。」

「那後來怎地又查明了真相？」

「這也是沐生和佟福祿自個兒救了自個兒，審訊過程中提及，他們打暈劉阿三之後，又出現了三名大漢，疑似賭坊打手，正是衝劉阿三而去。知縣既得了這一訊息，自然要查訪那三人身分，加之仵作又重新檢驗了一遍屍體，得出劉阿三後腦連受三次襲擊，但是因最後一次傷口過深方才致命。劉知縣得了更確切的死亡原因，又提審了三名賭坊打手，真相自然大白，沐生也就無罪釋放了。」

金秀玉如聽評書，只覺離奇，不由嘆息道：「這就叫天網恢恢、疏而不漏，縣老爺到底還是個清官呢。」

李承之搖頭苦笑，劉知縣若是清官，又怎會將主意打到李家頭上？

金秀玉疑惑道：「你搖頭做什麼？」

李承之本不想提及自己的功勞，只是想到一樁妙處，倒是非讓她知道自己從中出力了不可，便說道：「妳當真以為這一切全是縣衙的功勞嗎？若不是我上下打點，縣衙又怎肯如此費心費力，幾番審訊、幾番驗屍，如此快速地破了案子，還妳弟弟清白？」

金秀玉直覺便想反駁，忽而想起當天那位劉師爺屢屢對她露出意味深長的眼神，便知對方所言不假。衙門口朝南開，到底還是要看人錢財辦事的。

「我如此勞心勞力，可算得上沐生的救命恩人？」

金秀玉看了他一眼，道：「今兒不是已經謝過救命大恩了嗎？」

李承之往前一步，幾乎貼住了她的身子，在她耳邊低聲道：「那戲文裡常說，救命之恩，當結草銜環相報。結草銜環於我李家無用，倒是有一樁事情，若妳肯幫忙，便算還了我的恩情了。」

金秀玉往後退了一步，垂著頭道：「什麼事情？」

李承之又往前一步，依舊貼著她的耳朵，說道：「便是我李家缺了一位少奶奶，妳可願頂這空缺？」

金秀玉待要往後退去，早被對方兩手握住腰肢。

像是貼了兩塊烙鐵，金秀玉只覺周身都滾燙起來，忙抬起雙手抵住了對方壓迫過來的胸膛。

「放手！」她低斥。

李承之乾脆伸手抱住了她。「不放。」

金秀玉抬起頭來，見他臉帶笑容，如頑童一般耍起了賴皮。

「李承之，你不講道理！」

李承之不禁失笑，用手捏住她臉頰上的嫩肉，說道：「妳不妨在淮安城裡打聽打聽，我李家行事，什麼時候講道理過？」

金秀玉一愣。是啊，從阿平、阿喜的性情，便可見李家的門風、李老夫人的家教，這李承之身為李家家主，李越之、李婉婷兄妹的榜樣，做些不講道理的事，又有什麼稀奇的？

直到此時，她才意識到，自己面對的可是從來不按牌理出牌的李家人。

李承之見她不語，乘機將她往懷裡一按，手臂又緊了一分。

金秀玉的臉貼著他的脖子，熱熱的，聞到的全是他身上的氣息。她動了一動，分不開，反而被抱得更緊。
就算你不講理，我也不能由著你欺負吧！
金秀玉在他耳邊惡狠狠道：「你再不放手，我可要喊人了！」
胸膛上傳來微微震動，又是對方在笑，只聽耳邊一陣熱氣，李承之這廝可惡的聲音說道：
「妳不妨叫一聲試試，妳爹已是酩酊大醉，妳娘可是一心盼著我做她女婿呢！」
金秀玉一窒，他說的可不就是實情？怪不得是生意人，樣樣都已經算計好了。
她又急又怒，不由用手在他腰上狠狠擰了一把。
一聲悶哼。
李承之明顯是調笑，一隻手滑下去，在她臀部打了一下。
「小娘子不乖，該打！」
力道不大，金秀玉卻只覺一股熱氣竄上頭頂，說不出的羞臊惱怒。
她身體動不了，乾脆一口咬在他肩上。
「啊！」
李承之慘叫著放開胳膊，抬手捂住了肩窩，待要說話，張開了嘴卻愣住了。
只見燭光搖曳中，金秀玉雙頰通紅，死死咬著嘴唇，淚水在眼眶中打轉，淚珠兒將墜未墜。
心臟一陣收縮。
原本是藉著那未退的酒意調侃這小人兒，藉此促進二人情意，如今被這淚光一照、夜風一吹，腦子頓時清醒個透，只覺自己犯下的是十惡不赦的大罪。

金秀玉拿淚眼盯了他半晌，扭身欲走。

若是笨男人，只怕就讓她走了，心一冷，今後便要多花幾倍力氣解釋求好；若是聰明男人，此時便該當機立斷服軟認錯，不過是一時置氣，軟語溫存自能輕易揭過。

好在李承之是後者，手一伸便將她攬進了懷裡。

「莫哭，莫哭！妳若有氣，只管打我！」

他手忙腳亂，不知該如何是好。

金秀玉只是垂著頭，不理會他，眼裡的淚水倒是又逼回去了，只剩惱意還在心頭。

想到自從李家放了話出來，要求身帶福壽命中帶旺的女子為婦，她便遭了李家的難，日日不得安寧，如今又被這男人欺負，心中所想，便是放句狠話叫他知道厲害，好一舉出了連日來的惡氣。

然而想來想去，無甚狠話好放，最後抬頭，冷冷地說了一句：「李承之，你莫要以為我金秀玉非嫁你不可！我只管叫我爹請媒說親，不消幾日便可說下良婿，你信是不信？」

她自覺此話狠毒，等了半日，竟不見對方回應，抬眼看去，只見眼前的男人面沈如水，目光如刀子一般。

不等她反應過來，眼前一黑，竟是李承之俯下臉來，在她嘴上重重一咬。

金秀玉只覺唇上一疼，驚愣住了。

「《大允律》：女子與男子肌膚相親，非其夫者，視同失貞，戴枷遊街之罪。」

話語幽幽，傳入耳中，她回過神來。

李承之捧住了她的臉，嘴角含笑，狹長的眸子燦如星辰。

「金秀玉，如今妳，只能嫁我為婦！」

第七章 豈敢以妾室相辱

一夜安穩不提。

東方綻露魚肚白，淮安城的東市向來比西市醒得早。

李承之醒來的時候，耳邊是隱隱約約的聲音，木輪欸乃、小販吆喝、銅勺鐵罐碰撞、各種嗓音的交談，匯成一曲雜響。

迷糊未完全清醒之際，只覺不如往日一般的寧靜，眼睛未睜卻已感受到了鮮活的生氣。

院子裡繩子呼啦啦下去，木桶掉在井裡發出悶悶的一聲撞擊，水聲咕嚕，繩子繃直了，搖動木柄，滾軸轉動，咿呀咿呀響著，滿滿一桶水被拎了上來。

「砰！」木桶落在地面上。

「嘩啦啦！」水倒進了木盆裡。

然後是毛巾掉進盆中，在水中絞著毛巾，水撞擊著木盆的內壁……

李承之微微瞇著眼睛，靜靜地聽著窗外的這一連串聲音，然後慢慢聞到了玉米餅的清香。

窗子底下有腳步聲經過，門扉開啟，吱呀一聲，那些原本隱約的腳步聲、車輪滾過地板的欸乃聲、小販的吆喝聲、人們問早安的招呼聲、還有叮噹的銅鐵碰撞聲，都撲了進來，如同原本靜止的水墨畫，突然充滿了色彩，鮮活起來了。

這就是東市的早上，這就是金家的早晨。李承之覺得有種前所未有的新鮮感，還有旺盛的生命力和濃郁的生活氣息。

「豆兒，去看看大少爺起了沒！」

金林氏的嗓門經過了一夜的休養，在這涼爽的清晨，顯得特別圓潤響亮。

「娘，妳小點聲，李家是富貴人家，不如咱們小老百姓起得早，此時恐怕睡得正香呢！」

金秀玉的埋怨雖然比金林氏要輕一些，他卻仍然聽得一清二楚。

唇邊露出一抹苦笑，誰說有錢人家就起得晚，他每月裡總有八、九回，天一擦亮便須起床。只是每次他早起，滿院子的下人都戰戰兢兢，滿府上下都不敢高聲，深怕惹了他這個煞星。

每每要到他吃完早飯、出了府門，眾人才算鬆一口氣。

今兒倒也奇怪，明明比平日醒得早，心情卻並無鬱悶，尤覺神清氣爽。

他起身穿了衣服，推開房門，早晨清新濕潤的空氣撲面而來，不由讓人精神一振。

金秀玉笑道：「你醒啦！我已備了清水、牙粉同毛刷，快來洗漱吧。」

她嗓音清亮，揚著小臉，透過雲層漏下來的幾絲光線正好照在她臉上，灑了淺淺一層金光。

李承之忽然覺得這樣的她，既親切又動人。

他慢慢地一步一步走過去，目光始終黏在她臉上。

金秀玉不等他走到，便轉過身去，腳下小碎步進了廚房。

李承之洗漱完，正好金老六也起了。

「家中床板硬，不知大少爺睡得可好？」

李承之微笑道：「甚好，一夜安眠。」

金老六一笑，自去洗漱。

端了早飯的金林氏和金秀玉從廚房中出來，原來堂屋門口已放了一張桌子，椅凳俱全，在這裡吃早飯，既透亮又清爽。

母女倆一面擺飯一面說著話。

「可要為沐生留飯？」

「他昨晚既是在佟家睡，想必早飯也在那兒吃，怕是直接從佟家去了學館，往日不都這般，娘怎的忘了？」

「確實如此。」

母女兩個碎碎交談著一些閒話，一面盛好了四碗粥，擺好了小菜、玉米餅，並筷子、勺子等物。

金秀玉將長長的辮子甩到背後，衝著院子裡的兩個男人俏皮地道：「兩位大老爺，早飯備妥了，若是洗漱完畢，便請過來用膳罷。」

金老六拿手指點了點，笑罵了一句「這丫頭」。李承之嘴角微微挑著，彷彿覺得自己便是這家中的一分子，這樣的畫面彷彿已經重複了成百上千個日子，熟悉融洽，渾然天成。

他坐下來，學著金家三口的樣子，將小菜挾到粥裡，喝了一口，然後拿了一塊玉米餅子，咬一口在嘴裡嚼著。

金林氏道：「今日要做多少蠟燭？」

金老六道：「做它兩百斤罷，後日便是七夕，鋪子裡生意好呢。」

似是在心中盤算了一下，金林氏先是沈默了一會兒，然後點頭道：「使得。」

金秀玉一面小口吃著，一面低聲對李承之道：「知道怎麼做蠟燭嗎？」

李承之搖頭。

金秀玉嫣然一笑道：「今兒便讓你見識見識。」

李承之只是看她一眼，老神在在地吃著自己的早飯，氣定神閒。

金秀玉算是明白了，這個男人，平日都是成熟穩重、斯文有禮，只是一沾酒，內裡的邪惡本質便都跑了出來。她暗暗在心中盤算，今後可得讓他少喝酒，尤其不能喝醉。

她這麼想著，卻連自己都沒有意識到，她已將對方納入了自己的照料範圍之內。

早飯完畢，金林氏和金秀玉母女自行收拾碗筷。

金老六對李承之問道：「大少爺可要巡視鋪面？」

李承之搖頭道：「往日繁忙得很，今兒個偷了一日閒，伯父若是不避諱，可容我見識見識那蠟燭製造的技藝？」

金老六一笑，說道：「大少爺可知這淮安民俗，未成親的準女婿，幫襯丈母娘家做活，那是本分。」

李承之也笑道：「承之身為淮安人士，怎會不知？只怕伯父嫌棄這毛腳女婿。」

金老六抿著嘴，但笑不語。

對方雖未表態，李承之卻已暗喜。

金家三口是合作慣了的，誰幹什麼活計，都有定例。

廚房收拾出來後，金老六先從廚房提了烏桕脂出來，這回有李承之幫忙，兩人提了滿滿兩大桶放在廚房。

一開始自然還是捲芯骨，這活兒金林氏和金秀玉都是做得極好的。

金秀玉照往常一般用棉片捲著蘆葦稈，金林氏則一面做一面教李承之。

難為李承之一個大男人，竟能捏著薄薄的棉片和細細的蘆葦稈，輕手輕腳地做活，一次、兩次之後，倒也似模似樣。金林氏不由誇道：「這做生意的，頭腦就是靈光，這學做活都比別人學得快！」

金秀玉一面做活，一面看著李承之捲芯骨，他手指修長、骨節均勻，襯著那鮮黃或嫩綠的蘆葦稈，倒十分的賞心悅目。

這人好看，手也好看。

李承之低著頭，十分專注地做著手上的活計，偶然抬了抬眼，與她目光相碰，復又低下頭去。

他們三人捲著芯骨，金老六則如往常一般，用芯骨刀鍘出長度一致的蘆葦稈來，備他們使用。

「唰！」一下，「唰！」又是一下，李承之瞧著有趣，金老六便讓他試試。

這活兒倒是輕鬆得很，他上手極快，第一刀下去還有參差，第二刀下去卻已然整整齊齊，金老六讚了一聲。「聰明人果然學得快。」

李承之雖雲淡風輕，嘴角卻仍洩漏了一絲笑意。

捲好了芯骨，接下來就是炸芯骨。

這活兒不難，就是拿一雙大筷子挾著攪著，金林氏說了一遍，李承之便會了，他接了金林氏遞過來的筷子，正在上灶，金秀玉叫了一聲「等等」。

她從碗櫃上方取了一條圍裙，攔腰圍在李承之身上，轉到他背後，繫上了帶子。

金林氏微微瞇起眼睛打量著李承之的長衫，點頭道：「是該如此，這樣上好的衣料，可不能糟蹋了。」

李承之看了一眼金秀玉，眼神略顯古怪，後者一臉無辜地回望。

這女人，帶子綁得也太緊了點兒吧——李承之不著痕跡地吸了一下氣，腰上勒得慌。

金老六將李承之炸好撈出來的一捆捆芯骨，先用芯骨夾濾掉多餘的油分，然後一一解開、攤開、晾乾。

金林氏則從一個大櫃子裡取出許多方方正正的小木板，上面都整整齊齊釘著大小一致的釘子，有的釘了九個，有的釘了四個。李承之默默地看著，見金老六將晾乾的芯骨一根一根穿在釘子上，放在一旁備用。

原本用來炸芯骨的便是烏桕脂加熱化開的油，如今芯骨已經全部炸完，金老六便往鍋裡添滿了烏桕脂，不多會兒便將脂體都化成了油狀。

只見金老六拿手指在油面上探了探，點頭道：「油溫正好，開始吧。」

金林氏便遞了一塊穿了四根芯骨的木板上去，金老六接過來，倒拿著木板，將芯骨都懸掛在下方，往油裡一浸，直達芯骨根部，然後往上一提，將木板倒放在一張大大的木桌上，四根芯骨成了支撐木板的四條腿。

李承之仔細看去，只見四根芯骨外表都沾了一層油膏，慢慢地往下流，形成上小下大的形狀。

金老六手腳極快，金林氏配合又十分默契，如法炮製，手勢如同兔起鶻落，不一會兒，便擺滿了一桌的木板。接下來金老六沒有繼續拿新的木板過來浸油，而是將已經浸過一次、第一層油膏已經冷卻凝固的木板又取過來，再浸了一次。

如此重複，慢慢的，芯骨外表裹著的油膏越來越厚，漸漸地就形成了人們平日所熟悉的大蠟燭的粗細和形狀。

李承之安靜地站在一旁，看著這蠟燭成形，眼睛不自覺地越瞪越大，忍不住道：「且讓我試上一試。」

他走上前去，從金老六手上接過一塊還未曾浸過油的木板，往油面上一探。

「嘶——」

金秀玉一驚，撲上去一把拽住他的胳膊往外拉，嘴裡慌道：「可是燙著了？」

「必是手勢不對，讓那油給燙了，快去外頭拿冷水沖洗。」

金老六話還沒說完，金秀玉早已拉了李承之風風火火跑出去。

院子裡正有一盆冷水，金秀玉握了他的手便往水裡泡，拿出來一瞧，果然食指、中指兩個指尖上各起了一個泡。

她握著這兩根修長的手指，皺起了眉頭。

臉。

「不過是燙了，不妨事。」李承之輕聲說著，目光卻並未落在自己手上，而是看著金秀玉的臉。

「這就叫富貴命，你呀，天生不是做活的人……」金秀玉埋怨著，抬起頭來，剩下的話都落回了嗓子眼裡。

這目光柔和得，真能滴出水來。手上一暖，竟是被對方反握住了。

金秀玉一驚。「做什麼?快放開!」

她一面說著，一面眼神便往廚房那邊飄去。

李承之緊緊地握著她的手，老神在在道：「妳這女子，太過滑頭，既是叫我逮住了，哪能輕易放手!」

金秀玉幾下掙脫不開，不知不覺臉上也染了一層紅暈，明明是朗朗乾坤，總覺得彷彿在偷情一般，尤其是爹娘隨時可能出來見到。

「你、你快放手!這青天白日的，成何體統!」

李承之卻偏偏不放，只管牢牢抓住了，任由她掙扎，倒似那戲耍老鼠的貓兒找到了樂趣。

這時，金老六站在廚房門口，揚聲道：「蠟燭已成形，只剩一道改紅，大少爺可有興趣一觀?」

李承之忙鬆開了手，站起身來應道：「自然要看。」

金秀玉乘機將自己的手縮回來放入懷裡，心口仍撲通撲通亂跳。

金老六和李承之先後進了廚房，只見桌上整整齊齊放著一板一板白色的蠟燭，金林氏正將鍋裡多餘的油都舀出來盛到原來放烏桕脂的木桶裡。

金老六則提了一桶紅色的烏桕脂過來，倒進鍋裡，金林氏到灶口添柴加火，不一會兒，便是一鍋子大紅色的烏桕油。

專門又有一個陶缸，金林氏將化開的紅油舀進陶缸裡。

只見金老六提了一塊木板在手上，往陶缸裡一伸，又重複著浸油的步驟，這回沾了油膏的蠟燭外表就變成了紅色。

這才是平常所用的蠟燭呢。白色的只能喪事用，這紅色的才能用在紅事，或者祭祖、或者祈福等用途上。

已經完成最後一道功夫「改紅」的蠟燭，尚在等待冷卻凝固，一排排的木板整整齊齊放在桌上，有高有低，蠟燭也有粗有細，四根釘的木板，蠟燭就粗些、長些，九根釘的就細些、短些，若有十六釘的，自然更加細小。

李承之道：「聽說金伯父有門獨家手藝，便是能描繪龍鳳燭，淮安城內獨此一家，別無分號，不知今日承之可有幸見識？」

金老六笑了笑，用實際行動做給他看，一個畫、一個看，一時屋子裡便安靜下來。屋子裡一安靜，外面院子裡的動靜便聽得一清二楚。

金林氏已經出了廚房，正在院子裡叫嚷。「豆兒，快來與我洗菜，午飯等著下鍋呢。」

金豆兒不滿道：「一天不得安生，我便是想做件繡活也做不成。」

「啊呀！說得倒是，妳那繡活，實在拙劣得很，將來嫁了人，定要被婆婆妯娌嫌棄，妳還是回去練習繡活的好。」

「那菜不叫我洗了？」

「這活兒不要妳摻和，妳快去做女紅，這家事裡頭單單就一手繡活見不得人，便是將來成親了，難不成還要妳老子娘與妳做鴛鴦蓋頭不成？」

金秀玉大約是往回走，腳步踢踢踏踏的，只聽得水聲響，大約是金林氏開始洗菜，她嗓門大，即使是自個兒嘀咕，廚房裡也能聽個大概。

李承之豎著耳朵聽著內容，大約就是抱怨金秀玉去年便已及笄，直到現今，與女兒家的操守品德上頭仍是一點不上心，只有叫她這做娘的操心云云。

他聽得只覺好笑，就聽旁邊金老六開了腔。

「承之。」

李承之忙回過頭。

金老六面色莊重地說道：「這製蠟燭的一色流程，不過是微末技藝，雖能傍身立命，卻難得大富大貴，然你可知，我為何要將這雕蟲小技細細說與你聽？」

李承之道：「承之雖能猜測，仍恭聽伯父教導。」

他不以首富自大，不曾看不起這蠅頭小技，金老六對此十分滿意。

「你年紀輕輕已是李家家主，可見前途無量，而豆兒不過是一小小蠟燭匠女兒，既無過人美貌，也無財富傍身，雖無失行敗德，也不敢以賢良自居。你李家高門大宅，若非赤字誠信，我絕不敢將女兒往府裡送。」

他越說臉色越是嚴肅，李承之雖是商場歷練已久，此時也不敢掉以輕心。

「今日教你這家傳技藝，對你李家萬貫家財來說雖是不值一提，卻是我試探之心，加上幾日相處之感，你胸襟朗朗，正直無方，不驕不傲，確是個好男兒。」

李承之微微低著頭，全然謙遜之態。

金老六道：「我如今便是要你一句話，你可是真心求我豆兒為婦？」

李承之正色道：「真心誠意，絕無虛假。」

金老六目光凌厲，即使以李承之這般歷經磨練的心性，也覺壓力陡增。

點了點頭，金老六反而臉色更加凝重，凝聲道：「既是真心，可是求我豆兒為妻？」

李承之躬身道：「正是求為正妻，豈敢以妾室相辱！」

金老六緊緊盯著他，李承之也不卑不亢，垂目正色。

「如此，甚好。」

金老六淡淡吐出四個字，李承之臉上不顯，心內卻大喜過望，曉得對方是真正認同自己這個女婿了。

他正面朝著金老六，大大地做了一個揖，道：「多謝伯父。」

金老六笑了笑，這回倒是又起了開玩笑的心思，說道：「但願這『伯父』，不日便能成為『岳父』，哈哈。」

李承之也綻開笑容，轉過身大步出了廚房門。他前腳一出，金林氏提著濕答答的菜籃子，輕手輕腳跳進來，貓兒一般悄無聲息。

「如何？可是應了？」

她問話語速極快，顯見得心中雀躍疑惑。

金老六也不應她，只老神在在，笑咪咪道：「佳婿難得，妳等著做丈母娘吧。」

金林氏一張臉頓時跟百花盛開一般。

西廂房內，金秀玉正端坐在凳上，膝上放了一只針線籃子，手上拿著個繡綳，牽著綠色的絲線，正在上下引針。

她本是現代人，哪裡做過這樣精細的針線，別說這般傳統的繡活，便是最常見的十字繡，也只能繡個簡單的飾品，若是抱枕之流，手藝便顯得粗糙拙劣。

只是如今忝為古代大允朝人士，入鄉隨俗，尤其女兒家若想將來嫁人後生活和樂美滿，一手針線活真是少不得。凡是丈夫公婆小姑，所穿衣物鞋襪總得媳婦張羅，若是不會做針線活，或者手藝粗鄙，只怕與這一事上頭，便讓婆家不喜。

經過三年的歷練，金秀玉如今的針線已是大為改觀了，偶爾也有能現世之作，只是在土生土長的古代婦女金林氏眼中，仍然需要大大的進步。

此刻她正埋頭苦練，繡著一只石邊竹的荷包，突覺光線一暗，抬頭看去，卻是李承之擋住了門口。

「做什麼攔在我房門口？」

李承之心內大大雀躍著，臉上卻神色如常，只是眼睛比平時更加亮了一些，燦如星辰。

「這荷包，用色淡雅，又是石邊竹的圖案，不知是做給哪一個？」

金秀玉正想回答，是做給自個兒用的，話到嘴邊才發覺不妥。這石邊竹的圖案，她用的是鴉青色、翠綠色的絲線，底下布料則是素白的。

原本覺得顏色優雅素淨，不曾想到其他，如今李承之一問，她才發現這樣的用色圖案，通常都是男人用的，女子尤其是少女，多用花朵的圖案，顏色也是鮮豔粉嫩為主；而這荷包，也不適合金老六這樣上了年紀的男人使用，況且他是個手藝人，本來就不大用荷包這樣精細的事物；金沐生嘛更加不可能，正是調皮跳脫的時候，渾身上下恨不得雪洞一般乾淨，金林氏可不敢給他加上絲毫累贅。

這荷包，合該是給年輕男子使用的，比如，李承之這樣的男子。

金秀玉垂著頭正想著如何回答，只聽李承之淡淡地開了口。

「南湘一帶民間習俗，女子議親之後便要為未婚夫繡好一只荷包，成親之時掛與新郎身上，意為今後家有牽絆，望新郎從此收心斂性，勤做活、積錢財，養家立業。」

他嗓音低沈，略顯沙啞，一字一字慢慢從口中吐出，金秀玉只覺如聽書一般，漸漸入了迷，憶及前世雲南之地有民謠，名「繡荷包」，詞兒是這麼唱的——

小小荷包，雙絲雙線飄，妹繡荷包麼掛郎腰；妹繡荷包麼，掛在郎腰……

這邊廂正為了一只荷包心思繾綣，那邊廂金林氏已是熗起了鍋，傳出陣陣菜香。

此時，就聽院子外頭的金玉巷隱隱約約傳來喧譁聲，彷彿趕集日一般，車軲轆聲、吆喝聲、雜談聲混雜在一起，聲浪一波接一波，漸漸地便到了金家門外。

金老六正挑了幾對足斤大蠟燭在東廂房裡描金，屋裡對著院子的窗下放置了一張大大的桌案，金老六拿松香水調了金粉，剛畫了一筆。

金林氏從廚房內走出來，手裡還拎著鍋鏟，皺著眉頭道：「莫不是耍寶討錢的來了？怎的如此吵鬧？」

西廂那頭，金秀玉和李承之也站到門外看著。

那一陣一陣的喧譁聲到了金家門外竟停住了一般越來越響，男女老少、各種各樣的聲音都有，不多時，金家的院門便被人拍得山響。

這兩扇院門這一陣子都特別勞苦，早早晚晚總有人上門，個個都是耿直大力的主兒，敲起門來都「砰砰」直響。這回更是不一樣，這回不是「砰砰」響，而是「哐哐」響，只見那門楣之上的積塵撲簌簌往下掉。

那門可不是什麼好材料，只是普通的木門罷了，若這般敲下去，只怕這門就要倒了，急得金林氏大喊：「來了來了，砸門呢這是！」

她提著鍋鏟便奔了過去，兩手一拉，將院門拉得大開，頓時一片敞亮。

金林氏傻眼了。

這哪裡是趕集！城隍廟的廟會也沒見這麼多人。

金家門外的地方本來就不大，幾輛馬車兒便將門外擠得滿滿當當，還有更多的馬車沿著金玉巷一路排到了巷口。

許多人正從車上往下跳，穿紅配綠，年長的婦人、年輕的媳婦子，還有那未出閣的大姑娘，個個戴金配銀，那些耀眼的首飾在陽光下一照，閃閃發著亮，金林氏只覺眼前金光萬丈，閃得眼睛都要花了。

「伺候姑娘下車。」

「嬤嬤小心。」

「你仔細點，摔了姑娘，怕不打你幾大板子！」

各種吆喝聲此起彼伏，場面熱鬧極了，各色人頭攢動，烏壓壓一片，金林氏拿眼睛掃了掃，怕不得有近百人。她一雙眼睛忙不過來，看看這個、看看那個，倒不知是什麼陣仗。

一個中年男人站在人群中大喊：「車兒都往後往後，一字排好，可別將這巷子都堵了！若是堵了少夫人出行，得罪了這位將來的主子，你們就都等著扣月薪、喝西北風吧！」

說得人人都笑起來，各輛馬車都有車夫，笑歸笑，倒是趕著車兒開始排隊，亂中也有序。

金林氏瞪大了眼睛，那喊話的男人倒是認得，不正是沐生新近拜了的武師父——陳東？她待要高喊一聲「陳先生」，將對方叫過來問個清楚，只聽耳邊一個聲音響起，銀鈴一般的清脆。

「這位可是金嬤嬤？奴婢這廂見禮了！」

金林氏是站在門檻上的，地勢高，低頭看去，只見臺階下俏生生站著一個年輕的姑娘，豆綠色衫子、月白色裙子，頭上一朵粉綠色的絹花兒，壓著一支亮閃閃的桃花金簪。

金林氏目光先是落在那簪子上，然後才看到對方的臉，是個清秀甜美的姑娘，一雙眼睛又圓又亮。

這姑娘見了金林氏的模樣，先是捂嘴笑了一聲，又是淺淺一福，道：「奴婢是李家丫鬟，名喚真兒，見過金嬤嬤了。」

金林氏張大了嘴，從對方那金簪的誘惑上回過神來，慌亂地道：「姑娘不必多禮。」

真兒又是輕笑一聲，說道：「李家冒昧來訪，只怕驚擾了貴府。這是我們老夫人，還請嬤嬤過來見禮。」

她一面說著，一面將身子往旁邊讓，一位年輕姑娘扶著一名老婦人便走了上來。

金林氏這會兒才反應過來，方才真兒自稱是李家丫鬟，這淮安城內，還有哪個李家能有如此陣仗？那麼眼前過來的，豈不正是李家的老夫人！

淮安首富當家太君李老夫人呢！

金林氏下意識地就把手在圍裙上擦了擦，猛然發覺自己還拎著鍋鏟，忙往旁邊一丟，「噹啷」一聲丟在了門後角落裡，只聽幾聲竊笑，卻是幾個身量未足的小丫頭捂著嘴笑。

李老夫人扶著青玉的手走上來，身後一眾僕婦丫鬟們都已下車，自然是跟了上來，鬧鬧嘈嘈一大群。

人多自然會形成氣勢，金林氏忍不住嚥了一下口水，背後出了一層薄汗。

「這位便是金嬤嬤了吧？」

李老夫人先開口問了一句，金林氏忙攏了心神看去，這一看，才覺得真叫人與人不可相比。

李老夫人頭髮雪白，年紀自然是一大把了，但臉色卻比金林氏還要飽滿紅潤，一雙眼睛清澈如水，倒似能看透人心。

一身褐色的衣衫繡著精緻的雲紋和如意，金林氏暗暗咋舌，這樣光滑柔軟的料子，怕不得好幾十兩一疋？再看人家頭上，雪白的頭髮整整齊齊梳了個髻，扣著一彎精緻的玉鈿，左面插著兩支祖母綠的翡翠簪子，都是如意的簪頭，卻不知是怎樣的巧手，才能將老人家的髮式也梳得這般精巧，莊重卻不顯老氣。

扶著李老夫人的是一雙青蔥玉手，金林氏先是看了一眼那腕上鑲了七彩寶石的金鐲子，然後順著手臂一路往上，看到了這手的主人。

俊眉鳳眼、顧盼神飛，一身湖綠色的紗裙，襯得她整個人俏生生如同剛剝的新筍。金林氏見識淺，自然不認得那是上等的雲茜紗，最是襯人膚色的。

這衣料不認得，那頭上的紅寶石髮釦和墜了紅綠兩色寶石的步搖，以及耳上一對金耳環，金林氏卻是認得清清楚楚。

這時候，真兒為她引見道：「這是我們李家老夫人，這是老夫人的貼身大丫鬟青玉姊姊。」

照理說，李家除了李婉婷，便沒有正經小姐，那麼這位該是個丫鬟。

李婉婷是年紀小，尚且不宜盛裝打扮，金林氏頭一次見她，也沒覺得穿戴如何華麗，今兒一見李老夫人和青玉，才知道什麼叫做富麗堂皇人上人。人家這一身行頭就不下百兩銀子，這才叫通身氣派呢！

再看後面一群老老少少的僕婦丫鬟，哪個身上沒一、兩件金銀首飾或者珠寶玉器？

這李家，果然不愧是淮安首富！

金林氏一面感嘆著，一面立刻笑顏如花，大大地福了一福，道：「奴家金林氏見過李老夫人。」

李老夫人點點頭，笑道：「我們來得冒昧，恐驚擾了貴府，還請金嬤嬤見諒則個。」

金林氏忙擺手道不敢，這李家上門誰敢說是驚擾？貴客臨門、蓬蓽生輝才是，只是她肚子裡沒點墨水，又不曾迎過這樣盛大的場面、接過這樣尊貴的客人，自然便有些頭腦發昏，口齒不靈了。

李老夫人又招了一招手，兩個家丁抬上來一只箱籠。

「這是我的一點見面禮，還請金嬤嬤不要嫌棄。」

那箱籠雖然未開，但瞧兩個家丁的模樣，必是有些分量的，這李家出手，還能寒酸不成？金林氏只有高興，哪有嫌棄的。

「老夫人真是客氣人，哪裡用得著如此大禮呢！」

李老夫人擺手道：「我這禮卻是不得不送。李家人丁單薄，老婆子總共才有兩個孫子、一個孫女，如今呢，兩個小孫孫同我置氣，一個大孫孫又在外借宿不歸，剩我一個孤寡老婆子淒淒涼涼，無法，只得厚著老臉來求孫子回家。金嬤嬤，我那大孫子既是在妳府上，妳可得與我勸上一勸、問上一問，倒不知妳家裡有甚寶貝，引得他連家也不回了？我這老婆子別的沒有，錢倒還有幾個，妳若捨得，便將那寶貝賣與我，我也好領著孫子回家團聚。」

她一面說，一面露出淒苦神色，又是言辭懇切，忍不住要掉點眼淚出來的。

李家眾人都知道這位老夫人的妙處，紛紛捂嘴偷笑，一人聲音雖小，這近百人的場面，動靜無論如何也小不了，於是便頓時嘻嘻哈哈一片。

金林氏既尷尬又驚訝，這李老夫人的做派，倒是她從未料到過的，此時便想起女兒常說的感慨，這李家，從來都是特立獨行的，今日見到當家太君，果然也是如此。

「老夫人說笑了，外面日頭大，快請進屋來坐，快請快請！」金林氏一面說著，一面伸手往院子裡讓。

李老夫人點點頭，兩個家丁先抬了箱籠走在前頭，青玉、真兒扶著李老夫人往裡走，後面立刻便有僕婦丫鬟跟上來。

金林氏一見門外的陣仗，頓時一張臉便皺成了苦瓜，暗想這上百號人，就算拆了房子，也騰不出這麼多地兒來安置呀。

「金嬤嬤莫急，咱們李家下人自有規矩，誰能進來、誰該在外頭等著，他們心裡都有數，不會讓嬤嬤為難的。」

原來是青玉在同金林氏說話。

從見面到現在，青玉還是頭一次開口說話。金林氏原只覺得她穿戴像個小姐，如今見她口齒伶俐、鳳眼含威，自有一種氣勢，一時唯唯諾諾應了，跟在後面進了院子。

果然李家自有規矩，不過少數十幾個僕婦丫鬟進了院門。

金林氏走在前頭，只聽見身後竊竊私語。

「咱們家大張旗鼓而來，淮安城裡人人曉得，怎的金家反倒兩耳不聞窗外事，一點子準備都沒有？」

金林氏恍然大悟，怪不得楊嬸、花嬸前後腳上門，原來是聽到了音信，知道金家要富貴了，提前討好來了。

「哎呀，這地面真硬！」

「喲，這許多土，可別髒了我的新衣裳。」

「姊姊妳聞，倒是有股什麼味兒。」

小姑娘家的，都是李家嬌寵慣了，瞧不上金家的舊院子，一時偷偷議論著，多有嫌棄。

金林氏聽見了一些，雖是羞惱，但大頭正主兒在前面，也顧不上這許多。

倒是青玉，耳朵尖著呢，離著遠，聽得比金林氏還清楚，不過回過臉冷冷地看了她們一眼，也不見怎麼目露凶光，眾人便都噤了聲，老老實實規規矩矩地低頭走進來。

金林氏暗道，這是個厲害的，豆兒將來進了門，倒要小心她。

金林氏引著李老夫人一行人進了堂屋坐好。

金老六也從東廂房出來，到了堂屋，同李老夫人見了禮，分賓主坐定。

雙方還未開口說話，李承之和金秀玉前後腳進了堂屋，眾人的目光頓時齊刷刷看了過去，尤其李老夫人、青玉、真兒等人，這是第一次見金秀玉本人，恨不得上上下下、前前後後、裡裡外外看個遍。

金秀玉本不願同李承之一起進來，屋裡這坐的都是雙方長輩，場面顯得跟見家長似的，只是畢竟是正經客人來，總不好躲在房裡，俗話說醜媳婦難免見公婆，到了她這裡，倒真是正解了。

李承之和金秀玉分別給長輩們見了禮，一個坐到了李老夫人下首，一個站到了金林氏身後，反倒更加顯得跟一對小夫妻似的。

李老夫人笑眯了一雙眼睛，頗有深意地看了一眼金秀玉，揚長了聲音道：「金老弟好福氣，有個如此水靈通透的閨女。」

金老六笑道：「過獎。」

金林氏則說了聲：「老夫人稍坐，我這便泡茶去。」

經過了第一道的驚慌，如今她倒是鎮定得很，言行都只當是街坊來家常小坐，說完了話，便拉了女兒出去。

母女兩個進了廚房，金林氏的菜炒到一半，臨時洗鍋煮水也不大合適，金秀玉便拎了炭爐出來煮水，就放在廚房門口，正好能看到堂屋裡的情形。

金林氏尋了一套正月裡才用的上好瓷器茶具出來，又尋了藏得嚴嚴實實的上等茶葉，都交給了女兒，吩咐她手腳快些，泡了茶端上來。自個兒則整治了一盒子點心瓜果，正好有楊嬸子送來的時鮮葡萄，便借花獻佛了。

金林氏端著點心果品進了堂屋，在李老夫人面前放好，自行在金老六下首尋了個墩子坐了。

滿屋子人，只把金秀玉一個撇在了外頭。

只聽李老夫人道：「老婆子向來心直口快，也不同你們兩位繞圈子，想來坊間傳聞，兩位已是聽過了，那劉媒婆也上過門，只是被金姑娘一句話給頂了出去，那也怪她自個兒不會說話，與兩家情分無礙。咱們兩家這樁兒女婚事，兩位也是心裡有數，老婆子今日也是豁了一張老臉，親自為孫子求親來了。」

她一開口便說了個通透乾淨，金老六和金林氏倒一時不知該如何應對，這時候，金老六便是一家之主了，金林氏只拿眼睛看著他。

金老六先咳了一聲清清嗓子，然後說道：「承之這孩子，我很喜歡。他與豆兒兩個，也是見過面、相處過幾日，看著情形，小兒女們心裡頭倒是願意的。」

李老夫人擊掌道：「著哇，金老弟快人快語，咱們兩家也是脾氣相投，不理會那些個繁文縟節，小兒女們心裡頭願意，咱們做父母長輩的自然樂見其成，那這門親事，可不就沒阻礙了？」

金老六尚未說話，金林氏倒搶先道：「這卻不急，婚姻大事，還得慢慢商量才是。」

她是心心念念要把女兒嫁進李家的，不過卻絕對不能倉促了，不然金家要叫李家小瞧了去。

李老夫人什麼樣的人沒見過，一看金林氏的表情就心裡有數了，回頭對青玉使了個眼色。

青玉從袖中取出一個紙封，對金老六和金林氏說道：「咱們家是誠心誠意來求親，老夫人也早計量好了聘金，還請兩位過目。」

她將紙封遞過去，金林氏接過手，正要打開看，金老六抬手按住了她。

「聘金倒是不急。老夫人說的在理，既是小兒女們樂意，咱們也是樂見其成，只是有一樁要先議好了，李家是求我家豆兒為正妻，還是做妾室？」

李老夫人先扭頭看了一眼李承之，見孫兒目光堅決，便回過頭來笑道：「自然是做正妻，金姑娘進了我李家的門，便是正正經經的大少奶奶。」

她話音一落，金林氏手便是一哆嗦。

金老六挪開了按住紙封的手，金林氏忙打開了仔細觀瞧，一面看著，一面臉色便脹紅起來。

人人都知道，她是因那聘金之豐厚而心緒激盪。

「雖是定了正妻之位，我仍要討承之這孩子一句話。」

李承之接到金老六的目光，自然曉得是什麼意思，便站出來躬身正色道：「承之必真心善待秀玉姑娘，不敢有一絲的辜負。」

金老六滿意地點頭。

這時候，金秀玉已泡好了茶，拿一只大托盤盛了茶壺、茶杯，穩穩地端進堂屋，分別給李老夫人、李承之和金老六都倒了茶。

她自覺做完了禮數，該站到一旁，不想被李老夫人一把握住了手。

「這孩子，我瞧著著實喜歡！」

李老夫人笑咪咪地將她拉到身前，輕輕摩挲著她的手。

金秀玉只覺臉上身上背上，都是眾人落下的目光，從未經歷過這般陣仗的她，此時不自覺地便心慌起來。

李老夫人摸著她的手，臉卻向著金老六，說道：「那這門親事就算是定了，這成親的日子、聘金等事，咱們這便商量起來罷。」

金秀玉吃驚地抬起頭，不過一壺茶的工夫，怎麼就說定了親事了？

古人說親不都是有各種講究，看相貌、問品行、測八字，最後才到議日子，她方才在院子裡坐著，雖聽不真切，但瞧著也沒說幾句話，怎的三言兩語就把門親事給定了呢？

倒是青玉察言觀色，看出了金秀玉的驚疑，便開口說道：「金姑娘是害羞了呢，瞧這臉兒都紅了。」

眾人都看向金秀玉的臉上，果然有些小女兒的羞態，都善意地笑起來。

金秀玉掙脫了李老夫人的手，躲到母親金林氏身後。

青玉乘機跟李老夫人耳語了幾句，李老夫人笑起來，說道：「怪不得這孩子害羞呢！她這親事議得也著實快了些，不過咱們兩家雖是第一次議親，這雙方兒女的品貌卻是早已熟知的了，也是水到渠成，莫非，金姑娘還看不上我這大孫子？」

金秀玉大羞，就是在現代，也沒有這樣當著眾人的面問女孩子願不願意嫁給人家的，這李家的做派，真是著實考驗人哪。

她低下頭去，恨不得將整個身子都縮在母親懷裡，這會兒倒是發現裝小女兒姿態是個好手段。

李承之暗暗給奶奶遞了個眼神，後者會意。

「這卻要糟，金姑娘若是不願意，豈不是咱們做父母長輩的強按牛吃水？日後若是小夫妻起了齟齬，定要怪我們亂點鴛鴦。」

金林氏見素來大方的女兒關鍵時刻龜縮起來，生怕這到手的好事溜了，趕忙說道：「婚姻大事，父母之命媒妁之言，女兒家哪有自個兒摻和的，只管咱們議定便可。」

李老夫人搖頭道：「這話卻不妥，人家是父母之命媒妁之言，我李家卻是最不喜強迫行徑，若非你情我願，這親事不提也罷。」

金林氏大急，忙拿眼睛瞪著金老六。

金老六看了一眼李承之，道：「解鈴還須繫鈴人。這事兒嘛，還是由他們小兒女自己解決罷。」

李老夫人立刻看了孫兒一眼，李承之暗喜，站起身來，衝三位長輩作揖道：「承之暫且告退。」

他大大方方走過來，牽了金秀玉的手便往外走。

金秀玉嚇了一跳，人人都看著呢，怎敢如此，忙要甩開手。

李承之暗道妳老子爹都暗示了，我還不抓著機會？只管牢牢握著她的手，拖了出去。

耳房盡頭有個小門，門外是幾枝竹子、一個死角，靜幽幽從沒有人闖入過，李承之也不知是什麼時候發現這個角落的，拖了金秀玉出了小門，將門一關，只剩二人在這小天地裡。

金秀玉生出危險之感，盯著李承之道：「你要做什麼？」

李承之也不回答，一伸手便抱住了她。

雖不是第一次，金秀玉依然狠狠心跳了一下，只覺腰上手臂如同鐵鑄，緊緊勒在身上，胸、腹、腿，都與對方密密貼合。

她這回倒不是怕了，眼睛一瞪，怒道：「李承之，你真當我是好欺負的，快點放手！」

李承之牢牢抱著她，說道：「妳何時答應親事，我便何時放手。」

「好無賴！」金秀玉掙扎起來。

李承之雙臂猛地一緊，低頭便咬住了她的嘴唇。

金秀玉瞪大了眼睛，渾身一僵，正好讓那男人乘虛而入，縱橫掃蕩。

駁。

這角落裡幾枝竹子長勢倒十分旺盛，抽得又細又高，頂上片片竹葉遮住了日光，灑下一片斑

兩個人兒倒像是經歷了一場大戰，各自氣喘吁吁，金秀玉嘴角破了一點皮，殷紅一點，嘶嘶抽著氣。

「哪有這般野蠻的！」

李承之將她往胸口一摟，桃花眼裡露著一絲邪氣，挑著嘴角道：「不如此，哪能馴服妳這小野貓！」

金秀玉捶他一記。「你才是野貓！」

李承之才不管她的嬌嗔，鬆開雙臂，轉而緊緊握住了她的手，說道：「妳這就是答應了。莫讓長輩們久等，我們這就去告訴他們好消息吧！」

話音未落，便拉開小門，又將人拖了回去。

餘下的事，自然不消這兩個小兒女操心，李老夫人、金老六、金林氏都是過來人，婚事該如何操辦、聘金該如何安排，他們自會商量，還有那青玉，也是一把當家好手，四個人同時開口，宛如一台戲，熱鬧得很。

只可惜李婉婷和李越之這兩個小鬼不曾來到，錯過了這樣精彩的場面。

七月初五，李家少主李承之同金家大姊兒金秀玉議定親事，婚期定在九月十五。

九月十五，黃道吉日，宜嫁娶。

淮安城中，街頭巷尾，紛紛云云，一時傳為佳話。

第八章　居然有小妾

李府花廳。

李老夫人躺在貴妃榻上，真兒拿一只蒲團墊了膝蓋，跪著替她捶腿；青玉坐在榻尾，替她修剪著指甲；三兩個小丫鬟站在角落裡候著。

窗上的湘妃竹簾捲得高高的，窗扉大敞著，一片光亮，可看見院子裡一眾丫鬟僕婦們，蔭涼處做針線的、吃零嘴閒聊的、甩著團扇撲蝶的，花木繁盛，濃蔭遍地，眾人嬉鬧著，也不覺得熱，自有一份閒情逸致。

李老夫人眼睛微瞇，似是快睡著了。青玉用小剪子替她修剪完左手小指的指甲，開口說道：「明志院裡已經派匠人丈量了屋子，那家具是哪裡訂做的好呢？」

「嗯──」李老夫人鼻間綿長悠揚地嗯了一聲，慢慢撩開了眼皮，鬆懶懶道：「上次不是提到南邊柳州的木活兒好嗎，拔步床也是有名兒的，正好慎哥兒下月去南邊走貨，就讓他去採辦。」

青玉應下了，又道：「那麼衣裳帳褥又到哪裡置辦？還有金銀器皿並珠寶首飾等物？」

李老夫人沒回答，只輕輕拍了拍真兒的頭，問道：「真兒可有盤算？」

真兒張著一雙圓圓的眼睛，眼珠滴溜一轉，笑答：「要說做衣裳帳褥的布料，還是雲州最好，青玉姊姊不是最愛那雲州的雲茜紗嗎？那邊的繡娘也好，做的衣裳樣式都是極新穎別致的，咱們李家繡坊頂尖的幾個繡娘就是從雲州招來的，雲州離咱們淮安也近，採買也方便。」

李老夫人目露讚許，青玉也認同道：「這事兒卻得讓七奶奶派人去辦，她是管繡坊的，最熟悉這些。」

李老夫人點頭，嘆道：「李家眾多親戚媳婦中，就數小七媳婦兒最能幹，又是官家小姐出身，見識也高，她辦事我放心。」

青玉點頭，又問真兒道：「那麼金銀器皿還有珠寶首飾呢？」

真兒道：「說到珠寶首飾、金銀器皿並各種玩物，自然還是京城的最時新，又是宮裡流出來的式樣，最氣派不過。京城的生意都是咱們家直接派掌櫃打理著，大少爺最清楚了，只管讓大少爺派人去辦便是。」

老夫人摸了摸她的頭，笑道：「妳倒也清楚。」

真兒嘻嘻笑著。

此時，青玉已替李老夫人修完了指甲，收了剪子，另到一個櫃子前取了一本冊子，又取了一支筆。

這花廳常做李老夫人、青玉以及府內各管事嬤嬤議事之用，文房四寶都是常備的，真兒伶俐，早已站起來磨好了墨，青玉拿筆蘸了墨，便在冊子上記下了這三件事，並分派人手、預算開銷等。

李老夫人從榻上坐起來，一個小丫鬟遞上來一盞茶，她接過來手裡端著，看著青玉道：「虧得有妳，這家當得清楚明白。金家那孩子，脾性品貌都合我意，卻不知當家的本事如何。」

青玉吹著紙上的墨漬，一面說道：「我瞧著，金姑娘是個聰慧的，只要老太太悉心調教，哪有學不會的理？」

「這倒也是。」李老夫人點著頭。

真兒笑道：「不會當家倒不要緊，只消有一樁合老太太的心意便可。」

青玉和李老夫人，以及幾個小丫鬟都拿眼睛看著她。

「只要過門後趕快給老太太生個白白胖胖的小曾孫，怕不比什麼都強！」

一句話說得屋內眾人都笑起來，李老夫人擰了她一把，拿手指點著，說道：「妳眼睛倒尖，金家那孩子臀部渾圓飽滿，倒真像個能生的。」

真兒捂著嘴，幾個小丫鬟也都竊笑著。

青玉合上冊子搖頭道：「咱們家的門風便是老太太帶壞了，當著小姑娘的面兒，什麼都敢說！我勸哪，老太太還是快些收了笑容，大少爺的終身大事倒是定了，二少爺和三小姐也該操心起來。」

李老夫人不以為然道：「阿平、阿喜年歲尚小，急什麼。」

青玉不贊同地斜她一眼，說道：「看著小，也都十歲了呢。男孩兒學在外經營的本事，女孩兒學操持家務，不也得兩、三年？咱們家這兩位小祖宗又是不服管教的跳脫性子，不得比別家孩子多花費時日嗎？」

她這麼一說，李老夫人也正視起來。

青玉接著道：「阿平倒不急，只管等大少爺成了親，親自帶在身邊教導生意經便是。他平時跟著先生學課業，也是肯用功的，只要離了阿喜這個混世魔王，便是正經學生一個。難的是阿喜！十歲大的女孩兒，整日價惹是生非，在家倒也罷了，自有咱們慣著，將來嫁了人，可就難說了。」

李老夫人越聽越覺有理，忙問道：「依妳看，阿喜要如何教導才是？」

青玉道：「不如先從學習女紅開始，也好先收斂了她的性子。」

一說到女紅，李老夫人和真兒都閉緊了嘴巴，互相看了看，又把目光一致對著青玉。

青玉素來精明的臉上難得起了一絲尷尬，訕訕道：「我的女紅，卻也拿不出手。」

三人面面相覷，望望窗外，幾個丫鬟僕婦正在院中做針線，但三人均知，其中各人手藝都馬馬虎虎，並無出挑之人。

難怪李家四季衣裳並汗巾、帕子等物都是請裁縫來做，連個小小荷包也不例外，原來滿府上下，竟找不出一個針線上的能手，這話說出去，誰能相信？

這古代女子，婦容尚在其次，婦工、婦德最為緊要，即使金秀玉這般的異類，也知要學好女紅方能在這時代生存。李家只因從李老夫人開始便養尊處優，當家治宅不拘小節，這風尚一傳下來，帶得滿府丫鬟僕婦都不精於此道了。

若真個較真，倒也不是一個都找不到，只是各司其職、各有差事，都抽不開身。李老夫人、青玉、真兒相對無言，各自思忖。

青玉忽道：「我倒想起一個人來。」

「誰？」李老夫人和真兒異口同聲。

青玉向西指了指，說道：「清秋苑那位，不正是女紅上一把好手嗎？」

李老夫人皺起了眉，緩緩道：「她當年做姑娘的時候，倒是出了名的巧手，只是進門後不受妳們大少爺喜愛，自己又不善與人示好，加之當初進門的緣故，咱們也都疏遠了她。如今讓她來教導阿喜針線，倒也不是不成，只是需注意著，防她乘機自抬身價，更不能讓她教唆了阿喜，做出如她當年一般的行徑。」

青玉和真兒點頭道：「這是自然。」

這時候有個小丫鬟囁嚅道：「為何、為何不請繡坊的娘子來教導？」

李家向來風氣開放，議事之時誰都能發表意見，丫鬟也不例外，尤其李老夫人和青玉的性子最喜歡大膽之人，因此這小丫鬟一說話，人人都看了過去。

李老夫人笑問：「這孩子看著眼生，叫什麼名兒？」

小丫鬟端端正正福了一福，脆生生道：「奴婢秀秀。」

青玉道：「她是昨日才上花廳伺候的，她姊姊老夫人想必有印象，是叫鳳來。」

李老夫人先是想了想，忽然恍然大悟。

這邊廂真兒也想起鳳來是個什麼人物，張大了嘴，比劃了兩個字的口形。

青玉點點頭，表示她說對了。

眾人都心照不宣，捂嘴笑起來，連小丫鬟們也不例外。

就是秀秀，知道大家笑的是什麼，也並沒有惱怒或者不滿，想來這事兒也算不得什麼侮辱，倒是個笑料罷了。

既是說到了這個人，少不得要說幾件她鬧的笑話，眾人正說著，院子外頭又叫嚷開了。李老夫人大聲道：「咱們這府裡頭整日咋咋呼呼，就沒個消停的時候！」

青玉笑起來。「老太太可不就喜歡熱鬧嗎？」一面說著，一面便站起來。

秀秀方才得了老夫人的歡喜，正想著更出挑些，一見青玉站起來，立刻機靈地走在前頭，挑起了門簾。

「是三小姐來了！」她回過頭來一笑，露出兩顆精緻的小虎牙。

話音未落，李婉婷已經炮仗一樣衝進來，撲到李老夫人懷裡，扭股糖似的擰著身子，甜甜地叫著「奶奶」。

李老夫人抱住了她，這時候跟著李婉婷伺候的張嬤嬤和小丫鬟們才姍姍來遲，進了屋子給老夫人請安。

李老夫人對張嬤嬤笑道：「妳也是辛苦，成天跟著阿喜跑，也沒個追上的時候。」

張嬤嬤笑回：「奴婢也是年紀大了，腿腳不比小姐利索。」

李婉婷在李老夫人懷裡扭著，小臉抬得高高的，嚷道：「奶奶，我要吃酸梅湯。」

「有有有，阿喜想吃什麼，咱們就有什麼，真兒，快去傳酸梅湯來。」

「是！」真兒應了，掀了門簾探出去半個身子，招了小丫頭來吩咐。

青玉卻扯了扯李老夫人的袖子，暗示了一個眼神。

李老夫人想起方才所商討的事情，便對孫女道：「阿喜呀，吃酸梅湯之前，妳可得應承奶奶一件事。」

李婉婷小臉紅撲撲，明明是跟李承之如出一轍的桃花眼，卻亮晶晶如同小鹿一般，粉嫩嫩的嘴唇一噘，道：「什麼事呀？」

李老夫人討好地一笑，道：「從今日開始學習女紅。」

李婉婷頓時眼睛瞪得有銅鈴那麼大。「叫我繡花呀！不要不要不要！」

她嘴裡剛嚷起來，身體便泥鰍一般從李老夫人懷裡滑出去，屁股一噘就要往門外衝。

幸而青玉和真兒兩人都瞭解她的脾氣，早猜到她的反應，都小心候著，她剛邁開腿，兩人就一邊一個攔住，青玉手長，一把將其抱住。

李婉婷如同被甩到岸上的魚，大力扭動掙扎起來。

青玉原本就含威的鳳眼一瞪，冷冷道：「妳若是不學好女紅，金姑娘便不進門！妳就得不到這個嫂嫂了！」

絲毫不知自己已成為威脅工具的金秀玉，此刻正坐在三水紙馬鋪的櫃檯裡面發呆。

明兒是七夕，昨日製出的蠟燭，今早金老六交給她送到鋪子裡來。

「佟叔還沒給妳道喜呢！瞧這模樣，出落得越發標緻了，真是人逢喜事精神爽，日後做了李家少奶奶，可別忘了提攜妳佟叔啊！」

佟掌櫃的笑侃言猶在耳，她今年不過十五歲，還有兩個月便要嫁進李家，為人婦、為人媳了。

十五歲啊！前世的她，這時候還只是個國中生呢！

想到古時候的婦女每每難產或多死嬰，蓋因女子年齡過小，不宜生育，她不禁打了個哆嗦，難道她要這麼早便生兒育女嗎？

「豆兒，發什麼愣呢？」

金秀玉回過神來，原來是佟掌櫃在叫她。

「喏，這是這次的帳，給妳記得清清楚楚，銀子也收好。」

佟掌櫃一面遞了帳本給她看，一面將一只小小的錢袋交到她手上。

金秀玉隨意看了一眼，道：「我對佟叔還有什麼信不過的，這錢不點也罷。」

說完，便告辭回家去。

佟掌櫃也不留她，曉得她家裡事兒多。

金秀玉心有所思，低著頭出門，不提防撞了人。

「唉喲！這是誰呀，火燒眉毛了，都不看人呢！」

一個尖利的聲音叫起來，金秀玉這才反應過來，她不經意地將一個女子給撞了一下，抬頭一看，竟是熟人。

「原來是金姑娘。」

對方倒是先叫出她來。

金秀玉忙學著對方微微一福，道聲：「柳小姐。」

來人正是那日在侯府見到的，侯小姐的表姊，柳弱雲。

兩彎籠煙眉，水汪汪的一雙眼睛又大又圓，嬌嫩小巧的嘴唇、精巧的妝容，藍色葛紗繡白玉蘭的衫裙，烏油油的頭髮盤成別致的墮馬髻，插著翡翠簪子，綴著湖藍色的紗花，跟上次一樣，在右耳邊留了一綹長髮，垂在胸前。

這位柳小姐每次出現，都是打扮得十分精緻整潔，這次金秀玉特別地多看了幾眼她的髮式，尤其是右耳邊那一綹。

上回她便覺得奇怪，只是沒有多想，事後才想起來，這盤髻後只在一邊留一綹頭髮的，乃是青樓女子常用的髮式。這位柳小姐，既是知府親戚，斷然沒有做賣笑女子的理兒，只是這髮式，卻也奇怪。

「金姑娘好不曉禮，雖同為女子，也不該如此直視！」

金秀玉一驚，見說她的乃是柳弱雲旁邊的一個丫鬟，細眉細眼，下巴尤其削瘦，顯得刻薄冷漠。記得上回在侯府，眾丫鬟裡面是有這麼一個，卻不曉得名字。

「蓮芯不得無禮。」

柳弱雲斥責一聲，蓮芯抿了抿嘴，仍不忘白了金秀玉一眼。

金秀玉不由得納悶了。這柳小姐第一次見面時說話夾槍帶棒，今兒她的丫鬟又出言不遜，到底是什麼緣故？

「柳小姐可是出來遊玩？」她笑咪咪問。

柳弱雲微微搖頭道：「明兒是七夕，帶小丫鬟出來採買乞巧用品罷了。」

「原來如此。」

金秀玉原意打聲招呼，便可分手，不料柳弱雲突然問了一句。

「聽得坊間傳聞，金姑娘日前已與李家大少爺訂了親？」

她同金秀玉並不熟悉，突然問出這個問題，金秀玉也愣了一愣。

「正是。」

柳弱雲深深地看了她一眼，低下頭道：「既是應了這門親事，但願金姑娘不後悔。」

金秀玉暗自詫異，柳弱雲卻已帶了丫鬟蓮芯走進三水紙馬鋪裡去。

蓮芯經過金秀玉身邊時，還大大地翻了一個白眼給她看，身體也故意蹭了一下，頂得她往旁邊倒了兩步。

莫名其妙！

金秀玉暗暗惱怒著，懶得理會，徑直回家去。

倒是這邊廂，採買了蠟燭等物，柳弱雲和蓮芯出了店門自有馬車等候，兩人一上了車，蓮芯便開始叭叭說起來。

「這金姑娘，倒是走了八輩子的好運，這般身家竟也能當上淮安首富家的少奶奶，好不叫人氣悶！」

柳弱雲默默地看了她一眼，面色冷淡地轉過頭去。

蓮芯追問道：「小姐難道就不覺得委屈？」

柳弱雲仍是冷淡著，回答道：「有甚委屈？」

「小姐莫要忘了，當初是為什麼嫁的大少爺，如今又是什麼樣的光景！」

蓮芯豎著眉毛，像是在責怪又像在提醒，柳弱雲身子一顫，眼中立刻浮起一絲霧氣。

「我何嘗不想得償所願，然而那人如此冷漠，日日不在跟前，我能如何是好？」

蓮芯不以為然道：「若是從前，小姐要慢慢親近大少爺倒也罷了，如今可不一樣，這新婦一進門，那便是正兒八經的少奶奶，小姐若是再不爭氣，那心願便更難達成。」

柳弱雲咬住嘴唇，默默思忖。

蓮芯深怕她退縮，忍不住又加了一把火。「小姐莫要忘了當日所發的誓言。」

一聲輕響，卻是柳弱雲的手抓在了窗櫺上，纖細的手上暴起一絲青筋，原本楚楚可憐的淚眼，如今全是堅決狠厲之色。

蓮芯深知自己的話觸到了她的痛處，暗自警惕不可矯枉過正，便閉緊了嘴巴。

車輪轔轔，車內一時沈默無語。

柳弱雲突然扭過頭來，說道：「蓮芯，吩咐車夫轉道去侯府。」

蓮芯應了一聲，撩開車簾一角，同車夫說了。

「小姐可是有了計策？」

柳弱雲苦笑道：「我一介弱女，有何良策？只是妳那表小姐侯芳卻是個女中諸葛，我只管向她討要良方便是。」

她話語之間似對侯芳充滿了信心，眼睛都放著光。蓮芯嘴唇動了動，終究還是沒說什麼。

車子小，走得輕快，不一會兒就到了侯府門前。

柳弱雲是侯芳的閨密，也是侯府的常客，門人都認得她的馬車，不消通報便開了角門。

侯府裡面早有人去衡芳院通知了小姐侯芳。

府。

柳弱雲進了侯府，一待便是大半時辰，出來的時候已經是日漸正午，蓮芯催促著車夫趕緊回

「原本已不受那幾位喜愛，行事萬不可更加任性，芳小姐既已給出了良策，小姐只管照做便是。」蓮芯一面說著，一面又撩開車簾看外面的路，只擔心回去太晚，趕不上飯點，又要遭人白眼。

柳弱雲低著頭，想著方才表妹侯芳所說的話兒，越想越是入神。

馬車踢踢嗒嗒，經過了平安大街和廣彙大街的十字路口，駕車的馬兒突然一聲痛嘶，高高地揚起前蹄，往旁邊一縱。

車子被大力一帶，頓時一陣顛簸，幾欲翻倒，車裡的柳弱雲和蓮芯也被這突然的變故摔了個七葷八素。

車夫連聲呼喝，好不容易穩住了車子，蓮芯緩過神來，立時罵道：「怎麼回事？」

「回小姐的話，同人家的馬車相撞了。」

蓮芯柳眉一豎，待要出去理論，突然一個東西從車簾外砸進車來，「咚」一聲掉在車內，緊接著一道清脆的女聲傳來。

「本小姐今兒有急事，沒空同你理論，這錠銀子給你們壓驚，閒話少說，趕快與我讓路！」

蓮芯一聽這聲音，立馬閉上了嘴。

柳弱雲正捧著胸口，努力壓著泛上來的噁心感，此時也是一驚，立刻衝蓮芯擺擺手。

蓮芯會意，隔著車簾，壓低了聲音對車夫道：「別多說話，讓道便是。」

車夫自個兒心裡頭也惴惴著呢，主人如此吩咐，自然只管照辦，乖乖地讓了路，對面那輛馬車立刻風一般馳騁而去。

蓮芯撩開車簾看著那馬車背影，嘀咕道：「這位祖宗今日又是上哪兒去，這般火燒火燎的。」

柳弱雲低聲問：「過去了？」

抬頭將自家馬車的車篷打量一遍，又轉身看了看車夫和馬兒，縮進車內。

「過去了。」蓮芯一面挪著身體找最舒服的坐姿，一面撇著嘴。「可見這笑祖宗平日是個粗心的，竟連小姐的馬車都不認得。」

柳弱雲冷笑道：「她不認得倒也便宜，省得今日又同我吵鬧。」

蓮芯皺了眉道：「這卻不好，小姐如今既要親近大少爺，這位主兒卻也冷落不得，還得想個法子拉攏才是。」

柳弱雲想了想，道：「不過是個野慣了的孩子，總有法子拉攏，先回府再說。」

蓮芯便催車夫啟程。

馬車跑得飛快，路人紛紛側目，莫非後面有鬼在追？

李婉婷揉著膝蓋，方才也不知是哪個冒失鬼同她撞了車，害她磕了膝蓋，這會兒只怕是青了。

奶奶真是昏頭了，居然叫她學習女紅，她對那一坐就是幾個時辰的破玩意兒可一點興趣也欠奉，更要命的是，還叫「那人」教導她！

平日裡素無往來的，又是那麼個扭捏作態的人物，光是聞到她身上那脂粉味兒，她便覺得討厭，馬車突然一個急轉彎，李婉婷身體猛地往右邊倒去。

「趕的什麼車！小心我叫青玉姊姊扣你月錢！」

她大呼小叫著，前頭的車夫也是在李家趕車的老人了，一點也不在意，很淡定地停住了馬車，憨憨笑道：「小姐，金家到了。」

他話音一落，李婉婷迫不及待地踢開車門跳下來。

「嫂子！開門！」

她手還沒敲到門，嘴裡倒先喊起來。

「別喊啦，我在這兒呢。」

李婉婷回過頭，見金秀玉正一步一晃地走來，小臉上頓時光彩大放，腳下一跳就撲了上去。

「嫂子！救命！」

金秀玉忙伸手接住她，忍不住呻吟了一聲。這孩子，也不知道自個兒都十歲了，身子沈著呢，每回都這麼一撲，她可還真未必接得住。

「什麼救命不救命的，有什麼事兒好好說，別一驚一乍的。」

金秀玉扶正她的身子，見小臉上是一腦門的汗，忙拿帕子替她擦拭。

李婉婷仰著小臉，嘴角含笑，很是享受的模樣。

因李婉婷方才叫了門，此時正好金林氏拉開了院門。

「呀！是阿喜來啦！外頭太陽大，快進來快進來。」

這訂了親，連稱呼都變了，往日她都是叫李婉婷小姐，如今倒是坐正了李家丈母娘的身分，只管叫對方小名了。

李婉婷倒也不以為意，興高采烈地叫道：「金奶奶！」

「嗳～～怎麼還叫金奶奶？得叫金媽媽才是。」金林氏不贊同地糾正起來。往日裡小孩子亂叫倒也罷了，如今她可是正正經經李承之的丈母娘大人，可不能亂了輩分。

李婉婷眨巴著清澈的眼睛，抬頭看著金秀玉。

金秀玉摸摸她的腦袋，道：「依她便是。」

李婉婷點點頭，叫了一聲：「金媽媽。」

金林氏喜笑顏開，握了她的手往院裡拉。

「這位車夫兄弟，也進來坐會兒，喝口茶解解暑。」

車夫點頭哈腰感謝著，跟進院子去。

金秀玉走在最後，一個步子只邁一隻腳那麼長的距離，看得金林氏心裡幾隻老鼠抓似的著急。

「妳這死囡仔，磨磨蹭蹭地，摸蝨子呢！」

金秀玉挑眉道：「不是娘親說的嗎，女兒家要規行矩步，步步生蓮，切不可焦躁急行，失了風度。女兒可是謹遵母親之命呢！」

金林氏一窒，抬手虛拍了她一下，笑罵道：「我把妳個牙尖嘴利的，倒會曲解。叫妳走路端莊穩重，倒給我做出這副磨嘰樣子來，妳當我不懂妳什麼意思呢？還不快些進來！」

金秀玉嘻嘻一笑，邁開步子，恢復了正常速度，幾步進了院門。

金林氏斜眼看著，才發現另一個問題，忙在她身後叫道：「不是跟妳說了，今後要穿裙裝，怎的又穿了這身褲裝？」

她一開口，金秀玉便撒開腿往廚房跑，頭也不回，只管大笑道：「女兒還得做飯呢，若是燒火炒菜弄髒了裙子，心疼的可是娘自個兒！」

金林氏從來都拿她沒辦法，只有搖著頭，掩上院門。

李婉婷跟著金秀玉進了廚房，叫道：「嫂子，我今兒要吃妳做的飯，可有什麼菜？」

金秀玉一面淘米，一面答道：「嫂子家裡可沒有山珍海味，我若是做好了飯菜，妳可不許挑嘴。」

李婉婷抱住了她的腰，笑道：「嫂子做什麼我都愛吃！」

金秀玉不以為然地斜她一眼，挑著嘴角道：「我可是聽說，妳跟阿平兩個吃飯最是挑嘴，肥肉不吃、蘿蔔不吃、蔥也不吃，最愛吃那油膩的，可是如此？」

李婉婷小臉氣鼓鼓道：「是哪個告的密，看我回去，定叫青玉姊姊扣他月錢！」

「果然好本事，自己挑食不承認，還要怪罪別人。我這小門小戶、粗茶淡飯的，可伺候不了妳，小姐還是趕快回家去吧，自有那山珍海味伺候著妳。」

金秀玉心裡自然不是認真的，不過李越之、李婉婷兩孩子毛病都不少，既然做了他們嫂子，少不得一一糾正過來，因此一開始便不能慣著。

李婉婷沒料想這金豆兒剛當上嫂子，還沒過門呢，就管起她來了，頓時也不高興了，嘟著嘴，手一撒，站在那裡一動不動。

金秀玉把米浸下了，只管切肉擇菜，也不理會她。

李婉婷木頭一樣站著，金秀玉走來走去，難免被她擋了道，卻是一個字也不說，只管繞開她行走。

若是在家裡，自然有眾多丫鬟僕婦們寵著，不敢叫這位小姐受了丁點委屈。然而遇上金秀玉這麼個心狠的，不管不顧，她站了半日，腿也痠了，又是個閒不住靜不下的性子，嘴皮子都直泛癢癢。

最後還是她自個兒忍不住，跑到金秀玉身邊，拽著她的衣角，可憐兮兮道：「嫂子……」

金秀玉挑著眼角看她，李婉婷小嘴一癟，淚珠兒便在眼眶中打滾了。

嘆了口氣，金秀玉摸了摸她的頭髮，道：「說吧！今兒到底是什麼事要我幫忙？」

李婉婷怯怯地抬眼看她，見對方果然是真心詢問的模樣，不似揶揄，這才開口道：「奶奶要我學女紅。」

呵！倒是同自己一樣。

「女孩子家本來就該學習針黹女紅，否則將來可嫁不到好人家。」

李婉婷張大了眼睛道：「不會女紅，就嫁不到好人家？」

「是呀。」金秀玉點頭道。「妳若是不學會了，將來嫁不到有錢人家，只能給那販夫走卒做媳婦兒，比如木魚菜場門口殺豬的豬肉榮。」

李婉婷眨巴著眼睛。「誰是豬肉榮？」

豬肉榮是個腦滿腸肥的男人，一雙眼睛腫得看不見眼珠子，身材、長相倒跟他做的買賣差不多，成天到晚身上都是油膩膩，一股豬騷味。

金秀玉原想嚇唬李婉婷，哪知對方連誰是豬肉榮都不曉得。

「妳不曉得豬肉榮呀？若是妳將來做了他的媳婦，天天都要同他殺豬，一刀子進去，鮮血嘩嘩地流，白的黃的漿水都往外濺，還有那軟趴趴油膩膩滑溜溜的一坨豬腸子，那臭烘烘黃兮兮的髒東西……」

金秀玉繪聲繪色地講著，李婉婷兩手一抬，捂住了耳朵，搖頭如同博浪鼓。

「莫要再說啦！噁心死人了！」

金秀玉閉上了嘴巴，挑挑眉。

李婉婷怯怯地看她幾眼，可憐巴巴地道：「不會做針線，就要嫁給豬肉榮？真的是這樣嗎？」

金秀玉抿緊嘴唇，點點頭。

李婉婷小嘴噘得高高的，都能掛個醬油瓶，淡淡的眉毛也是皺得緊緊的，眉間的皺紋都能夾死蒼蠅。

「可是、可是奶奶要叫『那個人』來教導我。」她期期艾艾地說了一句。

金秀玉問道：「誰？」

李婉婷一張小臉皺得如同苦瓜，兩邊臉頰鼓鼓地，說道：「一個……嗯……一個我不喜歡的人。」

她原本想說討厭的人，但話到嘴邊，卻發現自己只不過跟對方沒什麼交情，還談不上厭惡，便改了口。

金秀玉疑惑道：「是什麼人？」

李婉婷想了又想，像是下了決心，才慎重地開了口。「是我哥哥的小妾。」

什麼?!

金秀玉眼睛頓時瞪得有原來的兩倍大。

小妾?!

她猛地站起來，膝蓋上的柴禾撲簌簌掉到地上，叫李婉婷吃了一驚。

被欺騙的憤怒和被愚弄的難堪湧上心頭，金秀玉雙目噴火，胸膛起伏不定。

天殺的李承之，居然從來沒有告訴她，他竟然已經有了一個小妾！

中飯極豐盛，金老六小酒抿得「滋滋」響，金林氏嘴巴吃得油光光，只有李婉婷如坐針氈，一塊牛肉嚼了半天仍未下嚥，不時地在碗底下偷偷看著對面的金秀玉。

金秀玉扒了幾口，對李婉婷道：「妳奶奶可是要那姨娘教妳女紅？」

李婉婷撇嘴道：「什麼姨娘？不過是個姑娘罷了！」

「姑娘？」金秀玉一愣，這大允朝不都是管妾室叫姨娘的嗎？

金林氏插嘴道：「什麼姨娘姑娘的？」

小婉婷噘了嘴道：「是哥哥的一房小妾。」

「哦——」金林氏長長地哦了一聲。

金秀玉偷偷看了一眼爹爹的臉色，暗嘆到底還是古人今人思想差異，憑金家再如何家風獨特，到底金家二老還是土生土長的封建男女，對於三妻四妾都是見慣了的常態，毫無反對心理。

「娘，為何妾室會稱為姑娘？不是都叫姨娘的嗎？」

金林氏倒轉筷子在她腦袋上敲了一記，道：「虧得是在家裡，若是叫旁人聽見了，又要笑話妳人事不知。姨娘雖不值什麼，到底還是正經的妾，也算有名有分。至於姑娘，明面上是妾，說到底不過是個侍寢的，連個姨娘都不如。多有那從良的青樓女子，好不容易脫了火海，過了門也不過是個姑娘，不過是跳到另一個火坑罷了。主人家若是高興，隨手賞了人也可，發賣出去也可，只是那小命兒，卻不值幾個銅板呢。」

金秀玉聞所未聞，又是一番吃驚。

「好端端，為何提到這個由頭？」

小婉婷又把李老夫人要她學習女紅的事說了一遍。

金林氏撇嘴道：「李奶奶也是老糊塗了，便是外頭請個繡娘也使得，沒的糟踐了妳這小姐身分。」

金老六伸筷子點了點她面前的盤子，說道：「背後莫嚼人舌根。」

金林氏自知這丈夫很有些文人的迂處，也不敢與他爭辯。

「若是請繡娘，奶奶必是請個嚴苛的，倒不如就讓那人教我，一個姑娘，也不敢把我怎麼樣呢！」姑娘的身分叫金林氏一貶低，小婉婷反而上來了底氣。

她可是李家正經小姐主子，那人只是一個小妾罷了，還是身分最低賤的，與奴僕無異。這樣的人教才好呢，可不敢訓斥自個兒，到時候還不是自己要如何便如何？

「誰說不是呢？不過是個妾，教女紅倒也罷了，阿喜女孩兒家，原也該學習針線上的活計，只是卻不必拘了自己，萬貫家財放著呢，還怕嫁不出去嗎？」

哪有這般教導女孩兒的？若將來人家衝著錢財娶了阿喜，日子能過得和氣嗎？

若是金秀玉心無雜念的，必要如此這般駁金林氏幾句，只是如今她滿腦子都是金林氏方才說的「侍寢」二字，心下亂糟糟如同幾百隻螞蟻在爬。

金老六只眯著眼睛，看了一眼女兒金秀玉，意味深長。

中飯吃罷，金秀玉將碗一推，道聲：「娘，妳且收拾著，我同阿喜說幾句話。」說著，便拉了小婉婷出來，直奔西廂。

進了屋關了門，金秀玉將小婉婷按在椅子上，雙手扶著她的肩，鄭重其事地道：「阿喜，嫂子有一樁極為重要的事兒要交給妳去辦，妳可願意？」

小婉婷雙眼一亮，興奮道：「嫂子快說。」

金秀玉俯下身，同她咬了一陣耳朵。

小婉婷困惑地道：「為何要這般行事呢？」

金秀玉摸摸她的頭，說道：「大人的心思，小孩兒莫要多猜，妳只管照我說的去辦便是。」

她微笑著，輕輕瞇起的眼裡閃過一絲精光，小婉婷點頭應下了。

金秀玉忽而想到當日李承之也是這般耳語囑託李婉婷和李越之，結果第二日李老夫人便率眾上門，三言兩語、拍板定下了婚事。

「阿喜，我問妳，當日你們哥哥是不是也這般託付了你們一個秘密任務？」

小婉婷嘿嘿笑道：「嫂子可想知道？」

她對於當日自己辦成了哥哥交付的任務很是得意，雖然不僅僅是她一個人的功勞，但如今仍是忍不住要同人分享，宣揚自己的功績。但是在說之前，又忍不住想賣賣關子，吊吊對方的胃口。

看穿了她的小心思，金秀玉反而不著急問了，只說道：「既然是秘密，我就不便打聽了。」

果然小婉婷便著急起來，拉住她的衣袖道：「嫂子，我只偷偷告訴妳一個人，妳可千萬莫同其他人說。」

她用力拉著金秀玉的衣襟，金秀玉也就勢俯下身子，將耳朵貼了過去。

實際上也與她所料不差，不過是李承之吩咐他們回去同李老夫人串成一氣，他在這邊過夜，伺機攻破防線，那邊李老夫人便好帶人過來，以討要兒子為名，乘機敲定婚事。

金秀玉一面聽一面瞇起了眼睛，果然是生意精，一步一步都計算得清清楚楚，節奏把握恰到好處。

只是如今，卻要吊吊他，好叫他知道，老婆不是這麼好娶的，她金秀玉也不是這麼好哄的。

「我有一事不明，當日妳哥哥不是要尋妳跟阿平晦氣，你們為何還乖乖聽他吩咐呢？」

說到這裡，小婉婷便有些忸怩了，金秀玉忙道：「我畢竟是外人，若是阿喜有為難之處，不說也使得，以後我便不再問了。」

小婉婷忙扯了她，急道：「嫂子可不是外人！」

金秀玉看著她，準備她一猶豫，便露個傷心的神情出來。

小婉婷先想了一想，才怯怯道：「嫂子可知道，先前是因為我哥哥生了病，奶奶才請了風水相士來我家裡相看？」

金秀玉點點頭。

「我哥哥素來身體康健，那一日，卻並非生病，而是……而是……我同阿平，在他的茶水裡……下了藥……」

她越說聲音越低，金秀玉卻越聽眼睛越大。

「什麼藥？」

小婉婷見她神情鎮定，不像是要罵她的模樣，便說道：「我也不知，只是從管師傅那裡拿來的藥丸。管師傅藏得很嚴，我同阿平好不容易才弄到一顆，想著看看這藥有何神奇之處，能讓管師傅如此寶貝，便放入了哥哥的茶水中，不想……卻讓哥哥……連發了兩日的高燒……從此便再不給我們好臉色看了……」

說著說著，她便又是懊惱又是委屈。

金秀玉很有些無語。姑且不論阿平、阿喜的行為得當與否，兩個混世魔王，本就最為調皮搗蛋，李承之遭了殃，生他們的氣也是合情合理。

只是那管師傅，這是她第二次聽到他的名字，每次都沒什麼好印象。先是那暗含春色的畫兒，如今又是莫名其妙叫人發燒的藥物，真不知這是什麼樣的危險人物。
她這邊廂想著，那邊廂李婉婷還在接著說。
「哥哥原本已是生我們的氣了，當日我與阿平又撞了他的馬車，叫他在大街上當眾嘔吐，大大失了臉面，哥哥越發惱火，當場便要教訓我跟阿平，好在我們機靈，跑來向嫂子求救。」小婉婷一面說，一面便撲上來抱住了金秀玉的腰，嘻嘻笑道：「嫂子，妳可是救命的活菩薩，日後我同阿平就賴定妳啦！」
金秀玉哭笑不得，說道：「那當日一定是妳哥哥同你們說，若是妥善完成他交代的任務，便既往不咎，是也不是？」
小婉婷仰著臉，笑著點頭。
金秀玉拿手指戳了戳她光潔的額頭，佯嗔道：「妳這小壞蛋，連同兩個哥哥算計我，還敢到我家來蹭吃蹭喝！」
小婉婷又摟住她的腰，一面晃著一面笑道：「嫂子、好嫂子，可不能同我計較。」
她雖是涎著臉笑，但因著長得瓷娃娃一般精緻，便是作討好狀，也是十分惹人愛憐。
金秀玉一面推著她，手上自然注意著力道，一面說道：「休要耍嘴皮子，辦好我的事才是正經。」
小婉婷豎起三根手指作發誓狀，鼓著臉振振有詞道：「嫂子放心，阿喜保證完成任務。」
她同金秀玉處得久了，也學了幾句古今不分的俏皮話。
在金秀玉的催促下，李婉婷沒在金家待多久，便坐了馬車回西市李府。

到了府門前，已是下午申時了。

這個時辰，李承之照例是不在府中的。李婉婷也不動聲色，徑直去了花廳。

李老夫人和青玉等人都在，這個混世魔王大中午跑了出去，幾人都猜到她是去了金家，自從認識了金秀玉，這一對龍鳳胎有事只管去找這嫂子訴苦。

如今見她回來了，也不哭也不鬧，痛痛快快便答應了學女紅的事。李老夫人和青玉、真兒等人都是咋舌，暗嘆金秀玉的能耐如此之大，這媳婦倒是找對了，以後定能同她們分憂。

只有李婉婷默默盤算著，靜靜地等待大哥李承之回家來。

第九章　極品親戚

李承之到家的時候已經是華燈初上。

自從跟金秀玉訂了親，他是春風得意馬蹄疾，一連談成了幾筆大生意，很是讓族中各商行的老前輩們刮目相看。

李老夫人倒覺得，這定是金秀玉這個媳婦帶來的旺氣，對這樁婚事更加滿意起來。

李家的飯桌比起金家來那自然又是不同的光景，金針雞絲、銀耳素燴、翡翠豆腐、京都排骨、紅椒釀肉、雪菜黃魚、玉麟香腰、龜羊湯。

廚房的大師傅是淮安本地人，以前卻是在京城有名的酒樓做廚師的，所以做的菜大都是淮安菜系和京都菜系，倒也符合李家人的胃口。

今兒個是難得一家子團聚，李老夫人、李承之、李婉婷和李越之都在，飯廳裡碗盤擺了滿滿一桌子，下人站了滿滿一屋子，李老夫人和李承之吃飯都是很有規矩的，只是有兩個小祖宗在，無論如何也安靜不下來，叮叮噹噹響成一片。

林嬤嬤、張嬤嬤照例是忙碌著，青玉、真兒只伺候著李老夫人和李承之即可。

「唉……」

小婉婷吃著吃著，便唉聲嘆氣起來，倒叫所有人都側目了。

「我這寶貝孫女今兒個是怎麼了？也學那酸儒傷春悲秋了不成？」

對於李老夫人的調侃，小婉婷只是懶洋洋給她抬了一下眼皮。

「我呀，是為我那未過門的嫂子難過呢。」

這話吸引了大家的注意力，李承之抬起眼看著她。

李越之忙問道：「金豆兒怎麼了？」

小婉婷噘嘴道：「生氣呢，氣得飯也吃不下，活也做不了。」

李老夫人也插嘴道：「好端端的，誰惹我孫媳婦生氣了？阿喜妳趕緊說出來，看我教訓他。」

小婉婷乜斜著眼看李承之，嘴裡答著李老夫人的話：「我倒是問呢，她就是不同我說，問得急了，差點落淚，我哪裡還敢多說什麼？」

李承之放下碗筷，從小丫頭手裡拿過半濕的帕子抿了抿嘴角，說道：「阿喜，妳且將今日與妳嫂子會面的情形仔細說來。」

小婉婷嘴一嘟，將碗筷往桌上一扔，道：「我是因奶奶逼著學女紅，跑去跟嫂子訴苦的，氣氣忙忙的，才記不清楚。」

她話音一落，李承之和李老夫人都忍不住動了動手指，極想抽她一下。

「只是呀，我今日學來一句話，卻不大明白那話裡的意思，哥哥與我解釋一番呀。」

李承之一語不發，只是沈沈地看著她。

小婉婷知道這是他不耐煩的前兆，忙說道：「吃著碗裡瞧著鍋裡的，哥哥，這話是什麼意思？」

李老夫人一愣，目光立馬落到李承之臉上。

李承之皺眉道：「這話兒是誰告訴妳的？」

「不是誰告訴我的，不過是嫂子生氣時自言自語，叫我聽見了。」小婉婷搖頭晃腦。「還有一句呢，抱著床上的、想著門外的，這又是什麼意思？」

「噗！」李老夫人一口湯差點兒噴出來，青玉忙一塊帕子遞上去，替她掩住了嘴角。

李承之耳根微微發紅，眉頭皺得越發深了。「妳可知妳嫂子為何生氣？」

小婉婷搖著頭。「不知。我只曉得，我一說教我女紅的是哥哥你的一房小妾，嫂子就不高興了。哥哥，是不是嫂子不喜歡你的小妾？」

李老夫人張了嘴，仰起脖子，恍然大悟。

李承之心中也明白了，沈默著不再說話。

「啪！」卻是李老夫人倒轉筷子在小婉婷頭上輕輕敲了一記，笑罵一句：「鬼靈精。」

小婉婷只管挑眼角吐舌頭，站在李老夫人身後的青玉和真兒交換了一個眼神，都是抿嘴微笑，心知肚明。

只有李越之，端著飯碗，愣愣地看看這個、再瞧瞧那個，一臉茫然。

真兒從小丫頭手上接過湯勺，盛了一碗湯給李承之，笑言：「少奶奶未進門便先生了氣，大少爺可不能慣著她，免得助長了她的氣焰。」

李承之明知她這是反話，斜著眼睛瞪她一眼。

青玉見他們兩個的互動，卻是想到了旁的，俯身對李老夫人耳語了幾句。

李老夫人點點頭，開口對李承之道：「你既是快成親的人，房裡也該放幾個貼心的伺候，將來也好做你媳婦的助手，我瞧著真兒素來與你相厚，又是常常服侍你的，最熟悉你的脾性，倒不如我將她撥到你那裡去，你看如何？」

李承之點點頭，道：「就按奶奶說的辦吧。」

「我要喝湯，怎麼也沒個人伺候呀！」

李婉婷突然拍著桌子，大叫大嚷起來，丫鬟們大譁，忙忙地與她盛湯，又伺候其他三位主子進食，飯桌上立刻又恢復了熱鬧。

晚飯鬧騰著便結束了，按照往常的慣例，李老夫人都要領著李越之、李婉婷兄妹耍上半個時辰，李承之若是晚間無事，也會參與，只是他心中有盤算，一吃完飯便出門了，還特特點名叫阿東跟著。

李老夫人帶著阿平、阿喜這對小孫孫，拉拉雜雜一堆丫鬟僕婦，到了花園裡頭。

李家這花園自然是大的，中間還有個湖，兩頭活水進出，湖面上小小的一座水榭，又是通風，又是涼爽，祖孫三人最愛在這裡歇覺、做耍。

眾人進了水榭，自有那慣常所用的桌椅茶盞，日日有人打掃收拾，乾淨著呢，不必再另行安排。

李老夫人坐等青玉等人擺放茶點鮮果，想起飯桌上的事，便問青玉道：「清秋苑那位，今日如何？」

青玉將手上的活兒交給小丫頭，回答道：「今兒中午同她說了，我瞧著她模樣，明面上倒沒什麼，內裡卻少不得有些盤算。」

李老夫人點點頭，招手叫過來張嬤嬤，吩咐道：「妳是這府裡的老人了，對府裡的情形也最是熟悉，清秋苑那位，我派了她來教習阿喜女紅，卻要累妳盯著，切不可叫她恃寵生嬌，更不可叫她帶壞了阿喜。」

張嬤嬤點頭，鄭重道：「老太太放心，我省得。」

李老夫人點著頭，青玉將一碗茶放到了她手上，李老夫人道：「妳去取骨牌來，咱們今天來打骨牌玩。」

青玉捂嘴笑一聲，道：「是。」

她招手叫來一個小丫鬟，吩咐她去取骨牌。

李老夫人拿手指點了林嬤嬤、張嬤嬤，並青玉，加上自己正好四人，打牌的人數便齊了。

小丫鬟取了牌，眾人又抬出來打骨牌專用的四方小桌，哪知李婉婷和李越之不依了，每次一打骨牌，就沒他們倆什麼事，無趣得緊，兩個小傢伙一人一個拉著自己的奶娘，偏不要她們陪老太太打牌，定要陪自己做耍不可。

李老夫人身為大人，可不好意思同孫子孫女爭玩伴，苦著一張臉，詢問眾丫鬟僕婦中可有會打牌的，一圈答上來，只有老太太身邊的真兒會打，其他人中倒是有會的，只是打不好，李老夫人不願讓她們上桌。

正愁著，有小廝通報，四老爺家的老夫人和大太太來了。

李老夫人、青玉、真兒，還有林嬤嬤、張嬤嬤，都是面面相覷，一語不發。

半晌，青玉「嗤」地笑了一聲，說道：「才說沒人，這不就有兩個牌搭子送上門來！」

李老夫人哼了一聲，冷笑道：「她們兩個是什麼心思，妳又不是不知道。」

青玉抿嘴一笑，說道：「怕她怎的，誰去管她們那點子小心思，咱們幾人只管通好氣，今兒叫她們輸個精光，只當給老太太取樂子了。」

一句話說得眾人都笑起來，李老夫人也拍手道：「說的對極了，就這麼辦。快吩咐下去，趕緊將人引進來！」

眾人都聚頭商量著，只等著這兩隻肥羊上門。

李承之再次回府，已是將近亥時。

依然是阿東駕了車，從角門進了府，自有那小廝接了韁繩。

李承之先下的車，後面跟下來一個瘦小的小姑娘，低著頭，頭髮有些發黃乾枯，身體也是瘦小小的，衣裳顯然是以前的舊衣，洗得有些發白，已看不出原來的顏色，袖子褲腿都有些短了。

李承之對阿東道：「你先將人帶去安頓了。」

阿東頷首，小姑娘也不多話，乖乖地跟著他走了。

李承之隨手招了小廝過來問話，得知李老夫人帶著李婉婷和李越之在花園水榭做耍，便轉道向花園走去。

正走到花園的月洞門口，還未進門，便聽見了大聲的喧譁。

他剛踏進去半步，迎面一個人衝出來，差點將他撞了一個大跟頭，一股濃重的廉價脂粉香撲鼻而來，李承之忍不住按了按胸口，一陣氣血翻湧。

「啊呀！承哥兒回來啦！快叫奶奶瞧瞧！」

阿諛的笑聲伴隨著故作親近的話語，一隻明顯是經過保養的胖胖手向李承之的手臂撈了過來。李承之不著痕跡地往旁邊一閃，借著月洞門上的兩只燈籠，飛快地將面前的一行人都粗粗打量了一遍。

領頭的是個老太太，花白的頭髮，明晃晃插著一把祖母綠的梳子，三角眼，大眼袋，顴骨下兩頰的肉鬆垮垮掛著，嘴唇倒是油光發亮，估摸著剛吃了什麼油水足的東西，一身的褐色衣衫，倒還算得體。

側後方跟著一個中年婦人，滿頭的金銀珠翠，飽滿的臉和臃腫的身材渾似大小兩個球，大熱天猶自一身錦衣華服，手上戴滿了玉鐲子、金戒指，倒是逼人的富貴，只是太俗氣了些。她只消這個人往哪裡一站，就是一個金玉鋪子，什麼首飾都有，嘴巴也是同老太太一般的油光水亮，只是臉色卻有些發青，似乎是氣的。

在後面就是僕婦丫鬟小廝了，拉拉雜雜一堆人，服飾混雜。

李承之瞥了一眼其中幾人手中提著的食盒，認出了上面印著的是自家的標記，忍不住眼角細微地抽了一抽。

「承之見過四老太太、鐸大奶奶。」

四老太太擺了一副不高興的模樣說道：「承哥兒生意做大了，心也大了，連一聲奶奶都不肯叫了。」

李承之面不改色，淡淡說道：「哪裡的話，長幼有序，承之不敢踰矩。」

四老太太面色不善，旁邊的婦人看見了，忙拉開一個笑容說道：「老太太，承哥兒這是敬重您呢！」

李承之忙迎合著做出十分敬重的模樣，四老太太這才就坡下驢，緩了臉色。

你道這兩位婦人是誰？原來李承之的祖父姓李名繼祖，是家中長子，底下還有弟妹共三人，最小的四老爺娶的便是這位四老太太上官氏。

上官氏父輩是個小官兒，雖是無甚大教養，總歸官宦人家，該有的品味儀態還是有的。

而上官氏生了一子一女，長子李鐸，娶的是柳氏，便是李承之口中所稱的這位鐸大奶奶。柳氏本是豬肉鋪掌櫃的閨女，最是俗人一個，只愛拿金銀珍寶，每日出門都恨不得將全身家當穿戴到身上，深怕別人不知道她是有錢人。

說起來，淮安首富李家，雖然明面上指的是李氏全族，包括了李家各房，但是在淮安的老一輩人都知道，李家真正的發跡，靠的是李繼祖的兩個兒子李敬、李銘，其餘三房不過是參與了家族生意才跟著沾了光。真正有錢的，還得是李繼祖這一房，也就是李老夫人和李承之這一支。

李承之素來不喜四房的這位老太太和那位大奶奶，但作為小輩，該有的禮數卻是從來不肯少的。

「四老太太、鐸大奶奶深夜來訪，不知有何要事？」

「我們……」

柳氏剛說了兩個字，被婆母一把掐住了手，將剩下的話又嚥回了肚子裡。

上官氏笑道：「不過是閒日無聊，找你奶奶做耍罷了，無甚要緊事。」

她們不說，李承之樂得不找麻煩，便道：「如今是要走了嗎，可要承之派車相送？」

其實四房所住也在西市，離此不過兩條巷子的距離，走路也不過一會兒。

果然上官氏擺手道：「不必不必，我們來時坐的馬車，如今只管坐回去就是。承哥兒勞累了一天，還是早些歇息才是，這到了九月還得辦喜事呢，可得保重身子呢。」

李承之躬身道：「多謝四老太太關心。」說著，又高聲吩咐了旁邊的小廝道：「你二人替四老太太和鐸大奶奶引路，一定要親自送到門外。」

小廝們忙應了聲是。

上官氏大約是沒料到他送客送得這般痛快，臉上閃過一絲尷尬，清了清嗓子，這才帶著媳婦柳氏和一眾下人走了。

李承之站在月洞門前，靜靜地看著她們的背影消失，這才回頭進了花園。

到水榭不過一小段路，他才走到湖邊就聽到從水榭中傳出來的笑聲，嘻嘻哈哈好不快活。定是老太太又尋了人家開心了，果不其然，他走到門口的時候，就聽見李老夫人正興高采烈地同下人們說著。

「她們倆走時的模樣，妳們可瞧見了，那才叫好笑呢！」

她一面說一面笑，一面還拿手拍著桌子，「啪啪」作響。

林嬤嬤、張嬤嬤都掩著嘴，笑道：「到底青玉厲害，那一手牌打得，那叫一個高明，往後我們可不敢與妳玩牌了。」

青玉自信地一笑，把那得意都穩穩地放在心裡。

真兒端了一碗茶給李老夫人，笑道：「青玉姊姊的牌那也是老太太教的，要我說，還得是老太太的功勞。」

眾人都笑著稱是。

李婉婷一個猛子撲到李老夫人身上，嚷道：「奶奶今日賺了多少錢？分與我跟阿平一些呀！」

李老夫人一隻手裡正捏著銀票呢，聞言趕忙往懷裡一藏，瞪著眼睛道：「我打妳個小鬼靈精，前頭才搶了我的牌友，今兒倒想貪圖我的銀子，老婆子哪有這麼好糊弄？青玉快來，將我的錢都藏得好好的，可別給這個小祖宗給偷了去。」

青玉笑著，走過來接了她手裡的銀票。

小婉婷噘著嘴道：「奶奶也忒小氣，連我跟阿平都不分些小錢，哼，還說疼我們呢！我們哪裡比得上銀子稱妳的心，果然萬般皆下土，唯有銀錢高！」

眾人都是一愣，繼而哄堂大笑。

真兒一把捏住了她兩頰的嫩肉，笑道：「我的小祖宗，妳哪裡學來的這個話兒！」

李老夫人拿手指點著，笑得上氣不接下氣。「怕不又是她那嫂子教得她，倒是個活潑實在的人兒！」

眾人嘻嘻哈哈笑做一團，倒有眼尖的看見李承之從門口走了進來，忙忙地都高叫大少爺安。

李承之揚聲道：「適才遇見了四老太太和鐸大奶奶，看如今的情形，必是被奶奶給算計了一把。讓我猜上一猜，可是玩骨牌，贏了她們的錢？」

一見到他進門，青玉便已吩咐人抬椅子過來，又另外準備茶水。

李老夫人先是指著李承之，對眾人笑道：「我這大孫子就是聰明，一猜就準。」

她扭過頭來又對李承之道：「她們倆的心思，你又不是不知道，每每上門，說話總叫人生厭，今兒個我同青玉丫頭聯合算計她們一把，雖是叫她們輸了不少錢，好歹把頭面衣裳都給留下了。這回，總能叫她們害個怕，看以後還敢不敢再來。」

李承之恍然，難怪剛才碰見的時候柳氏的臉色如此灰敗，原來是破財的緣故。

他對青玉招招手，青玉走過來福了一福。

「我今兒買了個丫頭，妳卻不必為她入冊，她只今夜在家住一晚，到了明日，自有去處。」

青玉眼珠不過一轉，立馬笑道：「只怕這個丫頭，過不得兩月，還是要到咱們家來的吧！」

李承之瞥了她一眼，也不搭腔，只說道：「夜已深了，奶奶還是早些歇息的好，阿平、阿喜也該回房睡了。」

李老夫人問道：「什麼時辰了？」

回答說是已過亥時二刻。

李老夫人吃驚道：「竟是這麼晚了，還不快些收拾了，服侍少爺、小姐歇息去？」

眾人應了，忙忙地起身收拾。

阿喜倒還精神著，阿平卻是早已趴在榻上睡著了，幸而有林嬤嬤揀了一床毯子蓋著，不致受涼。

李承之噓了一聲，叫眾人悄聲，自個兒走到榻前抱起李越之。十歲的孩子也有好些分量，又是男孩子，可不輕呢，但李承之抱在手裡，卻並不顯得吃力。

李越之白日是要跟著先生學課業的，如今睡得沈了，抱在別人懷裡，仍未驚醒。

李婉婷看得羨慕，張嬤嬤攥了她的手，刮了一下她的小鼻子。

眾人都輕手輕腳，收拾了東西，呼啦啦出了水榭，十數個燈籠在湖邊遊走，恍如一條銀蛇，一路出了花園，往李老夫人的長壽園而去，李婉婷和李越之一直跟在李老夫人身邊長大，至今還住在長壽園的偏院中。

李承之一路將祖母跟弟弟妹妹送回長壽園，這才返回自己的明志院。

走時李老夫人同他說好了，明日一早，真兒便搬到他那院子裡去，李承之應了，自會叫人收拾出真兒的房間來。

一夜安睡。

今兒是七夕，按照金老六的話說：今天是屬於妳們娘兒們的日子。

一大早，金林氏便做了許多的巧果，這是一種炸麵點，做成了各種樣式，有圓的、方的、花兒的，滿滿地盛了一盤子，又滿滿地裝了一食盒。

金秀玉倒是知道，前世的時候有些地方便有七夕做巧果的風俗，不過必是家裡有閨女的人家才做。金林氏做了一盤子，必是給她的，另外那一食盒卻不知要給誰？

她疑惑道：「娘，為何還特意拿食盒裝了？可是要送人？」

金林氏拿手指一戳她的額頭，道：「蠢丫頭，都要做媳婦的人了，還半點子人情世故都不懂。今兒是七夕，等會兒吃了早飯，妳便將這一食盒巧果兒給那李家送去。」

金秀玉不以為然道：「李家可是淮安首富，家裡什麼樣的吃食沒有，還稀罕妳這幾個麵果子？」

金林氏瞪了她一眼，倒是金老六開口道：「丫頭，這妳卻不知道了，淮安城可不會在七夕炸巧果，只有妳娘家鄉那邊才有這個風俗。這物件不稀罕，卻是個新鮮玩意兒，妳給李家送去，是表表未過門的媳婦和嫂子的一點子心意。」

原來如此，金秀玉拿了一個花朵兒一般的巧果在手上，看了看，模樣倒是很精巧的，放到嘴裡咬了一口，酥脆鹹香，是個好零嘴。

金林氏道：「這裡邊一半甜一半鹹，我都給分好了，妳只管送去就是。」

金秀玉應下了，先招呼一家子吃早飯不提。

飯後，自然又是金林氏收拾，金秀玉挽了食盒便要出門，剛打開院門，只聽一聲馬嘶，原來是阿東駕了馬車正好在門前停下。

「咦？金姑娘莫非能掐會算，知道我阿東今兒要來，這麼巧便開門來迎接？」阿東仰著一張臉嘻嘻笑著，陽光燦爛的，與他人近中年的身分十分不符。

金秀玉定睛看了看，之所以人人都覺得阿東該有三十左右的年紀，不過是因為他唇上有兩撇小鬍子，顯得年紀大。不過她暗自猜測，這古人的外表都做不得準，阿東到底有多大，還真不好說呢。

「阿東，你來可有要事？」

阿東搖頭道：「要事沒有，美差倒有一樁，我是奉了大少爺的命，接金姑娘到一品樓一行。」

金秀玉疑惑道：「做啥？」

「金姑娘去了自然就知道了。」

他神神秘秘地，金秀玉問不出話來，想著反正也要去李家送東西，又是順路，便不再追問，提了食盒上車。

阿東吆喝一聲，駕了馬車便跑。

一品樓在平安大街和廣彙大街的交叉口上，正是淮安城最繁華所在，名聲在外，南來北往的商旅到了淮安城，定是要到這淮安第一酒樓吃上一頓的。

大早上的，一品樓還未開業，大門緊閉，阿東駕著馬車並不到酒樓前門，而是繞到了後巷，進了一品樓的後院。

金秀玉提了食盒下車，疑惑地看著阿東。

後者也不說話，只做了個請的手勢。

金秀玉猜想這謎底大約要李承之來了才能揭曉，看阿東的模樣是決計不會透露的了。

莫非這李承之也是穿越而來的？否則怎會在這樣重要的節日請她到酒樓來，這節日大餐的花樣可是只有前世現代的男人們才會玩的。

雖尚未到開業的時間，一品樓內卻已經十分忙碌，夥計們都忙著擺桌椅、佈置大堂、收拾雅間，廚下的則忙著收拾各種菜色，殺雞宰羊熱鬧得很。

阿東領著金秀玉一路穿過大堂，上了二樓，路上不時遇見捧著花盆或其他擺設的侍女，穿著統一的淺藍色褂子，綰著烏溜溜的大辮子，辮子上綁著桃紅色的長絲帶，面容姣好，笑顏如花。

一品樓不愧是一品樓，單單這些訓練有素的年輕侍女，便已不是其他酒樓能夠相媲美的。

金秀玉一路走、一路看，每每遇見的侍女還有夥計們，都會恭敬地朝她和阿東行禮，嘴裡稱著「金姑娘」和「東少爺」。

阿東在旁邊笑道：「金姑娘不必疑惑，這一品樓乃是李家的產業，妳即將成為李家的女主人，也就是這酒樓的半個主子了。」

金秀玉吃了一驚。是了，李家生意做得那麼大，一品樓是李家的產業，又有什麼奇怪？

阿東領著她上了二樓，直奔中間最大的雅間，進門前，金秀玉抬頭看了一眼雅間的匾額，上題「富貴如雲」四個字。

倒是生意人的好彩頭。

金秀玉進了雅間，只見中間是一色的黃花梨圓桌圓凳，正對著門口，桌子後頭便是四扇精巧的摺疊屏風門，如今已是拉開了，懸著做工精細的湘妃竹捲簾，打起了一半，屋內四角都是蘭花盆景，淡香悠然。

她慢慢踱著，繞過圓桌，到了竹簾處，打起簾子，一色日光照進來，原來外面是個廊室，三面大窗敞亮，十分通透。

一品樓後頭不遠便是一個大湖，名叫春湖，卻是淮安城的心臟地帶，碧波萬頃，景色秀麗，站在廊室內，猶如臨空身處春湖之上，放眼遠眺，令人心曠神怡。

金秀玉站在窗沿邊，忍不住深深呼吸了一下。

「小姐，請用茶吧。」

身後突然響起一個輕柔的女聲，將金秀玉嚇了一跳。

她猛地轉過身來，只見面前一個嬌小的女孩兒正低頭站著，屋內空蕩蕩，阿東不知何時竟已離開，只有桌上一只木盤，盤內一只壺兩只茶杯，壺口上正有絲絲嫋嫋的輕霧升騰。

「奴婢見過小姐。」

那女孩又福了一福，動作有些生澀，看起來不像服侍慣人的。

金秀玉問道：「妳可是這酒樓的侍女？」

女孩搖頭道：「不是。」

「嗯？」金秀玉奇道。「那妳是何人？」

女孩抬眼飛快地看了她一眼，馬上又低下頭去，輕聲細氣道：「奴婢是大少爺買來的丫頭，奉命來伺候小姐的。」

金秀玉點點頭，以為她是李府的丫鬟。

「妳叫什麼名兒？」

女孩回答：「奴婢是昨夜才進的府，大少爺還未曾起名。」

金秀玉追問道：「那妳原來叫什麼名兒？」

女孩又飛快地看了她一眼，輕輕地說道：「東少爺說，奴婢如今已不是自由身，從前的姓名都要拋掉，主人家說叫什麼名兒，奴婢就叫什麼名兒。」

金秀玉皺緊了眉頭。這事情透著古怪，李承之大清早叫阿東接她來到一品樓，又派了一個連名字都還沒起的丫鬟來招待她，這到底打的什麼算盤？

想起昨日交代給李婉婷的吩咐，莫非這女孩不僅僅是丫鬟這麼簡單？

她又將眼前這個女孩仔細地打量了一會兒，見她年紀尚小，身量未足，雖是低著頭，卻露出後頸上一截雪白的肌膚。方才兩次抬頭，也讓她發現，女孩兒小小的巴掌臉上有雙黑白分明的眼睛，還有嘴邊很小巧的一顆美人痣。再看她袖子底下露出的雙手，十指纖纖，骨肉亭勻，倒比她的手還顯得柔嫩，哪裡像個幹活的奴婢，分明是保養得當的小姐一般。

金秀玉越看越覺得古怪，尤其越感到這個女孩的不尋常。

李承之在自己露面之前，先讓這女孩來見她，是什麼用意？

難道，他是想給自己一個下馬威？警告自己身為婦人，不可生妒嗎？

她捏緊了袖子底下的手，若是這般，倒要他看清楚她金秀玉是個什麼樣的女子。

金秀玉便是這麼副脾氣，越是生氣越是憤怒，臉上越是沈靜，靠牆放著一溜圈椅和茶几，她揀了一張椅子慢慢坐下。

女孩兒心思極為敏感，像是察覺到了金秀玉散發出的低氣壓，心內躊躇了一下，還是倒了一盞茶，默默地放到金秀玉手邊，然後靜靜地站在一旁，斂氣屏息，恍如老僧入定。

茶香嫋嫋，似是茉莉香片。

金秀玉一語不發，也不喝茶也不動。

屋內落針可聞，門外依稀響起腳步聲，越來越近，輕緩卻穩重，金秀玉一聽就猜到來人是誰。

果然，吱呀一聲門開啟，李承之修長的身影出現在門外。

他未開口，便已漾開一絲微笑。「原來妳早到了。」

「阿東一大早便駕了馬車來，二話不說將我拉來這裡，不想你這主人家卻姍姍來遲。」金秀玉微笑著說話，面上不動聲色。

李承之卻不知為何，察覺到一絲疏離。

他走到金秀玉身前，見她穩坐如山，一動不動，竟也不讓讓他，心內便是咯噔一聲。

這小妮子，當真是置氣了？

他轉頭看了看默默站在角落的女孩兒，抬手一指，對金秀玉道：「這姑娘，妳可問過話了？」

金秀玉抬眼看他，淡淡道：「問過了。」

「覺得可好？」

金秀玉看了看那女孩，又看了看李承之隱隱期待的目光，聲音越發冷淡。

「很好，進退有禮，清秀可人，卻不知是哪家的小姐？」

李承之一愣，道：「何來此問？」

金秀玉冷冷地瞥了他一眼，又看了那女孩一眼，微微別過臉，只盯著地面不說話。

李承之到底不是初經人事的毛頭小夥子，見了她的神情，腦中突然開了一竅，頓時明白這小妮子是在彆扭什麼了。

想通了緣由，他反而倒覺得可笑，再聯想到昨日李婉婷故意說給他聽的那些話，不由有些哭笑不得。

原來他心心念念、好不容易拿下了要娶回家的，竟是個醋罈子呢！

歪著腦袋看了看金秀玉，這小妮子小臉繃得緊緊的，目光沈靜如水，分明是生氣的模樣，偏偏嘴巴閉得緊緊的。

李承之暗笑，抬起手來一擺，那女孩子會意，輕巧地福了一福，默默地退出雅間，走時還帶上了門。

是個聰明的。

李承之暗暗讚許，回頭又看著金秀玉，正好捕捉到後者剛剛縮回去的眼神。

金秀玉正生著悶氣，冷不防李承之一步跨了上來，雙臂一伸，便將她抱了個滿懷。

軟玉溫香滿懷，竟是出奇地貼合。

李承之輕聲道：「可是生氣了？」

金秀玉別著臉，淡淡道：「你看我是不是在生氣呢？」

李承之微微低下頭，湊近了去看，金秀玉板著臉，斂著眼皮，一動不動。

「傻妮子，那不過是我特意買來伺候妳的丫頭，妳想到哪裡去了？」他一面嘆著，一面揉了揉她烏黑順滑的頭髮。

金秀玉避開他的手掌，歪著腦袋，雙眼晶亮，道：「誰說我是為了那丫頭生氣？」

李承之不解道：「那是為了哪個？」

「當真不知？」

「還請明示。」

金秀玉冷笑一聲，雙臂一掙，掙脫了他的懷抱。

「李大少爺既有人才又有錢財，想必不愁有那月貌花容的女子投懷送抱，卻不知你一顆心，能分成幾瓣，給幾個女子？」她斜睨著眼，嘴角挑著冷冷的笑意。

李承之見她較真起來，暗道一聲不好，不該同她開玩笑的。

「昨日，阿喜學了一句話，回來說給家裡聽，這話是：吃著碗裡的，看著鍋裡的。聽著是坊間俗語，豆兒可知道是什麼意思？」

金秀玉咬著嘴唇道：「李大少爺見多識廣，難道不知嗎？」

李承之微微一笑，說道：「這句倒也罷了。還有一句：抱著床上的，想著門外的。這我倒要問責妳這嫂子了，為何阿喜去了妳那邊一趟，回來便學會了這樣的混帳話兒？」

他面上笑著，眼裡卻半分笑意也無，狹長的桃花眼微微一瞇，說不出的犀利懾人。

金秀玉低下頭，咬住了下唇，暗悔確實不該同小婉婷說這樣的話兒，沒的教壞了小孩子。只是李承之這般責問，卻叫她臉上掛不住，又想起對方已有小妾的由頭，不由又氣又苦，劉海底下抬起眼皮，斜了他一眼，竟是十分的幽怨。

像有隻貓兒拿爪子撓了一下，李承之心兒一緊，一步上前，猛地將她抱住。

金秀玉只覺腰上像箍了兩個鋼圈子，整個人都快嵌進他胸膛裡去。

「我何時吃著碗裡看著鍋裡了，妳倒是與我分說分說！」

這話兒說不清是惱怒還是埋怨，只是嘴裡說著，李承之臉上卻露出笑意。

金秀玉微微別著臉，抬著眼睛嬌俏一笑，道：「聽說大少爺有一房妾室，生的好相貌，做的好女工，倒是婦容婦德都俱佳的，可見你是個有福的，平日裡紅袖添香、挑燈夜讀，定是繾綣得很。」

李承之苦笑不得，說道：「妳倒是高看了我，我一個俗不可耐的生意人，可沒有那挑燈夜讀的興致，紅袖添香倒是個好主意，改明兒妳與我添香一回？」

金秀玉哼一聲道：「家裡有個可人兒呢，只管找她去。」

沒想李承之認真地點頭道：「是了，妳是正經的當家主母，這服侍人的活兒，自然是叫別人去做。」

金秀玉看他一眼，不做聲。

「今兒是七夕，大小是個節。一品樓大早上進了幾筐春湖大閘蟹，妳正好趕上了，倒能享一回口福。」

金秀玉抿了抿嘴，嘀咕道：「七夕是女兒節，同你又有什麼關係？」

李承之本就耳朵尖，如今離得又近，哪能沒聽到？見她小孩兒一般撒嬌，倒是貓兒一般惹人憐愛，便笑道：「難得有今日這般肥大的蟹，獨樂樂不如眾樂樂，妳是先到的，等到了中午，自然有其他人來，大家熱熱鬧鬧吃一頓，豈不快活！」

「還有誰要來？」

「奶奶，還有阿平、阿喜。我已吩咐了阿東，回頭將妳爹娘也接來，等下了學，再叫人將沐生也接過來。」他往廊室外面看了看。「看著天色，奶奶同阿平、阿喜應當出門了，卻不知什麼時候到。」

金秀玉吃驚道：「那你還不快放手，若是叫人看見了，成什麼樣子！」說著，便伸手推他。

李承之嘴裡一迭聲道：「不急不急，人還沒到呢。」一面將懷裡的人兒摟得越發緊了。「妳這妮子無緣無故吃了飛醋，調侃了我半日，如今也要讓我討點補償才成。」

金秀玉只覺耳朵旁熱熱的呼吸噴在臉上，癢癢的、濕濕的，像有個爪子在心裡一抓一抓，沒個著落。

空氣裡飄著曖昧的因子，李承之慢慢地俯過去，濕熱的氣息掃在她臉上。

金秀玉慢慢閉上了眼睛，唇上一片柔軟濕潤，身子被密密地抱著，一絲兒都漏不出去。

她只覺自己如同那溺水的旅人，整個人都陷在名為李承之的漩渦裡。

他密密地吻著，好似貪吃的小孩子一般，吃不完那份甜蜜，吻著唇、吻著鼻尖、吻著臉頰、吻著耳垂。

「傻妮子……」

他一聲一聲的嘆息，彷彿是種蠱惑，讓金秀玉渾身發軟，意識遊離在九霄雲外。

金秀玉軟軟地靠在他臂彎之中，呼吸還有些微的紊亂。

李承之用下巴輕輕地蹭著她的劉海，有點沙啞的嗓音顯得比平時尤為性感。

「傻妮子，原來竟是個醋罈子。」

他好笑地調侃著，惹得金秀玉惱怒地推了他一把。事到如今，金秀玉哪裡還能不明白他的好意，古代女子出嫁，嫁妝的輕重會影響到她在婆家的地位，陪嫁丫頭也是嫁妝的一部分，李承之怕她沒有陪嫁丫頭，到了李家會被看輕，這才特意給她買了這個丫頭來預備著。不過嘴巴上，她自然還要逞強一下的。

「既是醋罈子，你倒別娶我。」

李承之慌忙抱回來，說道：「我就喜歡醋罈子。」

金秀玉沒好氣地瞪他一眼，拍開了他的手，一面整理著自個兒的髮辮，一面見桌上茶水都涼了，便對李承之說道：「茶都涼了，還不叫丫頭來換下去，等會兒奶奶她們可要到了。」

李承之笑了笑，走過去開了門，招了那女孩進來換茶。

金秀玉問道：「她叫什麼名兒？」

「還沒起呢，我昨夜才買來的，想著送與妳使喚，只等妳起名兒。」

金秀玉忍不住道：「我其實用不著丫鬟的。」

李承之不以為然道：「以前用不著，如今卻是一定要用的。妳將來過了門，便是李家主母，哪能一個貼身的娘家人都沒有？況且如今妳不幫家裡做活，買個丫鬟，也好幫襯岳父岳母，妳也好安心繡妳的嫁妝。」

金秀玉正乖乖聽著，聽到最後一句，不由飛紅了雙頰，啐道：「定是娘嘴巴碎，又到處亂說了，你竟然也來取笑我。」

李承之忍住了笑，忙道：「妳花了心思繡嫁妝，我只有歡喜，哪敢取笑！」頓了一頓，終究沒撐住，還是笑了出來，一面笑著一面道：「只是聽說，連鴛鴦都不會，倒繡成了水鴨子……」話未說完，已哈哈笑出聲來。

金秀玉鼓著臉噘著嘴，又不好說上輩子沒見過鴛鴦，哪裡知道那玩意兒的模樣？眼見李承之笑得捧腹，旁邊那女孩低著頭，肩膀也是一聳一聳的，不由得惱羞成怒，一伸手在男人腰上狠狠擰了一把。

李承之渾身一震，那未完的笑聲立刻憋回了肚子裡。

只見金秀玉不動聲色地縮回手，彷彿方才下手的並非她本人，只管神色自若地看著那女孩，問他道：「她原來是個什麼樣的人家出身？」

李承之只覺腰上像被刀子剜了一下，鑽心的疼，暗嘆這妮子每每下手都十分狠厲，嘴裡卻答了她的問話。

原來這女孩是外地人，家鄉遭了水難逃出來，全家只剩父女二人，流落到淮安，身無分文，乞討度日。日前父親得病去世，只剩她一人無依無靠，當日在夜市中賣身葬父。李承之上前問了話，見家世清白，生得又乾淨，看著是個聰明靈秀的，說話也有條理，這才買了來。

他那邊說著，女孩兒這邊就紅了眼眶。

金秀玉聽了身世，已覺得這女孩兒可憐，上前握了她的手，問道：「妳會做什麼？」

女孩兒抽了抽鼻子，答道：「洗衣做飯都會的，女紅也學了。」說完猶豫了一下，又低聲加了句：「還學過幾個字，認得一些帳目。」

金秀玉露出一絲吃驚的神色，李承之道：「她父親原做過帳房先生，想必教過一些。」

金秀玉似笑非笑地看著他，暗想這才是你買她的目的吧，將來我做了李家的主母，身邊好有個會算帳的人兒幫襯，你當我是小門小戶的姑娘，不識字不會看帳呢。

她暗暗地想著，也不說破，只等將來露一手給他看。

上下打量著女孩兒，見她削肩細腰，好似雲朵一般輕巧，又見十指纖纖如春筍，想著即便以前是家裡嬌養的，如今做了丫鬟，也不好起那高雅的名字，還是通俗易記的好些，便說道：「我與妳起個名兒，就叫春雲吧。」

女孩兒立刻福了一福，道：「春雲謝小姐賜名。」

金秀玉見她喜歡這個名字，滿意地點點頭。

李承之道：「春雲，以後妳便跟著金小姐，盡心服侍，切不可有半點背主之心。」

春雲又福了一福，恭聲道：「春雲謹記。」

李承之從袖裡取出薄薄一張紙，遞給金秀玉道：「這是她的賣身契，妳收好了。」

金秀玉接過來，眼角餘光看到春雲飛快地看了這紙片一眼。

三人剛交接完，只聽咚咚咚樓梯響，然後便是阿喜那招牌的小亮嗓，大嚷著：「哥哥、嫂嫂，阿喜來啦！」

李承之和金秀玉忙走出雅間，一個小小的影子飛過來，正好一頭撲在金秀玉懷裡。

只聽上樓梯的腳步響成一片，拉拉雜雜上來一堆人，打前頭的便是李老夫人和金林氏，兩婦人握著手，倒是顯得親熱。後面是金老六，李越之跟在他身邊。再往後就是各色的丫鬟小廝，眾星捧月一般。

李承之和金秀玉笑著一個一個地給長輩見禮。

完了，金秀玉暗笑，怎麼跟前世在酒店辦婚禮似的，新郎新娘都在門口迎接客人。

熱熱鬧鬧一群人過來，李承之也是笑著，只是一眼掃過去，見人群中還站著兩位不速之客。一個花白頭髮的老婦人，還有一位身材臃腫的中年婦人，此時都以意味深長的眼光冷冷地盯著他身邊的金秀玉。

李承之的臉，頓時拉了下來。

第十章　為女備嫁妝

「四老太太和鐸大奶奶怎麼來了？」
李承之突然低沈下來的嗓音，讓金秀玉吃了一驚。
她循聲望去，只見一位老夫人和一位胖胖的中年婦人正向她走來。
很久以後，金秀玉都還記得當時看到上官氏和柳氏的第一印象，三角眼大眼袋面色沈沈的上官氏，好像是犯了鴉片癮的煙鬼；金銀珠翠掛滿全身的柳氏，則像是一個移動的金鋪。
「聽說一品樓今日進了好大的春湖大閘蟹，我老婆子跟媳婦兩個終日在家無聊，今兒也趕巧了享一回口福。反正是自家的酒樓嘛，肥水不流外人田。」
上官氏嘴上答著李承之的話，眼睛卻上上下下打量著金秀玉，面上倒是不動聲色。
李承之下顎肌肉一收縮。
肥水？只怕今日一品樓這幾筐大閘蟹都不夠她婆媳二人填的。
金秀玉站在李承之旁邊，明顯地感受到來自左前方那位鐸大奶奶充滿敵意的眼神。
她今日是第一次見李家這兩位親戚，卻不知何時得罪了對方，一見面就不受喜愛。
「這會兒還不到飯點，四老太太和鐸大奶奶先到雅間歇息吧。」
李承之笑著做了個請的手勢，上官氏和柳氏點著頭，收回黏在金秀玉身上的目光，先後進了雅間。

李老夫人、金林氏、金老六、上官氏、柳氏，幾個長輩先各自坐了，青玉、真兒各搬了一只春凳，讓李婉婷和李越之挨著李老夫人坐了。其餘眾丫鬟小廝，也都各自在角落裡站好。

春雲如今是跟著金秀玉，亦步亦趨，影子一般。

李承之在門外暗暗對屋內的真兒招招手，真兒回了一個會意的眼神，對屋內眾位主子笑道：「這會兒夥計們都忙著開張，怕是怠慢了幾位主子，我親自去催他們上茶來。」

她從容地從雅間裡退出來，掩上了門。

李承之只等真兒過來，壓低了聲音問：「四老太太和鐸大奶奶怎的來了？」

真兒苦笑道：「這二位主子只怕是惦記上咱們府裡了，這府裡頭也定有人收了她們的好處，與之通風報信。今兒早上，咱們前腳出了府，四老太太和鐸大奶奶後腳就在路上同我們相遇，說是來吃大閘蟹，老太太又能說什麼？只好一路同來了。」

李承之皺了皺眉頭，金秀玉聽得糊塗，問道：「這四老太太和鐸大奶奶是什麼人？」

真兒看了一眼李承之，知道他極厭惡這兩個婦人，便自個兒先開口同金秀玉分說。

「咱們老太爺共有兄弟四人，老太爺是大哥，底下還有一位二老爺、一位四老爺，姑太太排的是第三。方才那位老太太，就是四老爺的正室，娘家姓上官。四老爺前些年過世了，四老太太就成了四房的當家人。四房人丁不算繁盛，只有一位鐸大爺、一位蕙姑奶奶，鐸大爺正室娶的是柳家的姑娘，就是方才跟著四老太太一起來的鐸大奶奶。鐸大奶奶嫁過來十幾年，也就只給四房添了一位少爺，名諱是一個勳字。」

金秀玉聽明白了兩人的身分，仍有疑惑，繼續問道：「這四老太太和鐸大奶奶似乎都不大受咱們家喜愛，這卻是為何？」

真兒掩嘴笑道：「奴婢只是個下人，可不敢背後議論主子的是非。金姑娘若想知道，只管問大少爺便是。奴婢還得去催夥計上茶點呢，這就告退了。」

她快嘴說話，又快手快腳行完禮，腳底抹油，一溜煙走了。

金秀玉看著李承之，李承之嘆道：「妳先別問，只管看著，等會兒就知道原因了。」

他話音未落，雅間門一開，一個小廝走過來，只給李承之行了禮，笑道：「咱們大奶奶說，靜坐無聊，還請少爺給請個助興的來，唱曲兒或是說書的都成。」

李老夫人常帶的下人都有定數，金秀玉都見過一回，眼前這個小廝卻看著眼生，猜測是四房那邊的下人，四老太太帶來的。這會兒見他只給李承之行禮，不給自己行禮，雖說自個兒還不曾過門，到底也是個客人的身分，四老太太和鐸大奶奶不喜愛她倒也罷了，竟然連這區區一個小廝也不將她放在眼裡。

金秀玉不動聲色，只是抿緊了嘴。

李承之卻冷哼了一聲，冷冷道：「四房便是這樣教下人規矩的嗎，見了客人，連行禮問安都不會。」

他這麼一責問，語氣自然而然帶著上位者的威壓，小廝只覺得泰山壓頂，頓時額頭冒冷汗。

「小的見過金姑娘，大人不記小人過，求姑娘饒了小的這一回。」

金秀玉微微一笑道：「你放心，我不會同你一般見識。」

她淡淡瞟了一眼李承之，心內十分滿意。

李承之依舊板著臉，眼神卻已放柔。

小廝戰戰兢兢道：「少爺，鐸大奶奶那邊，小的怎麼回話？」

李承之嘴角一挑，說道：「長輩之命，豈敢不從。你只管去回話，我這裡自有安排。」

小廝應了，轉身一路小跑，回了雅間。

金秀玉見他忙忙如喪家之犬，不覺莞爾。

李承之則隨手招了一個夥計，吩咐了幾句。那夥計領命而去，不多久便領上來一老一少，老人提著一把二胡，少女懷裡捧著琵琶，顯見是一對賣唱為生的父女。

二人進門不久，雅間裡便依依呀呀彈唱起來，金秀玉聽不大懂，只覺得是首歡快的調子，李承之搖頭道：「有母如此，難怪兒子也只會花天酒地。」

金秀玉正疑惑著，見雅間門又打開來，直視過去，正好能看見柳氏。

柳氏一面拈了瓜子兒往嘴裡送，一面朝門外喊道：「我說這主人家怎麼不見了，原來是同那小娘子調笑作樂去了。」

這話兒金秀玉聽著不大對味，只聽雅間裡也響起幾聲笑聲，還有李老夫人咳咳清喉嚨的聲音。

「承之，長輩們都在，還不快些進來？金姑娘也進來呀，這曲兒倒好聽，進來才聽得真切。」

金秀玉拉開一個笑容，李承之面無表情，握住她的手腕，大步往雅間走去。

金秀玉面上一紅，心內倒是有些甜絲絲，只覺他在眾人面前做出如此舉動，是在對她的身分進行一種認同和展示，乖乖地由著他握了。

二人進了門，給眾位長輩又見了一次禮。

李老夫人和金老六夫婦自不用說，樂得見這對小兒女和睦。

上官老太太卻不樂意了，撇著嘴道：「這人的教養高低、家風疏嚴，只看一舉手一投足便可知曉。若是大家閨秀，知書達禮的，怎能大庭廣眾與男子公然拉拉扯扯？」

這話裡的刺兒，人人都聽得出來，金林氏頓時就沈了臉，嘴巴一張就要反駁，金老六一抬手，按住了她，暗示不可。

這是李家的親戚，只看李老夫人和李承之怎麼處置。

李老夫人似笑非笑道：「弟妹倒是一番好心，不過在場的都不是外人，這金丫頭已是同承之訂了親的，早晚都是李家的人，小兒女們和睦，不正是咱們做長輩的喜聞樂見的嗎？若要拿那些酸儒的死道理來約束，反而不痛快了。弟妹也曉得，我老婆子是最見不得人找不痛快的，妳說是吧？」

上官氏僵硬一笑道：「大嫂說的是，咱們這樣的人家，哪裡用得著拘泥那些。」

李老夫人笑著，欣慰地拍拍她的手。

她們這麼一說的工夫，李承之早已放開了金秀玉的手，兩人找了位子坐下。真兒和春雲一人一盞茶奉上，還有各色茶點瓜果。

只聽那賣唱的父女二人已唱完了一段，重起了調子，又換了一首曲子唱起來，依舊是歡快的。

金林氏只覺糕點酥軟香甜，入口即化，是從來沒吃過的美味，一面很是盡興地吃著，一面對李老夫人道：「我今兒才曉得，原來這一品樓是李家的產業，怪不得這般氣派。」

李老夫人笑道：「不過是個酒樓罷了，等會兒叫掌櫃來，叫他認認你們這幾位親家。」

金林氏曉得這意思，以後金家來這酒樓，大約是諸事便宜，想著不愧是首富，就是大方。

她正暗自樂著，那邊廂柳氏不鹹不淡地開了口。

「李家的產業可不止一處呢，這酒樓不過是個熱鬧生意，素日裡我們也是常來的，金夫人今兒只怕是頭一遭來吧？」

金林氏暗罵一聲討厭，這人擺明是揭她短處。

只聽金老六淡淡道：「鐸大奶奶是正經親戚，想必來這裡是不消花銀子的。自家有這樁生意，確實便宜得很。」

兩句話說得柳氏臉上有些發燒，平日裡他們四房確實經常來這一品樓打秋風，仗著是李家親戚，從不曾付過一回現銀，每回只說記帳，不過這記帳記帳，從來也沒還過帳。

這金家二老窮酸，說話卻厲害，不是好欺負的。

她這麼想著，便不接金老六的腔，扭過身來，對金秀玉和藹地一笑。

金秀玉正嗑著瓜子兒，見柳氏一笑，肥胖的臉上瞇得只剩一條縫，眼珠子都瞧不見，心內一嚇，差點把瓜子殼給吞了進去。

「金姑娘模樣兒倒是周正的，瞧著有福相。」

柳氏先誇了一句，金秀玉回了她一笑，端起茶來往嘴裡送。

柳氏自覺顯出了長輩的親熱，接著問道：「不知金姑娘往日在家讀的什麼書？」

「噗！」

卻是李老夫人一口茶水沒含住，噴了出去。

金秀玉剛吃進嘴裡的一口茶差點也嗆了，她好不容易才把那口茶水給嚥了下去。她方才可不只是乾坐著聽小曲吃零嘴，而是偷偷同真兒打聽了的，這柳氏乃是殺豬賣肉的出身，就她這般身世，竟然開口就問別人讀的什麼書?!

金秀玉看了一眼自家父母，見金老六遞過來一個眼神，意味深長。他也算看出來了，這柳氏，看著是個嘴巴利，實際就是一缺心眼的貨，就這樣的人物，他可不相信自家閨女會應付不了。

金秀玉得了父親的暗示，從容地放下茶杯，拿帕子抿了抿嘴。真兒正提了茶壺給她續杯，身子恰好湊得極近，見了她手中的帕子，低聲讚了一句：「好精緻的帕子。」

金秀玉衝她微微一笑，扭身對柳氏答道：「秀玉是小戶人家出身，哪裡能有讀書識字的福氣。」

柳氏頓時臉上一鬆，像是達到了什麼目的，皮笑肉不笑道：「那倒也是，除非是大家閨秀、千金小姐，否則女孩兒家，哪裡會供她讀書識字呢！唉，這說起來，讀書也有讀書的累處，當年我那姪女兒，倒是薄有才名，只是這吟詩作對，總歸傷神，我們都勸著她，女孩兒家能識文斷字已是極好了，只是她自家說了，不論什麼，既是學了，總得學出名堂來才是。倒不是我自誇，我那姪女兒倒是真箇有心性的。」

她一面說著，一面臉上便顯出驕傲的神情來。

金秀玉卻聽得糊塗，柳氏口口聲聲她姪女兒，這個姪女兒所指何人，她卻沒聽明白。

瞧著其他人，上官氏自然是同柳氏一國的，只管抿嘴微笑；李老夫人面無表情，慢悠悠喝著茶；自家父母自然也是一頭霧水，姿態卻十分鎮定；而李承之呢？

李承之就坐在金秀玉身邊，她要抬起頭才能看到他的臉。

他不高興了。

雖然李承之一句話也沒有說，臉上也是不顯山不露水，但金秀玉就是能感覺到，他不高興了。

每次他那狹長的桃花眼微微一瞇，嘴角也同時微微一抿，就說明他在生氣，而且很有可能正在盤算要怎麼收拾惹他生氣的人。

金秀玉偷偷給站在李承之側後方的真兒遞了個詢問的眼神，哪知真兒竟別過臉去，裝作沒看見。

柳氏說了一通，見人人都沒說話，不覺有些無趣，扭頭見金秀玉倒是瞪大了眼睛，暗想總算正主兒是聽進去了。

「要說這女子，不會識文斷字倒也罷了，若能做得一手好女工，也能叫人歡喜，想來金姑娘的女紅該是極為不錯的。」

柳氏笑嘻嘻地看著金秀玉手上的帕子，方才她就是用這方帕子擦的嘴角。

「金姑娘這帕子可是自個兒繡的？可否讓我觀瞧觀瞧？」

金秀玉大大方方遞過去，笑道：「鐸大奶奶若是不嫌棄，只管拿去看便是。」

柳氏手上是接了過來，心中早已經有了評論，暗想這樣子的人家，母親又是粗笨的，女兒的女工又能好到哪裡去？她信心滿滿地攤了帕子來看，卻是實打實地吃了一驚。

「小女這帕子，可還入得鐸大奶奶的眼？」

金秀玉笑意吟吟。這方蝶戀花的帕子可是費了她半個月的工夫才繡成的，端的是針針細緻，絲絲合縫，方才抿嘴時，真兒才誇讚過的。

柳氏訕訕笑道：「姑娘果然是一雙巧手，這帕子倒是精緻得很。」

金林氏好不容易抓到炫耀的機會，忙插嘴道：「我們家豆兒的女紅，倒是人人誇讚的。這倒也罷了，難得的是她新近學會了納鞋底子，瞧我們家老頭子腳上這雙千層底，就是她納的。」

金老六正四平八穩地坐著，她這麼一說，人人都把眼神射向他的鞋底子。

金秀玉忍不住臉上有點發燒，娘這回卻是誇大了，爹爹那雙鞋底子其實是娘納的，她不過只上了最後那幾針而已。

李老夫人看著金老六的鞋子，不無羨慕地道：「到底閨女貼心，我這老婆子可沒有這樣的福氣喲。」

金林氏笑道：「等我家豆兒過了門，還能不給您老太太做個十雙、八雙嗎？只怕您嫌棄她手藝粗，看不上眼呢。」

李老夫人連說哪裡能夠，兩個親家倒是笑得一團和氣。

金秀玉正心虛著，只覺耳邊一陣熱氣，原來是李承之俯身過來。

「改明兒與我也做一雙。」

金秀玉臉上發熱，連著耳根子也紅了。

李承之湊得近，見眼底小巧的耳垂如同精緻的芙蓉石一般，叫人忍不住想咬上一口。

其他人正看著金老六的鞋子，只有上官氏注意到了這對小兒女的親暱姿態，自個兒又找了一頓氣悶。

柳氏見眾人都看著金老六的鞋底子，暗暗咬牙，突然呵呵笑起來，這幾聲笑十分高亢，引得眾人都把目光轉了過來。

柳氏高高揚著手裡的帕子笑道：「金姑娘實是一雙巧手，想必眼光也是利的，我這裡有方帕子，倒想請妳鑑賞鑑賞呢！」

金秀玉很想翻個白眼給她看，只是這大庭廣眾的可得顧及儀態，只得強作感興趣的模樣，笑道：「鐸大奶奶用的帕子，必是名貴繡坊出品，秀玉正想學習。」

她一面笑著，一面接過了她手裡的帕子，攤開一看，倒是真正吃了一驚。這帕子的針腳固然是十分精緻，那上面的花樣好似活物一般，只這樣倒也罷了，這帕子確是難得一見的雙面繡，這面是朵牡丹花，反過來卻是一大朵菊花，金線綴的邊，極盡富貴。

柳氏得意地笑道：「這帕子倒也尋常，不過是我那姪女兒往日所繡，孝敬於我。我也是愛惜她這一番孝心，用的日子長了，倒顯得陳舊，雖是平日所用的物件，只那一手雙面繡卻是十分難得。」

人人聽得驚異，這雙面繡可不是一般人能繡出來的。

金秀玉將帕子還給了柳氏，就有那丫鬟僕婦湊上來觀瞧，手手相傳，整個屋子轉了一圈，人人都驚嘆這繡帕子的人兒一雙好巧的手。

柳氏笑得越發得意了，眼睛眯得連縫兒都快看不見了。

李老夫人喝著茶，不鹹不淡地說了一句：「果然是雙巧手，我老婆子卻沒有這樣的好姪女兒，與我繡這樣貼身用的物件呢。」

坐她旁邊的上官氏聽得最是真切，臉上頓時一僵，柳氏的面色也不好看了，忽白忽紅。

上官氏狠狠瞪了自個兒媳婦一眼，暗罵成事不足敗事有餘。

金秀玉仍是聽得一頭霧水，人人說話都是語帶機鋒。

這鐸大奶奶的姪女兒，究竟是個什麼人物？

這會兒的工夫，那賣唱的父女又唱完了一段。上官氏急著轉移眾人對那帕子的注意力，揚著嗓音道：「那老兒，拉一段時興的富貴子來。」

老兒應了，調了弦，重新拉了起來。小姑娘也叮叮咚咚彈著琵琶，輕啟嗓子。

這富貴子是時下最流行的曲子，唱的便是那富貴人家的繁華景象，詞兒也是十分喜慶堂皇，曲子又歡快，聽的人無不興致高昂，憧憬曲中那般的熱鬧。

金秀玉見人人都專心地聽著曲兒，遂悄悄地起了身，繞到椅子後，一把捏了真兒的手，拽出門來。

「姑娘姑娘，手要斷了，饒了奴婢、饒了奴婢！」

金秀玉將她手一甩，沒好氣道：「叫鬼呢，我才用了多大力。」

真兒嘻嘻笑著，一面揉著手腕，一面討好地道：「姑娘有何吩咐只管叫我便是，何必到這僻靜之處來？」

金秀玉拿食指一戳她的額頭，道：「妳這丫頭鬼精鬼精，口口聲聲奴婢奴婢，我看妳比小姐還嬌貴呢。」

真兒親暱地道：「老太太疼我們，我們自然也是跟著享福。」

金秀玉擺手道：「少跟我打馬虎眼，我來問妳，那鐸大奶奶的姪女兒，卻是個什麼人物？」

真兒露出為難的神色。

金秀玉伸手便在她臉上擰了一把，道：「妳這小妮子可別敷衍我，將來我可是妳主子呢！」

真兒噘著嘴道：「這還沒過門呢，就教訓起我來了，要我說，姑娘妳過了門，可別盡使喚咱們這些丫頭，也叫那鐸大奶奶的姪女兒多勞動勞動！」

金秀玉吃驚道：「她那姪女兒也是府裡的？」

真兒嘆了口氣。「鐸大奶奶的姪女兒，就是大少爺的那一房侍妾。」

金秀玉張大了眼，驚訝之下，卻恍然大悟，難怪上官老太太和柳氏一見她就鼻子不是鼻子的，這會兒她倒是想通了，不過是怕她進了門，奪了那姑娘的寵罷了。

她如今想的倒還簡單，上官氏和柳氏對她的敵意，可遠不止她想像的那麼簡單。

金秀玉想通了這中間的關節，反而倒怒了。

鐸大奶奶那姪女兒，雖說比她早進門，但她可是明媒正娶的妻，堂堂正正的李家女主人，她不過一個妾，不，嚴格來說連妾都算不上，不過是個姑娘罷了，竟敢提防起她這正妻來。

憑誰也配呢！

金秀玉暗暗咬了牙，下定了主意，早晚要給上官老太太和柳氏都大大地找個不痛快！

在一品樓的聚會已經過去了三天，金秀玉卻仍然憋著一股氣。

這會兒金林氏端了盆衣服到院裡，正看見自家女兒端端正正坐在西廂門口，吹著過堂風，手裡拿著一方紅彤彤的蓋頭繡著。

這蓋頭所用的緞子，是當初李婉婷和李越之被打屁股那回送來的，都是雲州來的上等好料。金秀玉繡的花樣正是鴛鴦戲水，雖說俗氣，卻是最適合新婚所用。

老實說，她是不曾見過真正的鴛鴦的，只不過有金老六這個丹青妙筆在，她照著父親給的圖樣，一針一線都是極為精細的。

只是這精細的勁頭顯得有些魔怔了，她往那西廂門口一坐已經大半個時辰，動都不曾一動過。金林氏極度懷疑，她那脖子是不是落枕了，否則怎麼能一直歪著不動呢？

金秀玉梗著脖子，一雙眼睛盯得已經發紅了，終於一聳肩膀，大大地舒了一口氣，整個身子都往椅子上一靠。

金林氏也跟著鬆了口氣，將盆子往地上一放，呼啦啦提了水上來，唰唰漿洗起來。

那天在一品樓，知道柳氏的姪女兒便是李承之的侍妾，又識文斷字又做得一手好女紅，想必模樣也是極不錯的，金秀玉便憋了一股氣，到今天還沒消散。

春湖大閘蟹的滋味，她是一點印象都沒有了。席間柳氏時不時地提起她那姪女兒，卻叫金秀玉記憶猶深。

在她心裡，已經將李承之打上了專屬她一人的印記，如今跳出來一個侍妾，又是這個好、那個好的，倒不是她對李承之沒信心，只是這古代，男人三妻四妾本就平常，那姑娘又是比她先進門的。對於李承之來說，那就是嘴裡的肉，什麼時候想嚼上一嚼，是最平常不過的事情。

這倒也罷了，只是那柳氏言語中流露出來的，都在暗示她姪女兒各方面的才藝都勝過她金秀玉，就算她將來過了門是正妻，也未必能勝任李家當家主母的重任，倒是她那姪女兒，能做一把當家的好手。

金秀玉也是知道這大允朝的風俗的，男主外女主內，內宅向來是女人當家作主。李家如今就兩個男人，一個李承之，一個李越之，都是未娶妻的，這當家的自然就是李老夫人。說是李老夫人，其實這實際的內宅總管乃是青玉。如今李承之要娶妻了，正房奶奶過了門，少不得要將內宅的管理大權接過來。

也就是說，她還沒過門呢，柳氏那姪女兒已經在惦記著她手上的權力了。

臥榻之側豈容他人鼾睡——這就是金秀玉如今的想法。

原先只覺十五歲嫁人太早，心裡難免有些抗拒。如今卻是恨不得明日便嫁了過去，牢牢地看著她的男人她的內宅。

她這麼一想，不用金林氏催，便開始緊鑼密鼓地準備起嫁妝來。

「娘，妳去將妳箱子裡的金銀錁子拿些出來，與我打些頭面首飾。」

她冷不防這麼一叫，金林氏差點沒一頭跌進水盆裡。

「誰、誰說我有金子了？」

她瞪大了眼睛，一副妳胡說的模樣。

金秀玉撇嘴道：「娘可別裝蒜，上回阿平、阿喜抬了那許多東西過來，裡面可有不少金錁子銀錁子，如今都到哪裡去了？李老夫人後來也是補了聘禮的，那裡面可都是真金白銀，如今又都到哪裡去了？」

金林氏把衣裳往盆子裡一扔，乜斜著眼睛道：「青天白日，說話可得憑良心。李家抬來的聘禮，我可是一分不少地與妳收著，半點不曾藏私！那日阿平、阿喜抬來的東西，如今都在妳的房裡。」

金秀玉也不同她爭辯，手上引了一針，眼皮也不抬，淡淡說道：「娘若是不承認也罷，日後我進了李家的門，娘若是遇到個手緊的時候，可別來找我。」

金林氏好比那蛇叫她拿住了七寸，一張臉頓時憋得通紅。

金秀玉歪著臉看她一眼，倒也不好不給她臺階下，遂噗哧一笑道：「娘也是糊塗了，女兒能嫁進李家，雖說是天大的福氣，但有多少眼紅的等著看咱們家的笑話。到了九月十五那天，女兒出嫁，若是沒幾件嫁妝傍身，豈不是給爹和娘丟臉？那些小人還不知怎麼恥笑咱們家呢！」

金林氏愣了一愣，心想有理，女兒嫁到李家，排場定是十分風光，只是若自家嫁妝寒酸，也是沒臉。況且女兒進了李家，若是娘家示弱，還不被人欺負？柳氏那姪女兒只怕正等著落這位新正房奶奶的臉呢！

聽說有那大戶人家嫁女兒的，陪嫁的可有幾個莊子幾家店面幾房下人，自家雖沒那排場，只是這金銀首飾、尺頭衣裳的，可絕不能少了。

原本她是給兒子沐生存老婆本的心思，如今卻覺得自己實在想差了，女兒嫁得風光，日後可在李家吃香喝辣當家作主。李家那是什麼樣的人家？那可是淮安首富，到時候，女兒隨便拔根毛都比她的腰還粗，況且以自家女兒跟兒子的感情，還怕她不幫襯自家兄弟嗎！

金林氏越想越覺得有理，雙手一拍，站起來道：「豆兒，妳隨娘來，咱們娘兒倆非好好整治出他八抬嫁妝不可！」

大允朝有律令，平民女子出嫁，嫁妝最高規格便是八抬。金林氏這麼說，那是存心要給女兒撐門面了。

金秀玉放下繡籃，跟著母親進了東廂。

金林氏開了自己的衣箱，挑挑揀揀，竟翻出一藍一紅兩個大包袱來。

先打開藍皮包袱，裡面滿滿的是金銀錁子，金秀玉認得真切，有四種模樣的，元寶、花兒、小南瓜，還有花生。

她數了一數，金元寶有十個，金花兒有十個，金南瓜十個，金花生十個；銀錁子那邊，銀元寶二十個，銀花兒二十個，銀南瓜三十個，銀花生卻沒有，想來花生模樣估計是太過小巧，反而累贅，便沒有打。

金秀玉瞪大了眼睛，道：「這都是阿平、阿喜那日拿來的？」

金林氏點頭。

這李家，實在是……

她已經無法用言語來描述自己的震驚了，兩個十歲的孩童居然隨手就拿出這許多家財，要嘛是李老夫人平素對孫子孫女太過寵愛，要嘛是李家財大氣粗，這一些個金銀錁子還不值一提。

金林氏此刻倒是面不改色了，這些東西在她這裡藏了好幾日，已是習慣了。

她突然笑道：「這阿平、阿喜也是有趣，當日無緣無故地抬了這許多東西來，好似早就準備好了要給妳添妝似的。」

金秀玉揉了揉眉心，那日她忙著教訓阿平、阿喜兩個敗家子，金林氏便將這金銀錁子偷偷給收了起來，沒想到竟有這麼多，單單這些個，已經夠尋常四口之家富足地過好幾年。

到底淮安是大城市，放到她前世，那就是魔都（註一）一般的地方，在這樣的城市生活，哪兒都要用錢，一家子一年到頭開銷也不小呢。

清點了這個藍皮包袱，金林氏又打開了更大的那個紅皮包袱。

這個包袱裡裝的也是金銀錁子，是金林氏從李家的聘禮裡挑出來的，卻是金子多、銀子少，同樣也是元寶、花兒、南瓜和花生四樣。

金元寶、金花兒、金南瓜和金花生都是三十個，銀元寶、銀花兒、銀南瓜各五十個，看來李家每次打的錁子都是這幾樣，銀花生是從來不打的。

另外又有一個小匣子，裡面是十根金條，足足有金老六的大拇指粗細。

註一：魔都，為二、三十年代上海的城市別稱之一，最早發源於日本作家村松梢風的暢銷小說《魔都》。

「就用這個給妳打頭面首飾吧。」金林氏說完，將這匣子也放到一旁，另外將兩個包袱的金銀錁子都裝在一起，用那個紅緞子繡了玉蘭花的包袱皮給包了。

李家的聘禮和此前阿平、阿喜送來的東西都裝在箱子裡，這些箱子如今都在耳房裡鎖著。如今金家的耳房已經不是雜物房了，金林氏用了兩把大鎖將小窗戶都釘死了，原本放在裡面的烏桕脂等做蠟燭的原料都轉移到了倒座房裡。

大門兩側原是兩間倒座房，如今一間做了雜物房，一間則做了春雲的房間。本來春雲一個丫鬟，該是在金秀玉房裡守夜的，只是金秀玉不習慣跟人同睡一個屋子，更不習慣這般奴役下人，所以特意收拾了小小的倒座房給她住。

娘兒兩個清點完金銀錁子，就重新都包好收進箱子裡，接下來要清點各種緞面尺頭，這卻不是個輕鬆的活兒，娘兒兩個對視一眼，都深深地呼吸了一下，準備大幹一番。

正在這時，院門一響，卻是出外辦事的春雲回來了。

有了這個丫鬟，每次去三水紙馬鋪送蠟燭收錢的事情就都交給她去辦，反正蠟燭都是定數，價錢也是固定的，金家跟佟掌櫃又相熟，根本不怕她中間藏私，放心得很。

金林氏一見她進院就高聲叫道：「春雲，妳回來得正好，快來幫妳家小姐清點嫁妝。」

春雲眨眨眼睛，笑起來。「我的奶奶，這還有兩月工夫呢，就這麼著忙呀！」

金林氏斥道：「妳小孩子家懂得什麼，就是要早作準備才是，省得到時候急急忙忙的。」

春雲朝天翻了個白眼，走進房裡，將手中的錢袋子遞上去，道：「喏，您老先點點錢吧，回頭少了什麼，可別說是我藏了。」

金林氏拿手指在她額頭上一點，罵道：「妳個小蹄子！」

金秀玉在旁邊看著，搖著頭，無奈地笑。春雲衝金林氏做了個鬼臉，回頭衝金秀玉俏皮地一吐舌頭。

這個春雲，初初在一品樓見的時候，話也不多說半句，路也不多走半步，以為是個沈靜害羞的。不想到了金家才幾日，跟眾人一熟，本性便表露無遺，比李家那個小婉婷還要活潑，整日裡咋咋呼呼的，跟金林氏倒是湊成了一對，天天拌嘴為樂，半分不肯相讓。

日後帶這丫頭進了李家的門，恐怕少不得要生禍端呢！

金林氏嘴裡不拉不拉數落春雲，春雲也是針鋒相對，兩個人吵吵嚷嚷到了耳房。

金秀玉懶得摻和，由她們吵著，自個兒拿鑰匙開了門。

屋內靠牆擺了一溜箱子，都是楠木的，紅漆金邊，拿手指點著數了一數，共有六只箱子。

金林氏按照順序，先開了前面四只箱子，乃是綾羅綢緞四樣布料。

金林氏和春雲一疋一疋點著，報出名字，金秀玉拿了一本小冊子，用筆一樣一樣登記下來。

「這可是雲州所出的雲茜紗，果然輕薄細密，聽說市價可是三十兩銀子一疋呢，李家果然好大手筆。」春雲點了點，竟有十疋雲茜紗，每一疋的花紋顏色都不一樣。

金林氏見她不停地撫摸著手裡的雲茜紗，不由心疼起來，罵道：「還不快將料子收好，仔細摸髒了。這布料如此金貴，賣了妳也不值這個價呢。」

春雲嗤了一聲，隨手將料子往箱子裡一放，不過手稍微重了些，金林氏就抬手在她後腦上拍了一記，罵了聲「粗手粗腳」。

春雲頓時發了脾氣。「金奶奶好大威風，橫豎我是個賤命丫頭，要打便打，要賣便賣，只是將來大少爺問起了，奶奶可要自己圓得了場。」

金林氏臉頓時一黑，突然「啪嗒！」一聲，卻是金秀玉將筆扔在箱子上，冷冷道：「春雲，這兒不用妳了，去堂屋門口跪著，不到一個時辰不許起來。」

春雲立馬跳腳道：「為何罰我？」

金秀玉冷笑道：「我不管妳從前是怎樣的人家，既是做了丫鬟，便該知道自己的身分，什麼樣的話兒能說，什麼樣的話兒得嚥回肚子裡，都得有個分寸。最要緊的，要明白誰才是自己真正的主子！」

春雲一張臉頓時脹得通紅，知道是方才「大少爺」幾個字叫小姐給抓住了，怪她沒弄明白自己的身分。

這丫頭倒也識相，雙膝一彎就跪下來，重重磕了一個響頭，抬眼看著金秀玉道：「小姐教訓的是，春雲說了不該說的話，受罰是應該的。只是罰跪之前，有幾句話定要同小姐分說。春雲這輩子既是認了小姐做主子，就生是小姐的人，死是小姐的鬼，絕不敢存有異心。」

她說完又磕了一個頭，自己走出耳房，到堂屋門口跪下了。

此時堂屋門口正好明晃晃一片日光，不到一盞茶的工夫，春雲已是大汗淋漓。

從她走出耳房開始，金秀玉便看都沒看一眼，穩穩當當繼續點著箱子裡的布料。

倒是金林氏，忍了一會兒，終於說道：「是不是有些過了？那丫頭心還算好的，罵過也就算了，真要這麼跪上一個時辰，定要中暑了，可別弄出個好歹來。」

金秀玉道：「這丫頭是什麼心思，我倒是清楚。只是她那脾氣，炮仗一般，半點不會轉彎，將來若是跟我進了李府，如何能做我的左膀右臂，倒不如現在先磨磨她的性子。」

「理雖如此，到底還是個小孩兒家，慢慢調教也就是了，何必罰得如此重？她若是病了，咱們還得賠上請醫看藥的銀子不是？」

金秀玉白了她一眼，哭笑不得，只好道：「再等上一會兒，娘去叫她進來便是。」

金林氏笑咪咪地應了，暗想這快嫁人的姑娘就是不一樣，女兒如今已經懂得如何管教下人，將來進了李家，定能坐穩那當家主母的位置。

果然再過盞茶工夫，金林氏出去將春雲領了進來。

春雲渾身大汗，臉和脖子曬得通紅，站在那裡低著頭，卻是一絲不苟。

金秀玉淡淡道：「還不快清點那最後一箱。」

「是。」春雲也不抱怨，隨手用帕子擦了擦臉，便幫著金林氏將最後一箱緞子給清點了。

各色綾羅綢緞共有六十疋，金秀玉挑了十二疋出來，準備做四季衣裳，另外又挑了幾疋好料，與金老六、金林氏和金沐生做新衣裳，就連春雲也賞了兩疋。

春雲抱著兩疋料子，抿嘴偷笑。

金秀玉白她一眼道：「還笑什麼，還不快些去沐浴，一身的臭汗。」

她一面說，一面還拿手在鼻間揮了揮。

春雲嘻嘻笑道：「這就去。勞累小姐，先替我保管著料子，我先去燒水。」她把兩疋料子往金秀玉懷裡一放，踮起腳尖一路小跑出去。

金秀玉眨巴著眼睛，好嘛，看來讓她罰跪還真是罰輕了，居然還敢使喚起主子來了！她搖頭嘆氣，只好抱著兩疋布料，放到了自己房裡。

二十多疋料子，看來是要請裁縫到家來量身做衣了。

日子就在兩家忙忙碌碌準備婚嫁用品的熱鬧中度過。李承之和金秀玉都是初婚，完全沒有想到婚禮要預備的東西如此之多，又是如此繁瑣，若不是有李老夫人和金林氏在，只怕兩個年輕人都要焦頭爛額了。

金秀玉只覺得，前世的婚禮已是十分繁瑣，古代的婚禮卻一點也不比現代簡單。在這樣緊鑼密鼓的籌備中，連中秋這樣的重要節日都顯得平淡了，套一句俗話：這日子過得，那叫一個白駒過隙啊！

到了九月十四這天，按照大允朝的風俗，準新娘是要分喜饅頭的。

金林氏前一晚便發好了麵，一大早蒸上，高高幾層籠屜，大鍋上呼呼往外冒著熱氣。蒸饅頭的當口，老倆口就商量著分送路線應該從哪裡哪裡開始，先從哪家哪家分起。

若是只靠這兩口子，這一趟分下來，只怕要累折兩條腿。也是慣例了，自有相熟的左鄰右舍前來幫忙，就連楊嬸子和花嬸子也一早就跑來了。

金家院子裡放了兩張八仙桌，還有七、八個條凳，桌上茶水果點一應俱全，滿滿一大盤炒瓜子兒，堆得尖尖的。

喜饅頭每蒸好一籠，大嬸大娘們便用紅絲線將兩個饅頭相對捆成一雙，放到大大的提籃裡。

提籃裡事先鋪好了厚厚的棉墊子，放滿了饅頭，就用厚厚的棉布一蓋，大嬸大娘們兩人一組，出了金家門，按照事先規劃好的路線挨家挨戶分過去，每家兩雙喜饅頭。

按照金家的家境，嫁女兒不過也就是分個一條金玉巷，但是金秀玉嫁的可不是一般人，那是誰呀？那是淮安首富！

這樁婚事是最叫金林氏揚眉吐氣的，多少街坊都眼紅呢。今兒可是大大長臉的機會，她恨不得叫全淮安都知道才好。幸虧是人力有時盡，全淮安是分不過來的，就是整個東市那也夠嗆得很，不過整個豆腐坊，倒是還能分得過來。

所以呀，她早就同金老六算好帳了，今兒這喜饅頭，要讓整個豆腐坊家家都分得到。

金家的門檻今日是熱鬧了，不停地有人進出，回來的大嬸大娘們都要坐下歇歇腳喝杯茶，金秀玉和春雲幹的便是添水倒茶問辛苦的活兒。

今兒家裡忙，原本連金沐生都不去學堂，要留下幫忙的。只是剛好輪到每三天一次的學武，他是死都要去，連金老六亮出了棍棒都沒有用。

蒸了一上午的饅頭，到了飯點上，金林氏和金老六還得做中飯。今兒是犒勞來幫忙的街坊熟人，雞鴨魚肉那是不能少的，菜蔬那是挑著新鮮的上，米飯蒸了滿滿一飯桶，管飽。

到了吃飯的時候，那叫一個熱鬧。

兩張八仙桌還不夠坐，金老六又向鄰居借了兩張桌子，就放在院門外的大樟樹底下。今兒也算老天賞臉，雖說還在暑期，天上都是大朵大朵的白雲，一絲兒光線都不透，若是吹個小風，還挺舒爽的。

院內院外齊開動，碗盤筷勺，叮叮噹噹響成一片，在座的基本上都是中年和中老年婦女，好傢伙，幾十人一張嘴，場面那叫一個驚人，人人都得扯著嗓子說話，今兒就是芝麻綠豆家常瑣事的討論大會。

金秀玉和春雲忙著上菜，耳朵裡嗡嗡直響，金林氏得扯開了嗓門嚎，主僕倆才聽得見。

中飯吃得也快，人人都惦記著還沒分完的那些地方，吃完將空碗往桌上一拍，拎起提籃便走。

金林氏趕緊讓春雲幫忙熬了一大鍋綠豆湯，拿木桶盛了，吊到井裡頭，只等涼了，好給眾位街坊解渴消暑。

金家四口子忙忙地收拾了殘桌，金秀玉和春雲拿大木盆泡了碗盤在清洗，金林氏就在廚房繼續蒸饅頭，金老六則拿了個大笤帚掃院子。

「咚咚！」院門響。

金家的大門今兒還沒闔上過，大敞著，人人暢行無阻，因此一聽敲門聲，人人都覺奇怪，一起抬頭看去，就連廚房的金林氏也走了出來。

只見一個穿著考究打扮入時的年輕姑娘正站在門口。一些婦人剛拎了提籃還未出門，見來了個金玉巷少見的標緻姑娘，人人都看著她。

金林氏正茫然著，金秀玉卻已叫出對方的名字來：「平平姑娘！」一面說著，一面便站起身來迎了上去。

平平大大方方福了一福，微笑道：「給金姑娘道喜了。」

金秀玉忙回了一禮，道：「姑娘今日來此，可是小姐有什麼吩咐？」

「平平今日是奉了小姐之命，前來給金姑娘送賀禮的。」

平平回轉身子，招了招手，就有兩個小丫鬟，一人捧了一個楠木盒子上來。

金秀玉茫然地看著，平平伸手將兩個盒子都打開了。只見其中一個盒子裡，裝的是一對玉如意，上等羊脂玉，溫潤如雲；另一個盒子裡裝的是一套翡翠的頭面簪環，樣式簡單大方，做工卻十分地精巧細緻。

「小姐說了，上回與金姑娘相談甚歡，聽聞姑娘大喜之日將至，特意命奴婢送來這兩件賀禮，還望姑娘笑納。」

金秀玉忙道：「小姐厚贈，實在叫秀玉受寵若驚！秀玉自問與小姐並無深交，這般厚愛，心領即可，還請平平姑娘收回禮物。」

平平也不惱，只低聲道：「知府千金送出的東西，豈能隨便收回。」

金秀玉一皺眉。

平平立馬又露出笑容，柔聲道：「小姐並非無緣無故送姑娘這兩件厚禮，其中深意，姑娘日後自然知曉。」

她眼角一瞥，兩個小丫頭立刻走進院內，將兩個盒子都放在了桌上。

春雲正站在桌邊，探頭一看，院裡眾人也伸長了脖子，有稍微認得的都倒抽冷氣，暗暗咋舌。果然金家攀上了大樹，竟然還有這樣闊氣的朋友。

金林氏雖不認得平平等人，但人家送來如此厚禮，總歸是貴客，忙走到門口笑道：「多謝姑娘送禮，還請進來小坐，用些茶點。」

平平拈著帕子擺了一擺，道：「多謝金嬤嬤好意，只是奴婢還有事在身，就不多待了，這就告辭。」

她領著兩個小丫鬟轉身便走，走得兩、三步，卻又回身對金秀玉嫣然一笑，說道：「小姐有言，恭祝姑娘與李大少爺鸞鳳和鳴、百年好合，另外也有個不情之請，將來若有人得罪了姑娘，還望姑娘看在小姐面上，寬容一二。」

金秀玉和金林氏面面相覷，不明所以。而平平卻已轉身而去，上了在巷口等候的一乘小轎，幾步消失在拐角。

「這是哪家姑娘？」

金秀玉看了一眼自家母親，淡淡道：「知府千金，侯芳侯小姐的貼身丫鬟。」

金林氏也忍不住倒吸一口冷氣。那兩件賀禮倒也罷了，她這些日子見慣了李家的富貴，對於各種金銀珠玉也經手不少，這兩樣禮物雖然值錢，卻還不值得驚異。但是那侯小姐是什麼身分？那可是知府千金，全淮安身分最貴重的女子，她能給女兒送賀禮，這可是天大的面子！

其餘婦人們已經議論紛紛，都說金秀玉是個好福氣的，嫁了李家這麼一門富豪，連知府千金都來送賀禮，這金家看來真是要飛黃騰達了。於是人人幹活愈加賣力，只盼給金家留個大好印象，日後若有事相求也好開口。

如此這般，忙忙碌碌一天結束。

到了夜裡，金林氏拿絲線給金秀玉絞汗毛開了臉，又附在耳旁說了一些個秘密話兒。金老六和金沐生反正是不得而知，但是金林氏出了西廂的時候，屋內的金秀玉小臉是通紅的。

這古代的婚前教育，還真是——無語。

第十一章　是誰擾了良辰美景

過了一夜，天一亮，就是九月十五，李家大少爺迎娶金家大姊兒的正日子啦。好比是全城節慶一般，大街上人人奔相走告，都說李家迎親，定是十分的派場，這幾十年難得一見的盛況可絕不能錯過了。

迎親是在下午，但上午卻也沒閒著。

金林氏召集了一幫大姑娘小媳婦，帶著丫頭春雲給金秀玉上妝、換嫁衣，那費了金林氏八十兩銀子的大紅雲茜紗雲州繡金百合的嫁衣一抖開，人人都張大了嘴。

而金秀玉的妝奩一打開，滿盒子金燦燦的頭面首飾，一匣子的翡翠白玉寶石簪環，無不叫人咋舌，眾大姑娘小媳婦們都暗暗驚嘆，想不到金家竟備有如此豐厚的嫁妝。

不說西廂的諸多驚訝，單說外面八抬嫁妝一溜兒直擺到大門外，引得外面許多人圍觀，嘰嘰喳喳，眾說紛紜，都是驚訝於金家嫁妝的雄厚。

金林氏聽著外面的讚嘆吹捧，心裡就跟吃了人參果一樣舒坦。

抬嫁妝的是金老六召集的一幫年輕小夥兒，都是左鄰右舍的熟人，各個膀大腰圓，人人拿紅綢子從肩膀紮到腰上，那叫一個精神抖擻。

中飯吃得豐盛，下廚的卻不是金老六。今兒可是金家老倆口晉升為泰山岳母的好日子，哪裡能做這些活兒，都是請了人來掌勺的。幾桌子人，就算吃得快，吃完也已將近未時了。

「來啦來啦！李家的迎親隊伍來啦！」

佟福祿領著一群半大孩子滿大街亂跑，一路高聲嚷著，跑進了金玉巷。

頓時，好似清水濺入了油鍋，整條金玉巷都沸騰了。

金家西廂房內，春雲捏住了金秀玉親手繡的大紅金邊荷葉七彩鴛鴦蓋頭，往空中一拋，這紅雲輕飄飄旋轉落下，穩穩蓋在了金秀玉頭上。

眼前一片紅霧。

金秀玉只聽見外面由近至遠，鞭炮聲響徹雲霄，人人都在叫，人人都在笑，好似趕了集，又好似捲起了一個漩渦，而她就在這漩渦中心。

「豆兒，出門了！」

顫抖的聲音透露出金林氏也是一樣的不平靜。

金秀玉只覺鼻子一酸，兩隻胳膊上一動，春雲和金林氏一邊一個扶起了她。

剛邁出一步，金秀玉手一伸，捏住了金林氏的手，掌心裡是粗糙卻溫暖的觸感。

「娘……」

她只說了一個字，淚珠便大顆大顆滾落下來，哽咽說不出聲。

金沐生站在西廂門口，小臉板板著，聽著裡面嗚咽的低泣，眼眶微微有些發紅，一隻大手按在他肩膀上，他轉過臉，父親金老六正站在身邊。他頭一次認真地發現，父親的眼睛是如此地深邃，黑黢黢彷彿蘊含著無盡的人生道理。

與此同時，金老六也在打量著兒子。

自從金沐生跟了陳東學武，便經常不在家，總是半夜三更才被陳東扛著回來，到家的時候總是已經睡得死沈，全靠他姊姊幫他換衣服擦身體，安頓歇息。金林氏曾抱怨不該讓陳東教兒子習武，天天見不著人，還總是練到大半夜，太過辛苦。金老六卻認為，這是兒子勤奮的表現，十分地讚賞和支持。

男人，就是要年輕時肯吃苦。

「你姊姊今日出嫁了。」

金老六只說了這麼幾個字，金沐生沈默著，半晌，「嗯」了一聲。

他今日穿著一身純白的綢裡衣，紫色葛紗的外衣，下襬用銀線繡了精緻的如意紋。身量未足，顯得略微單薄，一條寬寬的銀色腰帶，卻勒出了少年才有的結實窄腰。兩腿併攏，挺得筆直，頭髮竟也不同於往日的散亂，而是用一條銀色髮帶束得整整齊齊。

金沐生本來就長得好看，濃眉俊眼，挺直的鼻梁，還有比未出閣的少女更加紅潤的嘴唇。金老六往日只覺這嘴長在男人臉上顯得過於女氣，如今卻發現，已經長到他肩膀高度的兒子，竟也有了玉樹臨風的輪廓。

屋內的哭聲已經止了，大約是重新補了妝，過了一會兒，金林氏和春雲才一邊一個攙著新娘子走了出來。

金沐生回頭看著，只覺今日的姊姊既熟悉又陌生，那一身的紅嫁衣，美得奪人心魄；那一方紅蓋頭擋住了她的臉，讓他恍惚覺得，那紅色之下，是另一個人。

金老六推了一把兒子的肩頭，沈聲道：「蹲下。」

金沐生回過神來，見父親眼眶微微一圈紅色。

他走到門口，半蹲了身體，俯下了背。

「娘，可以嗎？」

只聽身後有個聲音輕輕地問。最熟悉的聲音，就是金豆兒。

金林氏道：「不礙的，妳弟弟力氣大得很。」

金秀玉抿了抿唇，小心地趴到了金沐生背上。

沐生一站起，兩腿打直，雙手背到後面，勒住了她的雙腿，邁開了腿，一步一步走得極為穩妥。

金秀玉心內暗驚，這個弟弟，居然已經有如此力氣，居然已經能輕鬆地將她揹起了。

各種樂器聲響了起來，最響亮的就是嗩吶，金秀玉不認得奏的是什麼樂，只知道是極為喜慶的，能夠讓聽的人都高興起來。

鞭炮噼哩啪啦響成一片，大人嘈雜著，小孩喊叫著，人人都嚷著新娘子出來了，分不清誰的聲音是誰的。此時的主人公金秀玉反而茫然了，她只覺得身在雲端，身下的人兒一步一個腳印，穩穩地要將她送到另一個地方。

隔著紅蓋頭，所有的聲音都顯得有些不真實，彷彿是場戲，彷彿她只是個看戲的人。

聞到了一絲蠟油的味道，她透過紅蓋頭底下的縫隙捕捉到一絲影像，猜測想到一定是閨友們為她點燃了百步蠟燭。

當初王嬸不就是這麼告訴她的嗎，百步蠟燭，送嫁蠟燭，一送送到百步外，一送送到新郎家。

這熟悉的蠟油味，突然讓她又恢復了真實的知覺。

身下的人忽然停步了，轉了個身，彎下腰，往後退了一小步，將她穩穩地放了下去。

金秀玉覺得臀部接觸到了一個墊子，然後坐了下去，腳下的觸感像是木板，身體忽然往後一顛，她小小吃了一驚，卻後知後覺地想起來，這必是進了轎子了。

所有的聲音突然又是一輕，離得更遠了，她偷偷地撩開蓋頭一角，用指尖輕輕地將轎簾往外頂開了一條縫兒。

這條縫十分細小，外人難以察覺，她卻通過這條縫隙，正好看到了她想看到的人。

雪白的高頭大馬，李承之的背影在馬上挺得筆直，大紅的喜服在他身上一點兒也不顯得俗氣，反而有種特別的風流雅致。寬寬的金腰帶，顯得他的窄腰特別地緊緻結實。

他往這邊側了側身，扭過來半張臉，稜角分明的臉型，線條優美的下巴，還有高高的鼻梁微微抿著的薄唇，眼裡似有流光溢彩。

她突然放下了簾子，幾乎是受驚一般縮回了手，心兒撲通亂跳，然而馬上又用手指絞著衣服，嘛起了嘴。

方才她可是看得真切，許多的大姑娘小媳婦都紅著臉偷偷打量他。哼，那可是她的男人呢！

只聽一聲「起」，她身下的轎子便離開了地面，突然的懸空感，讓她一時產生了恐慌。

「春雲！」她下意識地叫了一聲。

「小姐，我在呢。」春雲的聲音低低地從轎子的左側傳來，金秀玉放下了心。

嗩吶響，鑼鼓喧天。喜童們在最前面開道，不斷地撒著五彩的紙花兒，還有許多的銅錢掉在地上發出叮叮的脆響，卻被震天的樂曲聲掩蓋得幾乎聽不見。

然而群眾的眼睛果然雪亮，大人小孩都蹲下身去撿銅錢，街上頓時一片忙亂，只見烏壓壓的人頭和圓滾滾的屁股。

馬上的李承之嘴角上挑，綻開大大一個弧度。

頓時又有許多大姑娘小媳婦紅了臉，躲躲閃閃，卻忍不住還是要多看他幾眼。

這男人，長得是真好看！那金家的大姊兒，怎的就如此有福氣！

許多人都伸長了脖子，想要一睹轎子內新娘子的風采，但是看到的卻是低垂的轎簾，還有那跟在轎子後頭，滿滿當當八抬嫁妝。

李家的迎親隊伍加上金家的送親隊伍，加上跟在轎子後頭的送嫁姑娘們，從東市大街的這頭，一路延伸到了那頭，頭不見尾，尾不見頭。

好排場！好氣派！

街道兩旁擠滿了看熱鬧的人群，小孩們跳著叫著，跟同伴炫耀著撿到的銅錢。

李家一場婚禮，淮安城只怕是萬人空巷了。

一路上吹吹打打，從東市到西市，走了整整兩個時辰，到了富貴坊碧玉巷李府門前時，已經是華燈初上。

兩扇紅漆大門大大敞開著，門內門外絡繹不絕，嘈雜又熱鬧。

禮官喊一聲「新娘下轎」，金秀玉剛探出來半個身子，手裡立刻被塞進一段紅綢。

拿著紅綢另一頭的李承之，俊面微紅，烏幽幽的眼睛燦如星辰，他手上微微使力，那一頭的佳人便默契地邁開了腳步。

一路喜樂將兩位新人送到了正廳。

接下去，自然是一拜天地、二拜高堂、夫妻對拜的傳統禮儀。

到了送入洞房時，人群中爆發出一陣歡呼，金秀玉只覺房頂都要被掀了。

暈乎乎、暈乎乎，腳底彷彿踩的是棉花，渾然不知身在何處，她兩隻胳膊都被人扶著，只管跟著走。

直到進入明志院的新房，在正房內室，那張柳州精緻的拔步床上坐下，金秀玉依然覺得如同身在夢中。

大腿邊突然挨到一片火熱，一隻大手伸過來，握住了她微微發涼的手。

金秀玉心兒怦怦直跳，只覺眼前一亮，那紅雲自頭頂飛起，冉冉飄落。

她抬起臉來，入眼的是李承之那張熟悉的俊臉，狹長的桃花眼幽幽地注視著她。

天地間彷彿只剩相視的兩人。

「咳咳，請新郎、新娘飲下交杯酒。」

金秀玉驚覺，滿臉通紅地垂下頭去。

喜娘將兩杯酒一人一杯塞到兩人手裡。

李承之伸過手來，金秀玉抬起手臂，二人雙臂交纏，頓時臉兒貼著臉兒，同飲交杯酒。

手中的酒杯被喜娘抽走，金秀玉抬了抬眼，見對方那雙眸子亮得駭人，忙心慌地又低下頭去，滿屋子的丫鬟僕婦都歡笑起來。

喜娘笑道：「成了，服侍新人更衣。」

眾丫鬟們簇擁著喜娘，潮水一般退出屋去。

剛才還是鬧哄哄，頃刻之間靜悄悄，金秀玉絞著衣袖，竟不敢抬頭看坐在床那一頭的男人。

燈下看美人，已是倍增豔色，何況燈下看新娘子，李承之只覺心中滿滿的歡欣，似要從胸膛中爆炸而出。床那頭的人兒低著頭，露出一點潔白的牙齒咬著鮮紅欲滴的嘴唇，翹著眼角，偷偷地往這邊飛了一眼，立刻又如同受驚的兔子一般縮了回去。

李承之只覺有隻貓兒在他最敏感的地方一撓，他虛抬著身體往那邊一滑，一伸手，將佳人抱了滿懷。

金秀玉正扭捏著，忽覺眼前一暗、身上一緊，大吃一驚，腳跟「咚」一聲踢到了床榻。

「大少爺可別嚇壞了新娘子，等到洞房之時也不遲呀！」

門外傳來喜娘促狹的聲音，還有眾丫鬟嘻嘻哈哈的笑聲。

金秀玉臊紅了臉，推了推眼前的胸膛，手下卻軟綿綿地使不出力道。

「還不快些換了衣裳，別叫人看了笑話。」

李承之嘻嘻一笑，鬆了手，只微笑看著她。

金秀玉別過臉去，拿眼睛四處打量，見床尾黃花梨如意蝙蝠紋座屏衣架上掛著兩套衣裳，男女款式各一套。

想必就是這個衣裳了。

她站起身來到衣架前取了衣裳，將男子的那套扔到李承之懷裡。

李承之笑咪咪地接了，抬手便去解腰帶。

金秀玉驚呼一聲，道：「怎麼在這兒換？」

李承之挑著眉。「娘子認為，該去哪裡換？」

金秀玉滿屋子一看，竟沒有可供更衣的遮擋處，不由為難，她跟李承之總不能當著對方的面寬衣解帶吧。

「妳我已是夫妻，又何必如此拘泥？」李承之笑咪咪地說了一句。

金秀玉耳根通紅，抬臉看他，見他嘴角含笑，桃花眼微微瞇著，眼裡的神色怎麼看，怎麼透出一種、一種……

她擰了擰眉，腦中靈光一閃，終於想到了那個詞兒——春意！

金秀玉隨手抄起掉在床沿上的紅蓋頭，一把扔在李承之臉上。

「就知道想美事兒。」

她咬唇嗔了一句，李承之卻覺得她眼裡嬌柔得能滴出水來。

金秀玉卻沒讓他有繼續調笑的機會，指揮著他在床下換衣，她自己下了帳子，躲在床上將衣裳換了。

新換的衣裳，比喜服要輕便多了。李承之一身大紅鑲青色邊的對襟長袍，上繡著繁複精緻的雲紋，勒著一條青色鑲金邊的寬腰帶，襯得整個人越發地修長瀟灑。

金秀玉是一身大紅雲茜紗對襟長裙，繡滿了白玉蘭和金蝴蝶，領口露出一抹橙黃色錦緞銀線繡蝶戀花的抹胸。寬寬的橙黃色腰封，拿銀色的腰帶一紮，顯得整個人腰細如柳，挺拔高貴。

李承之眼中露出一抹驚豔，金秀玉下巴微收，眼角卻時不時地看他一眼，內心裡是有著得意的。

「奴婢們進來啦！」

真兒和春雲同時將房門一推，一群丫鬟小廝湧進來，一撥兒簇擁著金秀玉到梳妝檯前重新打理髮髻，一撥兒簇擁著李承之到外面喜宴上接待眾賓客。

金秀玉曉得真兒如今已經撥給明志院使喚，見她雙手巧如梭，不多會兒便將她髮上的純金頭面簪環摘了個乾淨。那邊春雲解了她的髮髻，重新梳理起來。

真兒便趁這會兒工夫對金秀玉道：「少奶奶，原來按慣例，這會兒該是眾家親戚女眷們來見新娘子，只是咱們家的親戚吧，都不大好對付。老太太思量著少奶奶剛過門，如今讓妳見這些人，好比兩眼一抹黑，怕給人討了便宜去。所以特意吩咐，新婚三日好叫妳清靜些，等回門的日子過了，再見眾家親戚。」

金秀玉笑道：「奶奶心疼我，我實在感激不盡。」

真兒捂嘴笑道：「少奶奶也是快人快語的。」

這會兒工夫，春雲已經重新給金秀玉綰好了髮髻。

金秀玉轉過臉去，見明亮平滑的水銀鏡中，自己盤了個簡單卻精緻美觀的斜拋飛燕髻，勾了細細的髮絲垂在兩側，使得整個髮式顯得十分靈動，綴了玳瑁珍珠的蝴蝶金鈿，插了一柄小小的白玉梳，斜簪了一支翡翠梅花綴玉珠的步搖。

「春雲的手也變巧啦。」

金秀玉誇了一句，春雲這丫頭立刻沒心沒肺地笑了。

真兒卻細細打量了一番，抬手給金秀玉換了一對小巧的玉蝴蝶耳墜，滿意地道：「這便相配了。」

此時，有小丫頭開了房門，兩個清秀的小廝抬了一張紅漆八仙桌進來，放在外室正中間。丫鬟僕婦們流水一般魚貫出入，不過眨眼工夫就擺了四冷八熱十二道菜，還有一條松子桂花鱸魚、一盤清蒸河鰻、一大碗精燉甲魚湯，還有一大壺上等的淮安黃酒。

上好了酒菜的丫頭們迅速整整齊齊地退到兩邊，站在角落裡伺候。另有婦人進來，給金秀玉恭恭敬敬行了禮。

前面兩個人，金秀玉是認得的，正是李婉婷和李越之的奶娘，林嬤嬤、張嬤嬤，後面跟著四個婦人，真兒一一介紹了，都是府裡有頭有臉的管事娘子。

金秀玉敬她們是府裡的老人，依著出閣前母親教導的禮數，還了半禮。

六位婦人將金秀玉讓到上首，其他人在下首和兩邊坐了，剩下金秀玉旁邊一個位置，卻是春雲坐了。

按照淮安的風俗，新娘子這樣一桌，叫做八福臨門。照理新娘旁邊是要坐一位娘家的姊妹，偏偏金家就缺這麼一位女眷，只好由春雲這個丫頭頂了。

這喜宴的菜式自然是豐盛的，李家今日可是將一品樓的大師傅給請過來了。只是作為新嫁娘的第一頓，尤其是跟一群不怎麼熟的中年婦人一起，金秀玉吃得不是很自在。

大約是李老夫人事先吩咐了的，這些娘子們誰也沒提府中的事務，只絮絮地說了一些李家人的趣事，林嬤嬤和張嬤嬤刻意地活絡著氣氛，慢慢地倒也和諧了，席間不時發出一片笑聲，連站著伺候的小丫頭們也捂嘴偷笑。

明志院裡小小的歡樂，哪裡比得上外頭的熱鬧？

李家今日是燈如繁星，照得全府上下亮如白晝，空氣裡都能聞到酒香、菜香，還有那鞭炮碎屑特有的硝煙餘味，組合成喜慶的味道。

前院正廳包括院子裡，一百單八桌酒席，一眼望去儘是烏壓壓的人頭，官家的、商家的，李家親戚、金家親戚，還有淮安城許多有頭有臉的名士，什麼身分的人都有。

按李老夫人的話說，李家辦婚事，就連淮安城的乞丐都得跟著熱鬧。

果然呀，李府大門敞開，最外面那幾桌還真有一大幫乞丐，大快朵頤，肥雞美酒空中飛舞，人人都吃得滿嘴流油。

李承之身為新郎官，這樣的日子裡，自然是被灌酒的對象。他平日裡做生意應酬，難免結交許多酒肉朋友，人人都拿話頂他、拿酒灌他，他是來者不拒，不多時，便已滿臉酡紅了。

李老夫人今兒那叫一個高興，拉著金家二老說起話來沒完沒了，說的盡是今日這對新人小時候的趣事，老人家嘛，就愛說這個。

還好青玉在旁邊看得緊，不讓她貪杯，也不叫她吃得太油膩。

眼見著月過中天向西沈，青玉暗想這洞房花燭夜，可別叫新娘子獨守空房，忙忙地吩咐人去找阿東來。

阿東今兒也喝開了，走到青玉面前時滿嘴的酒氣，酒杯子都拿不穩。

青玉捂了鼻子道：「我原指望你替大少爺擋些酒，哪知道你如此不爭氣，自個兒倒先醉了。」

阿東大著舌頭道：「這大喜日子，哪能、哪能不多喝幾杯……」話未說完，人已撲通倒下，歪歪扭扭地躺在地上，呼聲大作。

青玉皺著眉，喚來兩個小廝將他抬走了。

遠遠看著，李承之正被一幫年輕男子纏住了，要他連飲三大大碗公，否則便要聚眾鬧新房。

想了一想，青玉抬手找來兩個小丫鬟，又叫來兩個精壯的家丁，提了一壺酒，拿了一個大大的酒杯，往那群人中間走去。

兩個家丁人壯力大，手一伸，便將這些喝開了腳步虛浮的公子哥兒給撥到了一邊，兩人擠進去，一邊一個扶住李承之。

眾人頓時大譁，家丁們一再說著新郎該進洞房了，這些人就是不肯，一口咬死了，不醉不休，拉拉扯扯就是不願意放人。

青玉跟兩個小丫鬟也是剛才擠進人群的，他們這麼一鬧，年輕小夥子血氣方剛，又是喝了酒的，膽子也大，手上難免有些揩油，青玉被家丁和小丫頭夾住了，沒什麼影響，兩個小丫頭卻差點哭了出來。

好樣的，敢欺負到李家頭上來了！

青玉提起酒壺，衝著離得最近的男子劈頭便往腦門上澆去。

黃河倒掛，眾人大譁，個個往外跳腳，頓時讓出一大片空地來。

那遭殃的男子顯然是神智不大清醒，眨巴著眼睛茫然四顧，渾不知自己身上發生了什麼事。

青玉也不理睬他，環視眾人脆聲道：「今日是我李家大少爺新婚的大喜日子，所謂春宵一刻值千金，這般良辰美景，豈可讓我李家新少奶奶獨守空房？還望眾位公子放我家少爺一馬，莫要耽誤了他入洞房的時辰！」

她一個嬌滴滴的美人兒，說話卻不卑不亢，自有一種風采。

眾男子都看得心熱，有人就說道：「姑娘說的有理，這洞房花燭夜可不能耽擱，否則明日新少奶奶拿大棒子追著新郎打，豈不是我們的罪過！」

眾人頓時哈哈大笑起來。

這人立刻又說道：「放人也可以，只要新郎飲下三大大碗公，我們便絕不阻攔！」

眾人於是又起鬨，非要連飲三大大碗公不可。青玉高高舉起酒壺，眾人以為她又要來個黃河倒掛，不禁都收了聲。

「我家少爺已是不勝酒力，這三大大碗公下去，恐怕當真要醉倒在新房門口了，倒不如這樣，奴婢代少爺敬眾位三大杯，便算替了他的酒。」

她一面說，一面舉起了另一隻手裡的大杯子，那杯子雖比不上大碗公，杯口也有拳頭大小。

青玉一手拎壺、一手舉杯，倒一杯喝一杯，眨眼間便連喝三杯，她面不改色倒轉杯子，大口朝下朝眾人轉了一圈，一滴酒水都不曾滴下。

眾人都似驚呆了，半晌才爆出一片叫好聲。李家闊氣，連個丫頭都如此豪爽！

青玉忙打眼色，兩個家丁立刻攙扶著李承之飛奔而去。

明志院正房裡，紅燭高燒，用的還是金老六親製的龍鳳燭。

李承之甩開了兩個家丁，自個兒推門進去，見屋內靜悄悄，只有燈花爆開的聲音。他喝多了酒，腳下輕飄飄，眼前有些霧濛濛，恍恍惚惚便進了內室。

只見拔步床上，一位紅衣佳人穩穩當當坐著，芙蓉似面，紅唇輕揚，那一雙月牙兒一般的眸子，似能滴出水來。

李承之腳步虛浮，走到床前，扶住了她的肩膀。

金秀玉頭也不敢抬，鼻尖全是李承之的酒氣，混合著他身上的雄性氣息，醺得她也好似醉了。

「豆兒……」

深深的嘆息在耳邊，一片熱氣噴在耳垂上，耳珠落入一個濕濕軟軟的所在。

心臟一陣收縮，金秀玉抬手扶住了李承之的肩膀。

「相公……」

她剛說了兩個字，身上一沈，李承之的身體便山一般壓了過來，頓時推金山倒玉柱，拔步床發出了一聲沈重的悶響。

濕軟火熱的嘴唇在頸下、肩膀上游移，雪白的皮膚上烙下一個又一個花一般的紅痕，金秀玉腦中一片酥麻，渾身發軟，只想就此沈醉。只是——

身上的分量越來越重，她只覺得胸都要被壓扁了，連呼吸都不順暢，腦子裡那些旖旎繾綣不得不變成了理智。

「李承之！」她奮力地一推，終於將李承之推到了一旁。

呼，總算可以呼吸了。

她一噘嘴，拿眼睛瞪著床上的男人。

李承之閉著眼，睫毛微微顫動，懶洋洋地抬起胳膊，將手背放在額頭上，嘴唇微啟，發出一聲輕微的呻吟。

酡紅的俊臉，微開的嘴唇，凌亂的衣襟裡露出一抹精壯的胸膛。

這不就是管師傅的那幅畫兒……

金秀玉只覺身上一片躁熱，癢癢地似有片羽毛在她心上拂動，叫人好沒有著落。她捧住了自己的臉，入手一片火熱。

這該死的男人，洞房花燭夜居然喝成這樣。

金秀玉鼓著臉想了半天，走到外室，雙手一拉打開了房門，眼前突然一花，似有什麼黑影掠過，她眨了眨眼睛，左右一看，並無半個人影。

「喵！」一聲貓兒叫。

金秀玉搖搖頭，放聲叫道：「來人啊！」

真兒和春雲不知道從哪個角落裡鑽出來，一溜煙兒跑到跟前。

「少奶奶有什麼吩咐？」

金秀玉道：「叫人準備熱水，少爺要沐浴。」
啊?!真兒和春雲都張大了嘴，面面相覷。
「愣著做啥，還不快去？」
真兒和春雲不情不願地應了，同去準備，一面走一面嘀嘀咕咕，眼神遊離。
金秀玉微微疑惑了一下，沒做理會。
不多會兒，熱水已備好，真兒、春雲領著幾個小廝將一桶一桶的熱水提進正房。內室那一座黃花梨如意蝙蝠紋座屏衣架後面，原本就有一只大浴盆，注滿了熱水以後，滿屋子都升騰著熱氣。
小廝們拎著空桶退了出去，春雲偷偷往那粉色桃花帳子裡瞄了幾眼，影影綽綽只見一個修長的人影倒在床上。
「少奶奶，可要奴婢們幫忙？」真兒笑得促狹。
春雲也捂嘴偷笑，附和道：「少爺人高馬大，想必有些分量，這更衣脫鞋的可得花些力氣，少奶奶一個人可吃得消？」
金秀玉大大白了兩人一眼，在每人臉上都擰了一把。「兩個小蹄子，竟敢笑話主子，瞧我明日不叫人打妳們板子。」
真兒啊呀呀叫起來，捂著心口道：「奴婢惶恐，這就退下了。」
一面說著，一面拉著春雲往外走，同時提點她道：「妳呀真是個沒眼力勁兒的，這少奶奶與少爺，洞房花燭、你儂我儂的，咱們倆插一杠可有什麼意思，不是找不痛快嗎？快走快走，遲了可是要吃板子的。」

春雲忍著笑，喏喏應著，跟著她往外走。

金秀玉又羞又惱，喝道：「兩個小蹄子，還不站住！」

真兒跳起來道：「啊呀，少奶奶當真要打板子了，快走快走！」

她跟春雲兩個頭也不回，手拉著手，一溜煙就跑出了正房。

金秀玉跺著腳，後悔不迭，這兩丫頭絕對是成心的，李承之這麼個大男人扔給她，她哪裡抬得動？

扭過身去，燭光搖曳下，那粉色桃花帳裡，李承之的身影若隱若現。

她一張臉頓時皺成了苦瓜。

卻說真兒和春雲，出了正房卻並未立刻離開，而是真兒在前、春雲跟在屁股後頭，躡手躡腳沿著牆根兒走。

到了拐彎處，真兒剛一露頭，一隻手伸過來將她一抓便拖了過去。春雲張大了嘴，踮著腳尖也趕忙跟了過去。

牆根下擠著不少人呢。抓著真兒的不是別人，正是唯恐天下不亂的李老夫人；貼著她的是那同樣活寶的親家母，新鮮出爐的丈母娘金林氏；兩人胳膊下還挾了一個小傢伙，張大了一雙亮晶晶的桃花眼，正是最愛湊熱鬧的李婉婷。

「如何如何？」李老夫人最是心急，劈頭便問。

真兒攤手道：「正在沐浴。」

啊?!李老夫人、金林氏、小婉婷三人面面相覷。

「這良辰美景的，不趕緊行人倫大禮，與我生個大胖孫子，怎麼倒洗起澡來？」李老夫人不滿地噘起了嘴。

金林氏拍拍她的胳膊，瞇著眼道：「這不過是小夫妻的樂趣，夜還長著呢，咱們再耐心等等就是了。」

李老夫人抿著嘴，也只好等著。

真兒道：「妳們兩位老人家聽牆根倒也罷了，一個等著抱孫子，一個等著抱外孫，但這帶著阿喜卻算怎麼回事兒？老太太、金奶奶，阿喜可還是未及笄的孩子呢。」

李老夫人和金林氏同時一低頭，看著小婉婷圓鼓鼓的小臉，異口同聲道：「這可不成。」

小婉婷拽住了李老夫人的衣角，嚷嚷道：「妳們可不許甩開我，不然我便喊起來，叫嫂子聽個清楚。」

李老夫人大感頭疼，衝真兒使了個眼色。真兒服侍她多年，哪裡不懂她的意思，手一伸便捂住了小婉婷的嘴。小婉婷頓時拳打腳踢，嗯嗯掙扎出聲，真兒一人竟按不住她，春雲忙搭把手，將人抱得緊緊的。

「春雲，妳趕緊帶三小姐回長壽園去。」

春雲急道：「為何是我?!」

「嚷嚷什麼！」李老夫人狠狠拍了她一記，瞪大了眼睛。

金林氏和真兒都衝著她噓了一聲。

春雲立刻閉緊了嘴巴，但馬上想到她若是一走，可就錯過精彩好戲了，這時候絕不能沈默，只是這會兒知道該壓低了聲音。

「奴婢頭一次進府，路都認不得，哪裡知道長壽園的方向？倒不如讓真兒帶了三小姐回去，她最知道三小姐的脾氣，必能制住她。」

李老夫人想想也對，便點了點頭，幾人都拿眼睛看著真兒。

真兒撇嘴道：「妳們倒以為這聽牆根的事兒是人人都愛幹的？我樂得不跟妳們鬧騰。阿喜只管交給我便是，倒是妳們三人，仔細著，要是叫大少爺知道今晚的事兒，就等著倒楣吧。」

李老夫人、金林氏和春雲三人都抿緊了唇。

真兒一手摟住了小婉婷，一手緊緊捂著她的嘴，小婉婷不斷掙扎，怎奈真兒竟也有把子力氣，硬是把她給拖走了。

剩下三人鬆了口氣，一溜一排，都把耳朵貼在窗櫺上，卻半天未聽到動靜。

春雲後知後覺道：「是了，這方位不對，內室該在那一頭。」

李老夫人沒好氣道：「不早些說。」

春雲委屈地癟著嘴。

三人於是又如同偷吃的老鼠一般，貓著身子沿著牆根踮著腳尖一路小跑，繞到了另一頭，竟也沒有弄出半點聲響。

這吊著的心剛放下來，只聽屋內「咚」一聲響，六隻耳朵立刻兔子一般豎了起來。

「嘩啦啦！」這是水響。

春雲用嘴形給兩位主子示意，這是少奶奶在給少爺洗身子呢，兩位老太太立刻捂嘴偷笑起來。

金秀玉費了好大力氣，才將他那一身衣裳給扒了下來，鞋子襪子都脫了，裡衣也解了，只有那裡褲，實在沒膽子脫。只是這樣，也已經叫她臉紅心跳，出了一身薄汗。

其間幾次碰到他的肌膚，溫度燙得驚人，那細膩的觸感卻好似上等羊脂玉，無意識地搓了搓手指，金秀玉雙頰也滾燙起來。

好不容易扛著人放到了浴盆裡，她累得半死，這傢伙倒好，眼睛都不曾睜開一次，沈得跟座山一樣。

水溫正好，金秀玉拿起旁邊的水瓢，舀了一勺水澆在李承之肩上，水珠滑過他寬闊結實的胸膛，麥色的肌膚彷彿塗了一層油脂，水珠好似在荷葉上滾動一般，沿著優雅流暢的身體曲線，一溜兒滑入水底。

金秀玉無意識地嚥了一下口水，腦子裡又開始不受控制想起管師傅的那幅畫兒。她趕緊拍了拍腦門，讓自己清醒點。

低頭瞧見自個兒袖子上有一小片水漬，想著衣裳容易打濕，反正這男人也睡著，不如脫了外衣。

她回過身去解了腰帶、脫了外裳，往座屏衣架上一甩，身上便只剩下那件橙黃色錦緞銀線蝶戀花的抹胸，還有一條白色錦緞的中褲，肩膀頸下露出一大片雪白如玉的肌膚。

想了想，她又抬手去摘髮髻上的步搖。

剛將步搖拿在手上，腰上突然橫過來兩隻胳膊，將她一抱，背上隨之貼上來一個濕漉漉滾燙滾燙的身體。

「啊！」

她驚呼一聲，翡翠步搖頓時「叮」一聲掉在地上，耳後一片熱氣噴灑，背上濕透了的抹胸，根本沒有一絲遮擋的用處。

「娘子辛苦，這浴盆頗大，一人洗浴倒有些浪費了。」

李承之的嗓音低沈沙啞，顯得尤為性感。他那火熱的身體緊緊貼著她的，一雙滾燙的手掌在她腰腹間緩緩游移，金秀玉只覺自個兒的身子也跟著燙了起來。

「你、你不是醉了……」

話一出口，金秀玉恨不得咬掉自己的舌頭，她的聲音何時變得如此嬌柔甜膩，倒像是在邀請對方似的。

果然，緊貼著後背的身體肌肉一緊，腰上的力量又重了一分。

耳根下覆上來一片柔軟濕熱，金秀玉瞳孔驀然放大，心臟緊跟著一收縮。

腰上的力量突然移到了腿彎，未等她驚呼出聲，身子已凌空飛起，撲通一聲，水花四濺，驚動了外頭三隻偷聽的貓兒。

六隻耳朵再次如兔子一般豎了起來，腦袋緊緊貼著牆壁，恨不得能穿過這牆探到屋裡頭去。

「你做什麼?!」

金秀玉的一聲驚呼叫屋外的三人都興奮起來，心肝兒撲通亂跳。

「老太太！不好了！」

李老夫人差點往下摔了個大馬趴，只見鬧哄哄一群人從院門口跑進來，人人都是驚慌失措。

李老夫人大皺眉頭，倒是立馬反應過來自個兒是在做什麼勾當，趕忙直起了身子，迅速將衣裳拉拉平整。

金林氏和春雲也是機靈的，趕緊跟著做出一副剛剛走到這裡的模樣。

只有那春雲，剛好背靠著窗，聽見屋內一片亂響，女聲驚呼著，男聲撫慰著，暗嘆今晚這好戲只怕是看不成了。

三人站到廊下，離開那牆根足有七、八尺遠，一群人亂哄哄地跑到跟前，打頭的是李越之的奶娘林嬤嬤。

「怎麼回事兒？大喜日子，鬧哄哄的成何體統？」李老夫人拉下了臉。

林嬤嬤心裡慌張，連禮都沒行全，站直了就道：「老太太，您快去看看吧，阿平不知吃了哪個奴才給的東西，如今全身起疹子，發起高燒來了！奴婢瞧著，實在是駭人！」

她話還沒說完，眼淚便掉了下來，李越之小時候是吃她的奶，又是她一點一點拉拔大的，她自己早沒了丈夫孩子，心裡面把他當親兒子一般，今日瞧著他的情形，心裡就跟刀子剜一樣痛。

李老夫人大吃一驚，慌忙道：「怎麼回事？可請了大夫？」

林嬤嬤抹著眼淚，抽抽搭搭張不開嘴，旁邊立刻有人回答道：「已經請了大夫，如今正在長壽園診治呢。」

李老夫人看了說話那人一眼，原來是秀秀。自從真兒撥給明志院後，她就成了青玉的新幫手，李老夫人跟前的新得力人。

正好此時，房門開啟，李承之披著一件湖藍色長袍出來，腰帶還拎在手裡，頭髮濕漉漉披在背上。

「出什麼事兒了？」他沈著臉，冷冷問道。

李老夫人和金林氏都忍不住心口一跳，暗想這孩子洞房花燭夜被人打擾，出來發現一群人圍著自己房門，不生氣才怪呢。

李承之不等人回答，先在人群中看到了春雲，道：「快進去伺候少奶奶。」

春雲唯唯諾諾應了，低著頭一路小跑進了房。

「奶奶，我聽得是阿平出了事兒？」

李老夫人剛才聽了林嬤嬤的形容，心裡已經有數，便不似開頭那般慌張，說道：「你莫急，大約是哪個不長眼的奴才讓阿平吃了不該吃的東西，如今發燒起了疹子，大夫已經在瞧了。」

李承之一皺眉，冷冷地在人群中一掃。

眾下人都無端心虛起來，紛紛低下頭去，只有林嬤嬤拿帕子抹去了淚水。

「往年也曾出過這麼一回，我先過去看著。你跟你媳婦先換了衣裳，再過來便是。」

李承之應了。

李老夫人帶著眾人，金林氏也跟著，忙忙地出了明志院。

李承之回到房內，金秀玉已經在春雲的伺候下換了一身淺紅色繡滿點點梅花的衫裙，鬆鬆的只在腰上紮了一條腰封，頭髮也是濕漉漉披著。

見他進來，金秀玉起身迎上去，接過他手裡的腰帶幫他圍上，一面動作，一面問道：「出什麼事兒了？」

李承之將情況說了。

金秀玉沒說話，擰著眉暗想，難道是食物過敏？

「少爺、少奶奶，還是先去那邊瞧瞧吧。」春雲小心地說了一句。

李承之和金秀玉點頭，一起出了正房，春雲忙跟在後面。

時辰已經過了三更，李府的筵席也已散了，四處卻還留著一些婚禮餘慶的痕跡。因為前院酒桌還得收拾，李府上下人等還在忙碌著，府中人來人往倒還熱鬧。

李承之和金秀玉到了長壽園的時候，大夫已經給李越之下了針，燒已經退了，也開了藥方。家中各種藥材齊備，青玉親自領了丫頭去小廚房煎藥。

李老夫人坐在床前，握著李越之的手，小婉婷趴在床頭盯著床上的人兒，眼睛一眨不眨。真兒、林嬤嬤、張嬤嬤還有一干丫鬟女眷們都圍在周圍，見到李承之和金秀玉進來，都讓開了路。

李承之走到奶奶身後，探頭見弟弟躺在床上，雙眼緊閉，臉色還有些潮紅，露出衣裳外面的肌膚還有清晰可見的紅疹子，只是似乎已經消退了一些。

金秀玉輕聲道：「大夫怎麼說？」

李老夫人道：「是誤食症。阿平天生不能吃牛肉，一吃便會發燒出紅疹。平日裡，廚房都十分小心，絕不會做牛肉的菜色，今日也特別叮囑不可讓阿平吃到牛肉。如今看來，這二少爺身邊伺候的人，是越發的張狂不知輕重了！」

說到後來，老太太已是滿臉肅殺，聲音冷酷，真正顯出李家當家老主母的氣勢來。

撲通撲通，床前立馬跪了一片下人，都是李越之身邊伺候的小丫頭小廝們。

李家的主子們卻沒一個人說話，金秀玉初進府，不明情況，也不敢多說，屋內靜悄悄，落針可聞，人人都低著頭，閉著嘴。

金秀玉向來在坊間鬆散慣了，如今才體會到高門大宅內，這嚴格的上下階級和生活環境。

腳步輕響，青玉端著一只白瓷小碗走了進來。她經過跪著的人群，卻連眼皮子也未曾翻一下，徑直走到床前。

「老太太，且讓青玉餵阿平吃藥。」

李老夫人點點頭，起身將凳子讓給了青玉，秀秀忙另外搬了春凳給她。

那一頭真兒搶上來，抱起李越之的上半身靠在自己身上，小聲地叫了幾聲「阿平」。

李越之微微張開眼，青玉將盛了湯藥的湯匙遞上去，他也不像其他小孩子那般彆扭，一口一口都將藥給吃了，一句抱怨都沒有。

青玉用帕子給他擦了嘴，只見他眼瞼無力地垂著，小臉上盡顯疲憊，連嘴唇都失去了往日的鮮嫩顏色。

金秀玉站在李老夫人身後看著，見這般小人遭了這般罪，卻不哭不鬧，乖乖地看診吃藥，心裡生出一片憐惜。

真兒將李越之放回床上，拉了薄被替他掩了肚子。李越之閉上眼，立刻便睡了過去。

青玉起身將空碗交給身後的小丫頭，林嬤嬤這才能擠上來坐到床榻上，替李越之打起了扇子。

李老夫人道：「成了。青玉，妳將這幫奴才查辦了，將結果報於我，回頭該罰哪一個，咱們便重重地罰。」

跪著的眾人都忍不住打了個哆嗦，卻不敢有一句不滿。

青玉淡淡地掃了地上的人群一眼，對李老夫人說道：「今兒是大少爺和大少奶奶的新婚吉日，可不能為了這起子奴才掃了興。依我看，今夜便先由秀秀領著老太太屋裡的人在這邊伺候，這起子奴才嘛，先關到柴房裡，回頭等大少奶奶接管了家中事務，再由大少奶奶來查辦便是，到時候該罰誰該打誰，一清二楚。」

李老夫人點頭稱是，回頭對金秀玉道：「大喜的日子出了這麼件事兒，實在是奴才們可惡。豆兒啊，妳同承之也累了半宿，如今阿平已無大礙，你們倆也先回自個兒院子裡歇下吧。一應事務，只等明天再說。」

金秀玉福了一福，應了是，跟在李承之身後出了長壽園，回明志院去。

長壽園這邊，該關的拉去關了，原來伺候李老夫人的一些人，由秀秀帶著，在李越之屋裡守夜伺候；李婉婷早已睏得打哈欠，眼睛都睜不開，便由張嬤嬤帶著，到自個兒屋裡去睡了。

金家一行人今兒原本打算回家去的，只是金林氏逗留太久，如今夜已深了，便在李家安排的客房裡歇下了。

李承之和金秀玉回到明志院正房，面對著高燒的紅燭，還有那座屏衣架後頭一浴盆冷卻的水，以及滿地的濕意，相顧茫然。

真兒和春雲帶著幾個小丫鬟，一面將快燒完的龍鳳燭換了新的上去，一面招了小廝將那浴盆抬出房，一面又用毛巾抹乾了地面。

真兒道：「大少爺、大少奶奶忙了大半宿，可要吃點宵夜？」

李承之擺手道：「罷了罷了，妳們都下去歇著吧。」

春雲走上來道：「那麼今日安排誰來守夜？」

李承之看了看金秀玉，暗示她來回答。

金秀玉道：「我不喜屋內有人守夜，往後都不必有這個規矩，各人都回各人房裡歇息去。」

春雲是知道她的脾性的，習以為常了。真兒卻是在李老夫人跟前上夜慣了的，正要發表點意見。

李承之開口道：「往後這明志院內務，都聽大少奶奶吩咐，上夜的規矩，咱們院裡都免了。」

真兒和春雲福身，道：「是。」

眾丫鬟們都退了個乾淨，走在最後的替兩位主子關上了門。

金秀玉只覺眼皮子沈重，往床上一坐，靠著床柱子，那上眼皮不由自主地就往下掉。

李承之倒是精神得很，也坐到床上，伸手將她一環，下巴擱在她肩膀上，說道：「娘子，打算就這麼歇了？」

金秀玉半閉著眼，喃喃道：「睏得很，你待如何？」

「今兒可是咱們的洞房花燭夜呢。」李承之的呼吸輕輕地在她頸上拂過。

金秀玉轉過臉去，睡眼迷濛，心底卻跟明鏡一般透亮。難道這會兒，他還有精神想著洞房花燭？

外面的梆子「梆梆梆梆」敲了四下，她看著李承之道：「四更了，明兒不是還得巡鋪嗎，還是快歇息了。」

李承之堅定地摟著她，瞇著桃花眼道：「今兒可是咱們新婚頭一夜……」

他話音未落，金秀玉一掌拍在他腦門上，嗔道：「少想些歪的，快些睡覺是正經。明兒你若是起不來，我可要被人笑話了。」

李承之不以為然道：「人倫大理，誰敢笑話。」

金秀玉可不想慣著他，忙忙地推著他的身子嚷道：「大熱天的，熱得慌。」

李承之不肯撒手，兩人掙扎起來，其間也不知被他討了多少便宜去，直弄得金秀玉長髮凌亂、面紅耳赤。

「相公，明兒不只你要巡鋪，我也有大事兒要辦呢，奶奶可是等著把府裡的內務交給我，我若是頭一天便無精打采的，豈不是叫下人們輕視？」金秀玉攀著丈夫的衣襟，縮著身子，軟聲軟語地求饒。

淚光致致，嬌喘微微，李承之實在捨不得放開懷裡的人兒。只是她說的也有道理，明兒是當家主母立規矩的日子，可不能叫她失了臉面。

「今兒就暫且放妳一馬，回頭為夫必加倍討還。」李承之惡狠狠地說完，在金秀玉唇上重重啄了一口。

小夫妻倆一齊換了睡衣，其間金秀玉又叫對方吃了不少豆腐去。打打鬧鬧半日，好不容易才歇下了。

第一天跟男子同榻而眠，金秀玉原以為自己很不習慣，但大約是白日過於勞累的緣故，頭一挨枕頭便睡意沈重。

李承之橫過一條手臂將她攬在懷裡，到底也是累了，筵席上又喝了不少的酒，這一躺下，渾身的骨頭都在叫囂著疲憊，不一會兒便也睡去了。

這一覺睡去，連一個夢境也無。

第二日大早，雞叫了三遍，東方已吐露魚肚白。

明志院正房內，窗門緊閉，帳簾裣地，靜悄悄氣沈沈，「吱呀」一聲門響，在清新的朝露中顯得特別清脆入耳。

真兒、春雲輕輕巧巧走進屋，身後跟了兩個小丫鬟，一個提了桶清水，一個捧著青鹽、胰子和毛巾。

外室和內室之間隔了一道白紗屏風，繡著春光燦爛百蝶穿花的圖樣。

「大少爺、大少奶奶，該起了。」真兒隔著屏風，輕輕喚了一聲。

屏風內靜悄悄，毫無動靜。

真兒又喚了一聲，拔步床帳子裡頭發出一聲細微的呻吟，似乎是翻了下身，又睡過去了。

春雲撇著嘴巴對真兒道：「妳這般如同貓兒叫似的，主子哪裡聽得見？瞧我的吧。」

她扯開嗓子大叫道：「大少爺、大少奶奶，該起啦！」

只聽拔步床上「咚」一聲床板響，卻是金秀玉被嚇得身子一彈。

她張開眼睛，對眼前這陌生的環境發了片刻的呆，慢慢才想起這裡是李府，是她的新房之內。

旁邊的李承之猶自沈睡，只是眉頭皺得緊緊的，顯然也是受到了春雲那一聲吶喊的騷擾。

真兒在屏風外請示道：「大少奶奶，奴婢們是否可以進來了？」

金秀玉揉了揉眼睛，見夫妻二人身上並無不妥，便慵懶地說了聲：「進來吧。」

四個丫頭魚貫而入，一個走到臉盆架前往銅盆裡添了水，一個在臉盆架前站好，真兒和春雲則將兩幅紗帳挽起，用金鈎掛住。

金秀玉起了身，只穿著桃紅色的睡衣睡褲，走到臉盆架前，拿青鹽漱了口，自有小丫頭捧過痰盂接了；再用香胰子洗了臉，春雲遞了毛巾上來擦乾。

梳妝檯就在臉盆架旁邊，金秀玉坐下來，春雲取了一個白瓷金絲琺瑯的罐子，打開了蓋子，露出裡面精細的上等珍珠粉。金秀玉挑了一點，細細地抹在臉上。

春雲看著她優雅的動作，羨慕地道：「原來在家裡也沒見小姐用這個，如今做了少奶奶，這一嬌貴，立馬就是有錢人的模樣了。」

金秀玉笑道：「這叫什麼話兒，不是有錢人就不塗脂抹粉了嗎？」

這丫頭哪裡知道，她前世的時候，女孩子們不往臉上抹點東西，都邁不出門檻去。

她抹完臉，覺得身後突然一聲床板震動，然後便一片靜悄悄，疑惑地轉身去看。

只見李承之大馬金刀地坐在床沿上，面沈如水，一雙眼睛直直地盯著真兒，眉頭皺成了一個川字。金秀玉離得那麼遠，都能感受到他身上散發出的煩躁和寒意。

這是怎麼了？

她站起身走過去，疑惑地看看李承之，又看看真兒。真兒怯怯地低著頭，衣襬底下偷偷地衝金秀玉擺手。

只聽「咚」一聲，李承之上半身直直地往後一倒，重重地砸在床上。

金秀玉正要驚呼一聲，被真兒一把捏住了手。

「少奶奶，可別吃驚。大少爺每日晨起都是這般，大夫說了，這算是個病症，有這個病症的人，若是睡的時辰不夠，晨起時都是易躁易怒的。」

金秀玉一愣，莫非是低血糖？

只見真兒苦著臉道：「往日裡叫大少爺起床的小廝總是戰戰兢兢，深怕受罰。如今這活兒換了我來做，只怕天天都不得安寧了，早知道這般，我寧可捨了這臉皮不要，也要賴著老太太呢。」

金秀玉拍拍她的手，道：「我來試試。」

她從小丫頭手裡取了毛巾，在盆子裡打濕擰去水分，坐到床沿上，細細地為李承之抹起臉來，從額頭到下巴，從耳根到頸下，一遍一遍細細擦拭。

果然，李承之擰著的眉頭漸漸鬆開，那狹長的桃花眼也懶懶地睜開了。

「你這懶鬼，再不起來，真兒可要哭給我看了。」

李承之魅魅一笑，懶懶道：「往日晨起，這些奴才們總要惹我生氣，她們自個兒也是擔驚受怕，卻不知像妳這般，想個好法子。」

金秀玉拿指尖戳了戳他的臉頰，衝他皺了皺鼻子，回頭將毛巾遞了出去，真兒忙接過。

她站起身來，莊重地福了一福，道：「恭請大少爺起身。」

李承之慢慢地抬起身子，站到床下，抬手在她臉上擰了一把，笑道：「偏妳愛作怪。」

金秀玉嗔怪地瞪他一眼，真兒和春雲都捂嘴偷笑。

李承之洗漱更衣的當口，金秀玉也換了衣裳，梳好了髮髻。

真兒道：「老太太吩咐了，往日都到她那屋用早膳，不過是想著一家人能每日聚上一聚。如今既已有了大少奶奶，大少爺便不必過去了，只在明志院用早飯吧。用完早飯，再去向她老人家問安便可。」

李承之點點頭。

真兒立刻叫人在外室擺好早飯，同春雲一起伺候李承之和金秀玉用了。

早飯罷，小夫妻兩個領著真兒、春雲和其餘一群下人，浩浩蕩蕩前往正廳。

李老夫人也剛用了早飯，帶著李婉婷、青玉、秀秀、張嬤嬤等一群人跟著，早已在正廳坐了。

李承之和金秀玉進來的時候，老人家正跟丫頭們說著笑話，樂呵呵的。

小夫妻兩個紛紛給老太太問了安，李承之起身便在旁邊坐下了，金秀玉卻等著青玉斟好了茶，遞到她手上；另一邊秀秀拿了一只蒲團放在她腳下。

她雙手端著茶杯，恭恭敬敬地往下一跪，笑道：「祖奶奶請喝茶。」

李老夫人笑咪咪地接過茶杯抿了一口，旁邊的青玉立刻將早已備下的一只羊脂白玉的彌勒佛掛墜遞了上去，由老太太親手賜給了孫媳婦。

金秀玉忙道了謝，這才起身，往李承之旁邊坐下了。

原在李老夫人身邊坐著的小婉婷，哧溜一聲跳下來，不倫不類地福了個禮，口裡道：「婉婷見過嫂嫂……」不等金秀玉扶她，自己先一頭撲了上去，鑽在她懷裡。

金秀玉抱住她，也隨口道：「嫂嫂也見過小姑啦！」

娘兒兩個也沒個見面禮交換，就唧唧咯咯笑成一團。

李承之揉了揉額角，對老太太道：「奶奶，今日是每月巡鋪的大日子，孫兒這便出門去了。」

李老夫人拉長臉對自己這大孫子道：「這新婚第二天，你好意思將這嬌滴滴的媳婦兒丟給我老婆子？」

李承之笑道：「孫兒倒想留下共聚天倫，只要咱們李家商行幾十個掌櫃打上門來時，奶奶能夠擋得住便可。」

老太太忙甩手道：「快走快走，莫在我老婆子跟前礙眼。」

李承之早知如此，只搖著頭，扭臉對金秀玉笑了一笑，便大步走出廳去。

門外慣常跟著他的幾個小廝都提著腳後跟，一溜煙跑到了他屁股後頭跟著，只聽李承之大聲叫著：「阿東那個懶鬼呢，還不快去找來，這奴才，倒比主子還逍遙！」

就有一個小廝唯唯諾諾應了，苦著臉轉身跑了。

廳內的李老夫人哭笑不得道：「媳婦兒可別奇怪，咱們李家呀，主子大氣，那奴才的脾氣可也不小，我老婆子最喜歡的便是爽利的人兒，最煩那些個扭扭捏捏，內裡卻藏著好些個小心思的人。」

金秀玉笑道：「奶奶是個爽快人。」一句話說得老太太十分受用。

青玉道：「老太太，該叫人進來了吧。」

老太太點了頭，道：「妳來安排便是。」

青玉應下了，吩咐道：「先請柳姑娘進來。」

自有小丫頭出去傳話，不多時，便見一個白衣綠裙的年輕女子，扶著一個黃衣丫鬟的手，嫋嫋婷婷走了進來。

先是跪下給老太太磕了頭，老太太點點頭受了，臉上神情不明。

然後她又轉身走到金秀玉跟前跪下磕頭，口裡說道：「賤妾柳氏，拜見大少奶奶。」

金秀玉聽著這聲音十分熟悉，只見對方說完話，慢慢地將頭抬了起來。

一看清對方的臉，金秀玉不由大吃一驚，同時又是恍然大悟，原來此人竟是……

——未完‧待續，請勿錯過陶蘇／文創風050《小宅門》中集。

古代談情不全然轟轟烈烈沈重無比，
細數宅門二三事，這次要笑著出嫁！
咱們大宅小媳婦的日子，
和夫婿恩恩愛愛、平平安安就是福……

富貴再三逼人，第一次當家就上手?!
笑傲宅門才女／陶蘇年終鉅獻

小宅門

文創風 049 小宅門 上

金豆兒是豆腐坊金玉巷的小小蠟燭匠之女，
有著天命帶旺的八字命格，偏無心思攀高枝，
首富之家誠心求娶，媒婆都上門了，她大姑娘仍遲遲不點頭！
然而首富之家可不同凡夫俗子，不管人願不願意，
十歲的小叔小姑已認定她是嫂子，
成天擠在金家小宅院裡，還帶來一幅怪畫為媒下聘——
畫中是一片芍藥花，花叢下一張石床，石床上斜躺著一個男人，
男人衣襟微開、酒醉微醺，那慵懶之態躍然紙上……
這畫兒，看一眼讓人臉紅心跳，多看幾眼便讓人夜不能寐，
當小娃兒說這就是他們的兄長李承之時，少女芳心初動了！
但這可還不構成點頭的理由，女兒家自有自的矜持，
終於，求親的正主兒耐不住性子親自登門拜訪——

文創風 050 小宅門 中

昔日金家小院的金豆兒成了掌家媳婦金秀玉，
大戶人家眉角多，明面上看來丫鬟成群，卻各有地位不可欺，
樂觀的她第一次當家就上手，種種難題迎刃而解，
可成親後發現的夫家秘事卻令她耿耿於懷——
原來，李承之迎娶她之前早有妾室，此女來歷是府中的大秘密?!
他隻字未提，分明便是詐欺！
情投意合成了親，她卻像是中了引君入甕的局！
這大宅小媳婦的日子不知會漸入佳境還是鬧得更翻騰……

文創風 051 小宅門 下

過去是未嫁姑娘不知愁，成了媳婦才知當家有多少風險不安——
淮安連夜大雨造成佃戶流離失所，甚至出了人命，
金秀玉心頭火起，因為此事不只是天災、更是人禍！
首富之家樹大招風，內賊貪了修繕河堤的銀兩這才釀成大禍，
此刻她終於懂得了夫婿多年來的戰戰兢兢，
身為淮安望族中最年輕的家主，各房親戚眼紅暗中使絆子的大有人在。
就在抽絲剝繭將逮出幕後主使者之際，竟傳來當家失蹤的惡耗 ?!
富貴命盤此時又有何用？她需要老天爺賜予她扭轉一切的奇蹟……

年終最熱逗趣上映　　極品好戲越讀越有味！

文創風 044 3

風荷知道自己嫁的杭家四少，絕非等閒之輩，
更不是風流成性的紈袴子弟，他懷著莫大的秘密……
身為妻子的她不多問，配合著他作戲，
裝著跟他夫妻不睦，看著裝扮成他的假夫君在杭家出沒，
甚至看著「他」與妾室們調情、留宿其中。
她安分打理王府事務，偏偏「有心人」不放過她，下起狠招，
他的姨娘肚子裡的孩子留不住，連五少爺夫人肚裡的也出事了，
這一個個矛頭全指向她，終於盼到他回來了，
面對如此的百口莫辯、「證據確鑿」的險境，
她不怕，也不為自己多說一句，
她等著看，他是信她不信，對她有情或無情……

文創風 047 4

他們夫妻成親至今尚未圓房，王府裡從上到下，
這明裡不說，暗裡都是極關切的。
任是杭天曜再腹黑，也想不到他的妻子從新婚當日就給他設了一個局，
他卻一步步陷進去，化為她手心的繞指柔。
對風荷他並不是完全沒有私心的，但他亦想等待去感動風荷，
想看到她心甘情願在自己身下的魅惑風姿……
不然，以他一個成熟男子，夜夜對著喜愛的妻子早就忍不住了。
過去，為了自身安全他對所有女子都是避而遠之，
只有風荷讓他覺得安心，因此他不得不忍耐著，只為了得到更多……

文創風 048 5

風荷自從嫁了大家認定扶不起的杭家四少這位紈袴子弟後，
她還真是沒幾天風平浪靜的日子可過。
就連中秋佳節杭家團圓家宴上，還衝著她上演著一齣大戲——
她這四少夫人，不僅得了太妃疼寵，連風流浪蕩的夫君也改了性子，
這王府世子的位置眼看就快落入杭家四少身上，
看不過眼的居然拿風荷的身世作文章，把髒水往她身上潑，
污了她的身世，就等於絆了杭家四少成為世子的可能，
前兒那些算計使絆，比起這回僅能算是小奸小惡小伎倆了，
杭四與風荷這對小夫妻才剛剛恩愛好上，
卻要面對上自太妃王爺、下至奴僕們的懷疑，
還要想方設法阻斷杭、董兩府家醜外揚、聲譽大壞……

文創風 052 6　文創風 053 7　2012/12月出版

非我傾城

重量級好書名家／

墨舞碧歌

文創風 032　8之1〈逆天〉

即便秦歌不愛她，但在王墓考古遇見盜墓者時，他捨命救了她是事實，
於是，當那個神秘的女子說他的前世是千年前榮瑞皇帝以後繼位的東陵王，
說若當時不修陵寢，秦歌就能重生時，她毫不遲疑地同意回去逆天篡改歷史，
當見到東陵太子時，那與秦歌一般的容貌讓她確定了他便是下任東陵王，
他承諾娶她，不料後來成為太子妃的卻是她的異母姊姊——傾城美人翹眉！
為了當面問他一問，也為了讓東陵派兵援救她母親陷入爭戰中的部族，
即便被下毒毀去絕世容顏，她仍攜二婢逃出，前去參加皇八子睿王的選妃大典，
八爺上官驚鴻，一個左足微瘸、鐵具覆面的男人，她無論如何都得成為他的妃……

文創風 033　8之2〈醜顏妃〉

翹楚在太子府等待出嫁前，她的夫婿睿王卻親眼目睹太子吻了她，
而在隨後發生的行刺太子事件中，她為救太子，讓刺客誤以為他才是太子，
結果他因此受了傷，也一併褪去人前溫和不爭的假面，露出陰鷙狠戾的模樣，
她這才驚覺，他以前所有的溫情以待都是在作戲，娶她也不過是別有目的，
不過無妨的，此生只要完成來東陵及救母的任務，其他的都不重要，她不需愛情，
誰知她意外發現書房的秘密，進入一處地穴，看見一個俊美無儔的男人，
那分明是太子的臉，但他身邊不離身的鐵面卻昭示他是她的爺、她的丈夫！
老天，秦歌的前世究竟是太子上官驚灝，還是遭她背叛過的睿王上官驚鴻？

文創風 036　8之3〈佛也動情〉

他是萬佛之祖飛天，本該心如明鏡、無慾無求的，
不料在親手接生了翹家二女若藍後，命運之輪便啟動了，
明知不可，他卻悄悄對貼心善良的她動了情，
他很明白這是不被允許的，因此他一直掩飾得很好。
對誰都好、看似有情卻無情，是他向來給眾神佛的印象，
直至他的佛殿祝融肆虐，她為救寶貴典籍而喪命，
至此，他再做不來喜怒不形於色，
為免她魂飛魄散，當下他使計讓兩大古佛施展捕魂咒救她，
事後，他及天界一干動了愛恨嗔癡念的眾神佛皆得下凡歷劫，
他成了睿王上官驚鴻，而若藍則化為翹楚，
倘若再愛上她以致歷劫失敗，那她將灰飛煙滅，於是，他只能對她狠了……

文創風 037　8之4〈爺兒吃飛醋〉

大婚前先是與他的太子二哥曖昧不清，大婚後又和九弟夏王眉來眼去？
想不到翹楚這姿色平平的女人，還真有活活氣死他的本事！
她那破敗身子毒病一堆，沒幾年命好活了，竟還有閒功夫到處勾搭他的兄弟？
民間姑娘、勾欄場所的花魁，幾時看九弟真心對待過一名女子了，
而今不僅一直戴著她給的荷包，還贈她千年白狐做成的名貴狐裘，這算什麼？
怎麼著，難不成九弟這次竟看上了自己的嫂嫂、看上他用過的女人嗎？
只是，他這個好弟弟似乎忘了一件事——翹楚是他的女人！
即便他上官驚鴻不愛，他上官驚驍也休想染指她一分一毫，
不論是死是活，這輩子她翹楚都只能是他八爺的妃！

文創風
049

小宅門 上

國家圖書館出版品預行編目資料

小宅門 / 陶蘇著. --
初版. -- 臺北市 : 狗屋, 民101.11-民101.12
冊 ; 公分. --（文創風）
ISBN 978-986-240-939-8（上冊：平裝）

857.7 101020512

著作者	陶蘇
編輯	李佩倫
校對	黃亭蓁　周貝桂
發行所	狗屋出版社有限公司
地址	台北市104中山區龍江路71巷15號1樓
電話	02-2776-5889～0
發行字號	局版台業字845號
法律顧問	蕭雄淋律師
總經銷	知遠文化事業有限公司
電話	02-2664-8800
初版	101年11月
國際書碼	ISBN-13　978-986-240-939-8

原著書名：《小宅門》，由起点中文网（www.cmfu.com）授權出版。

定價250元
狗屋劃撥帳號：19001626
網址：love.doghouse.com.tw　E-mail：love@doghouse.com.tw